八角亭谜雾

THE PAVILION

战歌◎著

长江出版社
CHANGJIANGPRESS

图书在版编目（CIP）数据

八角亭谜雾 / 战歌著.
— 武汉：长江出版社，2021.10
ISBN 978-7-5492-8002-5

Ⅰ．①八… Ⅱ．①战… Ⅲ．①长篇小说—中国—当代
Ⅳ．① I247.5

中国版本图书馆 CIP 数据核字（2021）第 205851 号

八角亭谜雾 / 战歌 著

出　　版	长江出版社
	（武汉市解放大道 1863 号　邮政编码：430010）
选题策划	天河世纪
市场发行	长江出版社发行部
网　　址	http://www.cjpress.com.cn
责任编辑	罗紫晨
印　　刷	香河县闻泰印刷包装有限公司
版　　次	2021 年 10 月第 1 版
印　　次	2021 年 10 月第 1 次印刷
开　　本	710 mm×1000mm　1/16
印　　张	17
字　　数	265 千字
书　　号	ISBN 978-7-5492-8002-5
定　　价	48.00 元

目 录

第1章 算 命

眼前的屋内光线很昏暗，墙壁上挂着无法识别的图案，角落里供着旧神龛，空气中充满着焚香及烧纸的味道。

玄敏站在门口有些犹豫，但还是鼓足勇气走了进去。一名老妇坐在房间的一隅，布满皱纹的脸上满是沟壑，此时好像正在闭目养神。

玄敏小心地坐在妇人对面，陪她来的朋友舒红则站在门口没敢进来。老妇人抬眼看了玄敏一眼，拿出一张黄纸和一支铅笔放在桌子上。

"生辰八字。"

玄敏略有迟疑，但还是拿起铅笔快速写下了自己的生辰，双手递给了老妇人。

老妇人双手接过黄纸，起身走到一处神龛前，恭敬地拜了拜神像，再将黄纸折成一个奇怪的形状，口中念念有词，同时将黄纸放在蜡烛上点燃。

玄敏怔怔地望着黄纸在妇人的手中迅速燃烧殆尽，眨眼的工夫就只剩一小撮纸灰。

老妇人捧着这小撮纸灰重新回到座位前坐下，半垂的眼帘，口中默念着什么。

突然老妇人抬头看向玄敏，说了四个字："冤孽太重！"

玄敏只觉后脊有些发凉："什么？"

老妇人沉声说："你们家冤孽太重。"

玄敏回头看了看，带她来的舒红已经躲到了门后，只敢露出半张脸张望着。但就是在这半张脸上，玄敏也还是看到了她的震惊。

"您……能不能，说得具体点？"玄敏感觉自己的嘴有些发干。

"你娘家有个亲人的冤魂没有安息，你们家上上下下，不管男女老少，都会因为这个事情不得安生，你之所以怀不上孩子，也是因为这个冤魂，你娘家最近还会有坏事发生。"

"大师，这有办法破解吗？"

"你娘家还有大哥，这事不归你管，你也管不了。你只能管好你自己家的事。"

玄敏下意识地摸了摸自己的肚子，然后掏出准备好的红包，双手递了过去。

离开老妇人的屋子，玄敏忍不住问舒红："那冤魂会不会就是我妹妹玄珍？"

舒红有点激动地说："那还用说，除了她还能是谁，这人都走了十几年了，怎么还缠着……不过大师也说了，这个事儿是你娘家的事，得让你大哥玄梁自己来。"

想到自己的大哥，玄敏摇了摇头："我大哥那个人，还是算了吧，我可没工夫跟他吵。"

舒红还是劝她："他不来怎么行，他家的姑娘念玫，跟当年玄珍长得简直是……"

玄敏脸色一变，直接打断了舒红的话："好了好了，今天这个事儿可千万别跟别人说。我家那口子的工作你也知道影响不好。"说着一个红包塞了过去。

舒红接过红包拍胸脯保证："明白，这个我心里有数。"

第2章 纠 缠

随着放学铃声的响起，诚益中学的校园内慢慢涌出潮水般的学生。

玄念玫扎着高高的马尾，脸上没有任何修饰，却有股清新灵动之美，虽然穿着毫无美感的肥大校服，依然能够看出身材的修长与婀娜，夹杂在众人中间，有鹤立鸡群之感。

身材略微敦实的木格从身后追了上来，亲密地挎住了念玫的手臂，两人有说有笑地朝着学校大门走去。

刚刚走出校门，念玫和木格同时看到马路对面的朱胜辉和大亮。他们两个就站在校门口的正对面，靠在各自的摩托车上摆着自以为很酷的造型，想看不到也难。

念玫拉住木格，冲她使了个眼色，随后两人偷偷地躲在高年级同学的身后，想要避开朱胜辉的视线，但可惜木格动作慢了一拍。还是被朱胜辉发现，他脸上的兴奋隔着老远都能看到。

念玫喊了声："快跑。"便率先冲入了放学的人流之中。

朱胜辉脸色立刻变得非常难看，喊上大亮发动摩托车追向念玫和木格跑走的方向。

就在这时，念玫的父亲玄梁骑电动车来到校门口，正好看到有人在追他的女儿，便立刻跟了上去。

为了躲避朱胜辉两人的摩托车，念玫专门挑小路跑，可没多久还是听到摩托车声离她们越来越近。念玫回头看了看，立刻拉着木格转身拐进一侧的小石桥，紧跑几步，身影很快消失在前方。

远远看着她们的身影消失，朱胜辉恨恨地停住车，甩出一串脏话。大亮停在朱胜辉的旁边："算了，辉哥，这种人不上路，漂亮的小丫头多得是，没必要非死磕这一个。"

朱胜辉狠狠地看了大亮一眼："绕过去，从那边截她，我就不信了。"

随着发动机猛烈的轰鸣，朱胜辉驾驶着摩托车像箭一样蹿了出去。

念玫和木格跑出石桥，慢慢放慢了脚步，一边走一边重重地喘息着，感觉自己的肺都要烧着了。木格边喘边说："朱胜辉那个小流氓……你姑父不是警察吗，怕他干吗……"

念玫一边喘气一边摇头道："我们家最讨厌警察。"

木格不解："为什么？"

念玫摇了摇头："先别问了。"

两人刚要走出石桥的长廊，突然看到朱胜辉骑着摩托车迎面开了过来。两人转身往回跑，重新跑到桥顶。

朱胜辉试图将摩托车冲上石阶，几次都没有成功。最后一下摩托车倒退的劲儿还把朱胜辉带倒。要不是他跳车够快，差点儿就被压在摩托车下。

念玫两人回过身，看着朱胜辉的狼狈样，毫不客气地留下了一长串嘲笑声。念玫和木格顺着弯弯曲曲的小胡同飞快地奔跑着，身后隐约再次传来摩托车的声响，两人在窄巷子里左拐右转，累得气喘吁吁。

木格说："继续绕也不是个办法。走念玫，我带你去个地方。"随后拉住念玫上了一个陡坡，走进一座古色古香的庭院。

走进院子，木格大口喘着气，示意念玫自己要稍微歇一会儿。念玫好奇地看着院子，渐渐跟木格拉开了距离。

木格见状立刻掏出手机快速打着字。

消息刚刚发出，念玫便转过身叫木格："木格，快点。"

木格匆忙收起手机："来了。"

……

一群十几岁的女孩子，穿着整齐的练功服在舞台上排练。舞台下，身姿挺拔的周亚梅穿着一件练功用的衣服，审视着孩子们的表演，不时地高声提示着。

"跟上，跟上……圆场压着步子，保持间距！眼睛要平视，不要低头！小宁左手再抬高一点儿！同学们一定要记住，我们这个集体舞一定要整齐，做动作的时候，眼睛要瞟着点儿你的前后左右……元元，你这大花神一定要踩准舞台中线，你一歪，整个儿就偏台了！"

剧团负责人丁桄烈在一旁默默地注视着舞台上孩子们的一颦一笑。眼神中带着一丝羡慕。

一个片段结束，周亚梅叫了暂停。

"停！"

周亚梅走上舞台边示范边讲解。

"两个问题——'雕栏外，雕栏外'这两下儿云手，眼睛一定要随着手；其次云步一定不能缺功，台底下不好好练，上了台走两步脚就成顺撇了，多难看！

我做一遍，同学们仔细看啊！"

周亚梅重新做了一遍动作——云手搭腕、云步、亮相，突然看见丁桄烈盯着窗外出神，周亚梅顺着丁桄烈的视线望去，随即也是一脸的震惊。

丁桄烈看向的那里，念玫和木格扒在落地窗前，正探头往里面张望。

周亚梅缓了缓神，走过去，停在丁桄烈的面前，遮挡住了他看向落地窗那边的视线。

"孩子们休息十五分钟。"说完，周亚梅便挎着丁桄烈的手臂走回了后台。

落地窗外，木格奇怪地看向念玫："你认识那两个老师吗？"

念玫摇头："不认识啊！"

木格问："那他们干吗用那种眼神看你？"

念玫也是一头雾水："谁知道……走吧，再不回家我爸该担心了。"

两人刚一转身，就看到朱胜辉和大亮正得意扬扬地站在她们身后。

朱胜辉得意地说："还真会跑，知道这是什么地方吗？我爸投资的，想学吗？免费，外加我专车接送。"

木格挡在念玫身前："朱胜辉，你到底有完没完？"

朱胜辉越过木格看着念玫说："晚上一起吃个饭，今天就算完怎么样？"

念玫啐了一口："无耻。"说罢拉着木格就走。

朱胜辉怎么可能放过她们，横跨一步就上前拦住念玫。

朱胜辉阴恻恻地说："你们玩我半天，这么容易就走了，我朱胜辉还有脸出去混吗？"

说罢就上前，一把抓住念玫的手腕。念玫想甩开他，但毕竟是个女孩，力气怎么能比得了朱胜辉这个大小伙子。念玫的手腕被抓得很疼，语气中已经带着哭腔："放开，你弄疼我了。"

就在这时，一辆电动车突然出现，"哐啷"一声，直挺挺撞上朱胜辉的摩托车。

还没等几人反应过来，玄梁已经冲过来一拳打倒朱胜辉，随后上去压在惊恐的朱胜辉身上。

朱胜辉嘴上毫不示弱，一连串的脏话就飙了出来。

玄梁指着朱胜辉鼻子："你再骂一句！"

朱胜辉不甘示弱："我他……"

玄梁一巴掌就扇在朱胜辉脸上，刚想再扇，却被人从后面抱住。原来是匆忙追上来的剧团门房大爷。

门房大爷劝玄梁："这位师傅，孩子们都看着呢……这还是……还是算了……算了。"

玄梁看了看站在窗前的一帮孩子和周亚梅，恨恨地松开朱胜辉。

朱胜辉狼狈地从地上爬起来，捂着发红的半张脸："你等着，还有你，你们死定了！"

玄梁吼道："滚！"

朱胜辉指了指玄梁又指了指念玫，随后与大亮骑上摩托车走远了。

玄梁一言不发地扶起倒在地上的电动车跨上车，等着念玫坐上后座便向院外驶去。

木格呆看着，没有跟上去也没有说话。

"散了，散了，都回去上课。"大爷挥着手对跑出来看热闹的学员们说着。

丁桡烈不知何时来到落地窗边，默默地看着玄梁父女俩走出大门才回过神来。他看向身旁的周亚梅，脸上突然出现了一丝笑意。

看着丁桡烈的笑容，周亚梅愣了一下才拉起他的手："来，我们继续上课。"

第3章　玄　家

念玫坐在电动车后座，看了看父亲后背上沾满了尘土，本能地伸出了手，却被玄梁一下打开了她的手。

捂着通红的手背，念玫感到很委屈。但她强忍着没有哭出来。一到家，念玫就冲进自己的房间，"嘭"的一声关上房门。

妈妈秀媛听到响声从厨房走了出来，却只看到玄梁一个人黑着脸坐在沙发上。

秀媛问他："这是怎么了？"

怒气正盛的玄梁没有搭理她。一拍茶几，站起身来大步走到念玫的卧室前，推了推房门，却发现房门已经被从里面锁上。

"嘭……嘭……嘭"玄梁猛敲了几下房门："开门！念玫，你听见没有？！"

秀媛赶紧跑过来："这是干吗呀，好好说呀！"

玄梁根本听不进任何话，直接吼道："你再不开，我要砸了！"

念玫"咣啷"一声打开房门，双眼通红地看着自己的父亲："砸吧，有本事你连这个破家一起给砸烂了！"

玄梁举起的手也僵在了半空中。然而，愤怒又很快把那一点点理智挤了出去。

玄梁指着念玫的鼻子，愤怒地说道："我交代过你多少遍，只要我不去接你，放学就直接回家，你胡跑什么？不满大街招摇，你是不是心里难受？就非得要招惹点是非才甘心是吗？"

念玫仰着头，直视着自己愤怒的父亲："我就想招摇！就想让满大街的人知道我有多好看，我都等得不耐烦了，怎么还没人来杀我呀！"

玄梁气得脸色发白，举起巴掌眼看就要落下。

秀媛赶紧用身体挡住女儿："怎么说着就要动手呢，有什么火冲我来。"

玄梁瞪着秀媛："我在管教孩子，你让开。"

"没说不让你管教，可不能动手啊！"说着秀媛把念玫推进屋里，随手关上房门。隔着房门，秀媛对里说："念玫啊，你以后也听话一点儿啊！"

屋内念玫再也绷不住情绪，眼泪成串落下。她扑倒在床上，用被子蒙住头，尽可能不让外面的人听到她的哭声。

过了一会儿，秀媛来叫念玫吃晚饭，看着女儿已经哭肿的双眼，她轻轻地叹了口气："我一会儿把饭给你送过来吧。"

"谢谢妈。"

"你爸那个人就那样，以后你听话就好了。"

晚上十点多，玄梁躺在床上，两眼发直地盯着天花板。

秀媛走进卧室，随手关上房门："今天到底出啥事了，闹成这样？你好不容易能跟念玫说上话了，今后又……"

玄梁极不耐烦地打断她："好了好了，差不多得了。"

秀媛的情绪也上来了："什么好了好了，有什么话就不能说出来吗？整天憋着自个儿给自个儿恼气，什么意思吗？"

玄梁坐了起来："你不知道，咱家念玫跟当年的玄珍……实在是太……"

玄梁猛地收住口，随即烦躁地转身躺下，脸冲着墙壁不再说话。

"我知道你想说什么。"秀媛边说边躺在玄梁的身边。

"我听玄敏和你妈妈都说了，说念玫和她姑姑长得越来越像……可这有什么好担心的呢？玄珍可是出了名好看，这说明你们玄家基因好。"

"你不懂！"玄梁的声音中充满烦躁。

"是，我不懂，你们家的事我没资格懂行了吧！睡觉！"

午夜玄梁从梦中惊醒，抬手摸了一下额头，竟然全都是冷汗，身上背心也几乎被汗水浸透。

玄梁又梦到了多年前的那个雷雨天，梦到了八角亭，还有亭子里盖着白布的玄珍。玄梁轻轻挪动身体，让背后贴紧墙壁。墙壁虽然冰冷，但坚硬的触感让玄梁感到了一种踏实。

第二天是周末，但念玫被玄梁禁足了。念玫沉默着，这次并没有争辩，玄梁很满意她的这种态度，做女儿就应该这么听话才对。但玄梁并不明白，沉默并不代表接受，只是反抗的前奏。

傍晚全家人都去了包子铺之后，念玫从后门偷偷地溜了出来，她沿着小河河沿向远处跑去。

出门的时候念玫已经确认过，家里人都出去了。尤其是她的爸爸玄梁。但她还是感觉不踏实，总有种被人盯着的感觉。所以她一边跑一边时不时回头观察爸爸有没有追上来。

这河沿上原本就有些湿滑，加上跑得还不专心，好几次都差点儿摔倒，双手都已经沾上了些许泥巴，但念玫始终没有停下脚步。

其实念玫刚刚那并不是错觉，在河对岸一直都有个人在暗处看着她，只是这个人并不是她的父亲。

离家越来越远，念玫的紧张劲儿也逐渐散去，昨晚没有休息好的疲惫逐渐袭来。念玫本想休息一下，但一抬头却正好看到了那座八角亭。

一阵风吹来，空荡荡的环境中响起了一阵沙沙声。念玫不自觉地打了一个寒战，她咬着牙拖着疲惫的双腿穿过八角亭，一直跑到完全看不到八角亭了才气喘吁吁地停下来。

休息了一会儿，念玫坐上公交车来到市区。她在街道上漫无目的地走着，一边走一边浏览着街边的橱窗，似乎是对每一件东西都有兴趣。

就在念玫看向一件摆放在橱窗里的衣服时，透过玻璃的反光她好像看到一个人影正在注视着自己，念玫下意识的反应是爸爸追上来了。但她马上就意识到，不会是她爸爸，如果是他，现在肯定已经喊着她的名字冲到她面前了。

她紧张地回身张望，但除了来往的行人及车辆，并没有发现什么人在盯着她。念玫不想在这里停留，快步向前走去。

念玫刚刚走开，一个看不清男女的身影从报亭后面闪了出来，继续远远跟在念玫的身后，这个人的动作也变得更加小心了。

总感觉有人在跟着自己，念玫也没有了继续闲逛的心思。一边走，一边不时左右张望着，但始终没有再发现那个人影。

十几分钟后，念玫来到木格家楼下。她找了一个公用电话打给木格。

听到念玫的声音，木格显得十分意外。但听说她就在楼下时，二话不说就跑了下来。

木格问念玫："你怎么会在这儿啊？"

念玫低着头，玩着衣角："没事，就是想出来……"

木格试探着问："又跟你爸？"

一听到"爸"这个字，念玫就感到烦闷。

念玫烦躁地摆了摆手："不说他了……哎，我觉得有人跟踪我……"边说边警惕地向四周看了看。

木格也左右看了看："是不是朱胜辉？"

念玫也不是很确定："不知道……这段时间，好像一直有人跟着我……"

木格又说："不会还是你爸吧？"

念玫摇头："不是，至少这两次应该不是。"

木格皱起眉头："你可别吓我，要真不是你爸，肯定就是那个小流氓，自以为家里有钱就了不起。最烦他那种人了。"

念玫叹了口气，真是没有一件顺心的事情。

木格提议："要不要去我家？"

念玫摇头："家里多没意思呀！"

木格眼神一亮："那我们去蹦迪？"

念玫立刻来了兴趣，但嘴上却说："我……还没去过。"

木格自己放弃了这个提议："还是算了，你是乖乖小猫咪，那个地方不适合你。"

不这么说还好，这下念玫逆反的劲儿立刻被激了出来："走，就去蹦迪！"

第4章　蹦　迪

念玫从没有去过蹦迪的地方。除了她还未成年之外，更重要的是她以前一直都是个听话的乖孩子。至少在周围人眼中都是这样。

这种娱乐场所原本不是她们这种未成年的学生能进来的，但显然木格很熟悉这里某些"规矩"，很轻松地就把念玫带了进来。震耳欲聋的音乐声冲击着念玫的耳朵，这还是她平生第一次被这么大的音浪包围。

虽然是念玫决定要来蹦迪的，但真的走进这个环境之后，她却完全不知道自己应该干什么。

忽明忽暗的灯光不时打在念玫略显惊慌的面孔上。半蒙状态的念玫被木格拉着走到靠边的卡座，然后她自己轻车熟路地走向吧台点饮品。念玫盯着舞池中随着音乐节奏扭动着身躯的男男女女，突然有种自己为什么会在这里的疑问。

无论是念玫还是木格都没有注意到，在吧台那边的人群中有个人是朱胜辉的跟班大亮，而大亮看到木格和念玫之后，就马上起身去打电话。

木格将饮料递给念玫，自己则端着啤酒杯喝了一口。念玫很不满这种安排："我不想喝饮料，我要跟你一样。"

木格看了看念玫，又看了看自己的啤酒："你确定？"

念玫很坚定地点了点头。木格做出了一个随你的手势，把两人的杯子交换。

与此同时，那个人影也走进迪厅，试图在混乱嘈杂的环境中找到念玫。

念玫端起啤酒杯尝试着喝了一口，但显然这种"大人的味道"不是她喜欢的类型。

而已经把那杯饮料换成啤酒的木格，此时看着念玫的表情仿佛在说，看我说什么来着。

这时木格的电话响了，她低头看了一眼来电显示，犹豫了一下并没有接听直接挂断。

收好电话，木格拉起念玫钻进舞池。念玫站在疯狂扭动的人群中，完全不知所措。

木格凑近念玫大声说话："你这样太傻了，动起来，不要想，放空一下，想怎么蹦就怎么蹦。"

念玫跟着木格开始动起来，很快就从僵硬生涩变得自在一些，她开始有了律动，也感受到了那种情绪的宣泄。

木格开心地大叫："嗨起来！"

玄梁快步穿街走巷，一边走一边焦急地四处寻找张望着。他已经找了半个小时，依然没有发现念玫的踪影。

他掏出手机往家里打了个电话："念玫回去了吗？"

接电话的秀媛冷冷地说了句："没有。"就挂断了电话。

秀媛的态度很差，但玄梁现在没有心思顾及这些。

玄梁像个无头苍蝇似的又在街巷里转了好一会儿，突然想起了念玫的老师。玄梁立刻掏出手机在通信录里找到田海鹏的名字，随后按下通话键。

"喂，哪位？"

"请问是田老师吗？我是玄念玫的爸爸。"

"哦，您好，有什么事吗？"

"呃，念玫……我想问一下，和念玫平时常在一起玩的同学，您知道她的电话吗？"

"噢，这个……她最近和木格走得比较近，电话啊有是有……不过这涉及隐私，要征得对方家长的同意，学校有这方面规定……"

玄梁不想再听他说下去，直接挂断了电话，手机的微光映出了一张因为愤怒而有些扭曲的脸。

玄梁捏着手机犹豫了许久，努力思考现在还有谁能帮助自己找念玫。浏览通信录的时候，他看到袁飞这个名字时停了下来，但只停留片刻就继续翻了下去。

要不是完全没有其他办法，玄梁是绝对不想找这个人的。除了不喜欢这个人以及他跟自己的关系之外，更重要的是他不喜欢这个人的职业。

就在玄梁四处寻找念玫的时候，有个人先一步找到了她。朱胜辉领着几个他所谓的跟班从人群中挤了进来，围住了念玫和木格两个人。

朱胜辉一脸得意地冲念玫喊道："我跟你说过，你逃不出我手心的。"

得意的朱胜辉猖狂地笑着，同时对着念玫做出各种猥亵不堪的动作。木格想要过来帮念玫，却被其他几个人死死围住。这几个人能跟着朱胜辉混，自然也不是什么好人，围住木格的同时，手脚同样也不干净。

念玫只是个十六岁的姑娘，哪里应对得了这种浑蛋。她努力试图摆脱朱胜辉的纠缠，但在人群中她根本就没有逃走的空间。而她的叫声、挣扎的动作还有脸上的恐惧，都让朱胜辉感到兴奋。他的笑容变得更加猥琐，动作也变得更加下流。

朱胜辉一把将念玫拉入怀里。念玫发出一声尖叫，却被巨大的音乐声覆盖。

念玫狠狠地一脚踩在朱胜辉脚上，趁着他一松劲的机会挣脱他的手。念玫并没有立刻跑开，而是转身一个耳光狠狠地扇在朱胜辉的脸上。

这口气是出了，但这一耽搁就走不掉了。朱胜辉的忠实跟班大亮，已经挡在了念玫身后。回过神的朱胜辉一把揪住念玫的头发，猛地一拉又把她拉回怀里。

木格冲开人墙，一边破口大骂一边用力去掰开朱胜辉的手。动静弄得这么大，终于惊动了其他正在跳舞的人。音乐虽然没有停，但人群已经散开，他们围观着一群男人和两个女孩正在发生的冲突。

不管是朱胜辉还是他的跟班，心里都清楚自己正在做的不是什么体面的事。同时他们都还有那么一点儿基本的廉耻。所以在这众目睽睽之下，多少还是有些迟疑。

就在这个时候，念玫突然一低头狠狠地咬住了朱胜辉的胳膊。这是念玫人生中第一次咬人，她不知道应该用多大力，所以能有多大力就用多大力。

朱胜辉发出惨叫，他下意识地松开念玫的头发。念玫没有错过这次机会，立刻挤入人群中逃离。朱胜辉龇牙咧嘴追了上去，可刚挤入人群就被人绊了一下，狼狈地摔在地上。

围观的人群中立刻爆发出一片嘘声，看着朱胜辉几个人的眼神也都带着毫不掩饰的鄙夷。

来蹦迪的，至少有一半的人就是奔着异性来的。在这个荷尔蒙浓度超高的环境中，很容易擦出火花来。但不能用强迫的手段，这是最被人看不起的，没有之一。因为这种行为，是从根本上破坏了这里"你情我愿"的基本默契。

念玫一口气冲出迪厅，本想赶紧离开，却想到木格还留在里面。念玫一咬牙，转身就准备再冲进去，却看到木格也从里面跑了出来。

木格紧跑了几步，来到念玫身边："先离开这里。"

两人刚刚跑开，那个人影也从里面追了出来，但这时已经没有了她们的踪影。

木格拖着念玫跑出了两条街才停下来，念玫走进一家便利店买了两瓶水。分给了木格一瓶，而自己那瓶则全都用来漱口。

念玫漱了好几次口，都还感觉自己嘴里有一丝血腥味。一想起刚刚那种口感，还有朱胜辉的那些行为，念玫顿感一阵反胃，竟扶着墙吐了起来。

好在这恶心的感觉来得快去得也快。把胃里的东西吐光了自然就停了下来。

看着念玫苍白的脸色，木格有些担心地问："你没事吧。"

念玫从木格手里抢过剩下的半瓶水，最后漱了一次口。

木格又说："都是我不好，不该带你来这种地方。"

念玫摇了摇头："不关你事，是我自己决定要去的。我只是不明白，为什么，为什么所有人都不放过我？"

木格很自然地说："因为你长得好看啊！"

念玫感到非常荒谬："长得好看就要被人家欺负吗？"

木格愣了一下："好像还真是，那些臭男生就是喜欢你这种好看的姑娘。你不知道有多少姑娘，都想要有像你一样漂亮的脸。"

念玫冷笑："你也想要吗，换给你啊，把我爸爸一起也换给你。"

木格一想到念玫爸爸那张"生人勿近"的脸，连忙摇头："那还是算了，我还是丑点吧。"

念玫看着她说："你才不丑呢。"

木格靠近念玫小声说道："听那些大人说，你们家专门出美女，可有名了。"

念玫不以为意："哼，那还不是整天死气沉沉的。"

木格问念玫："哎对了，我问你个事你别生气啊……听说你跟你小姑，长得是一样一样的……"

念玫回道："好多人都这么说，我没见过。"

木格好奇："没有照片吗？"

念玫一摊手："照片全烧了，我记事起就一张都没有。"

木格安慰道："其实烧了也好，和死去的人长得一样，我听着都瘆得慌……"

念玫则说道："如果我真的长得像我小姑，也一定是我爸的意念起的作用。"

木格疑惑："怎么会啊？"

念玫十分认真地说道："怎么不会？就他那么盯着我……好像一眨眼我就会被人杀了似的……真的快被他逼疯了。"

木格愣了半晌才说道："我倒也能理解你爸，谁要有这么好看的女儿还不担心死了。"

念玫叛逆地表示："他再逼我，我非要做出点什么给他看。"

木格愣愣地望着念玫放慢了脚步。

念玫扭头看了木格一眼："干吗这样看我？"

木格说道："我觉得今天都有点不认识你了。"

念玫摸了摸自己脸："有这么夸张吗？"

木格点头："你平时乖得跟猫咪似的……可今天，就感觉有点不一样了。"

念玫和木格对视了片刻，突然一转身，说道："我说我和人好过，你信吗？"

木格停下脚步，满脸都写满了震惊。

念玫回头看着木格，"扑哧"一声笑出声来。

木格眼睛瞪得溜圆："你刚才说的，到底真的假的？"

……

不远处，一个戴着棒球帽的男子站在阴影里注视着停在原地说话的木格和念玫，直至两人重新向前走去，男子才继续缓缓跟了上去。

第5章　尾　行

朱胜辉坐在吧台旁的高角凳上，抓过酒保递过来的黑啤一气喝尽，这已经是他今晚喝的第六杯了。

大亮从外面跑回来告诉朱胜辉，念玫和木格已经不见踪影。气急败坏的朱胜辉甩手就把酒杯砸在地上。原本就已经被"重点关注"的他，立刻就把经理和保安都吸引到了身旁。

朱胜辉是个富二代，大家都是知道的。所以经理很礼貌地告诉他，他已经喝醉了，该回家了。但可惜的是，礼貌这种行为在这类富二代眼中代表的意思是"我知道你爸很有钱"。

于是朱胜辉就准备在这些人身上，找回今天在这里丢的面子。然后，朱胜辉和他的跟班们就都被"请"出了迪厅。

而在出来之前，他已经为今晚的所有酒水买了单，包括那只被砸碎的啤酒杯。

大亮想要送朱胜辉回家，被他一把推开："废物，都是一帮废物。"

朱胜辉推开所有试图靠近他的人，跟跟跄跄地一个人走向家的方向。

大亮还想跟上去，却被其他几个跟班拦了下来，几个人七嘴八舌地说道。

"亮哥算了，反正这里离辉哥家也近，没事儿的。"

"对啊，亮哥，辉哥心情不好，咱也别去招惹他了"

"亮哥，要不咱们再找个地儿喝点？"

"我知道一家烧烤不错。"

"要不再去洗个澡？"

"你请客？"

"这不是有亮哥在嘛。"

……

朱胜辉摇摇晃晃走在西柳巷内，一边走一边不停地骂脏话。

这一片是市中心最后一块棚户区，里面的小路四通八达。虽然穿过这里会近很多，但大多数人在白天都不太愿意走进这里。原因很简单，这里的治安几乎是市区最差的。就是因为这里的路灯少，小岔路也多。转几个弯人就没影了。

不过这些都不在朱胜辉的考虑范围内。因为他也知道，自己就是个坏人，其他人应该怕他才对，但已经喝醉的他忘记了，平日里前呼后拥的那群跟班现在并不在他身边。

朱胜辉走进西柳巷没多久，身后就远远跟上一个瘦高的黑影。朱胜辉对此毫无察觉，摇摇晃晃地扶住一根电线杆，拉开裤子的拉链开始放水。等他方便完了，一抬头就看到有人站在他对面。

"不要再去招惹那个姑娘。"

"老子招不招惹用你管，滚开，好狗不挡路。"

……

念玫和木格分开之后，又漫无目的地逛了一会儿。但最终她还是赶上最后一班回家的车，她再有主见再想叛逆，也还是个只有十六岁的小姑娘。

蹦迪跟喝酒已经算是她现在能做到的，最叛逆的实际行动了。所以最后的最后，她还是要回家的。

回到了自己熟悉的地方，念玫的心情原本已经放松了一些。但当她又看到八角亭时，不知为何心情突然变得非常糟糕。

念玫说不清那是一种什么样的感觉。她无法确定这是因为这个八角亭本身，还是这个八角亭跟玄家的关系。她唯一能够肯定的，哪怕有任何其他的选择，她都不再想回去那个家里。

越是靠近八角亭，念玫越是感到压抑。她下意识地观察四周，突然隐约听到身后传来些许脚步声。念玫赶紧回过头，一个看不分明的身影正往她这边走。

看到念玫转身，这个身影明显加快了脚步，没有躲也没有藏。那肯定就不是之前跟踪她的那个人影。

念玫立刻想到了自己的父亲，一股无名火突然涌上心头，她冲着那个男子大喊："我受够你了，你能不能别再跟着我了？！"

喊出这句之后，念玫的愤怒也宣泄出了大半。这时那个人也靠得更近了，念玫此时才发现这个戴着棒球帽的男人，并不是自己的父亲。

念玫的脸色骤然变得苍白。

……

第二天上午九点，袁飞踩着点走进刑警队，一推开自己办公室的房门却发现有两个人在等他。

其中年纪大的那个袁飞认识很多年，但关系很不好。而另外一个人，在他推开门的同时，就完成了起立、立正、敬礼的"三件套"。

"报告队长同志，我是新来的实习干警刘新力，别人叫我大力，实习警号563581，性别男，身高……"

袁飞赶紧做出一个制止的手势，打断了新人干警的自我介绍，他突然感到头有点疼，这种愣头新人已经很多年没有遇到了。

新人先放在一边，袁飞看向了另一个旧识，他老婆的亲哥哥玄梁。此时玄梁正直勾勾地盯着他，眼神并不太友好。

袁飞主动开口："玄梁，这么早？有事吗？"

玄梁语气古怪地说："队长，袁队长。这么长时间不见，您都成袁队长了，还真是恭喜啊！"

这么明显的反话，袁飞当然听得出来。他跟玄家虽然有亲戚关系但二人向来不和，在办公场所他是真不想跟玄梁吵架，于是全当没有听到，直接冲大力喊："你叫大力是吗，你倒两杯水过来。"

大力出去之后，玄梁立刻质问袁飞："昨晚给你打了一晚上电话，为什么不接？"

袁飞轻咳了一声："昨晚手机静音了，那个……又是念玫的事儿？"

玄梁冷哼了一声才说道："昨天晚上念玫很晚都不见回家，我守在八角亭附近等她，结果正撞见有人在追她……"

"先等等！"袁飞突然打断玄梁，然后开门冲外面喊，"刚才那实习的，过来做一下记录。"

玄梁也知道自己今天算是来报案的，也应该有个人做记录，所以才耐着性子等着大力带着本子走进来之后继续说下去。

时间回到昨晚，玄梁在八角亭附近焦急地等待，突然听到远处传来细碎而急促的脚步声。玄梁感觉这脚步声好像有点熟悉，立刻朝那个脚步声的方向跑了过去。没跑出多远，就看到前方隐约有个瘦弱的身影正在惊慌失措地跑着，虽然看不清面貌身材但明显这就是个女孩。

玄梁心中一惊，赶紧加步伐，那个女孩没跑几步就摔倒在地。而此时，玄梁也发现了那个跟在女孩身后的黑影。

玄梁拿出吃奶的劲儿向前狂奔，终于赶在那个黑影之前来到女孩身边，低头一看果然就是自己的女儿念玫。

那个黑影一看父女已经成功会合，立马掉头逃走。

玄梁从地上把念玫拉起来说道："赶紧回家！"

而他自己则追向那个正在逃离的黑影。

然而他没有追上，否则他今天也不会来这里找袁飞，昨晚就把人送到派出所了。

大力快速记录着玄梁的陈述，袁飞抽空瞟了几眼，记录得还算不错。

袁飞转向玄梁："这个人你见过吗？"

玄梁冷冷地回道："没有，不过我可以确定不是朱胜辉那个小流氓。"

袁飞问："朱胜辉是谁？"

玄梁很不耐烦："这个无所谓，反正跟踪念玫的另有其人。你说会不会是……当年玄珍16岁，现在念玫也马上16岁了……"

袁飞的头又开始疼了："你什么意思？"

玄梁说道："最近我有几次没有接念玫放学，特别是两次晚自习以后念玫就说过总感觉有人跟着她，她还以为是我跟我闹来着。"

袁飞说道："不过孩子那么大了你总那么跟着确实有点……"

玄梁立刻变得激动起来："你不要给我扯那些，咱们就是说现在，万一是凶手又出现了呢？"

袁飞对这个大舅哥可是太熟悉了，他越是激动你就越不能激动，否则他立刻就会变成人形"炮弹"分分钟炸给你看。

于是袁飞抽出一支烟点上，吸了两口再吐出一口长烟，然后才望向玄梁。

袁飞思索片刻说道："照你的说法，这个跟踪念玫的人特别能跑灵活度又高，年龄顶多也就三十岁吧。"

玄梁想了想，点了点头。

袁飞又说："以你的描述，他就是个男人，我说得没错吧。"

玄梁顿了顿："怎么了？"

袁飞把烟头摁在烟灰缸里："当年的目击证人看到的，可不是男的。"

玄梁张了张嘴，又一脸恼怒地盯着袁飞。

大力两眼飞快地在袁飞和玄梁身上穿梭。

袁飞站起身给自己倒了杯水："老梁，你的心情我理解，你对我们有意见我也理解，但凡事都得有个度，我们是警察不是街道居委会，所有人都有一点儿风吹草动就跑来报案，我们怎么可能忙得过来？"

玄梁腾地站起身走到袁飞的身前，几乎脸快贴着他的脸："这就是你的态度？"

袁飞好歹也是个刑警队的队长，虽然有亲戚关系，但容忍也是有限度的。

袁飞看向大力："大力，对吧？"

大力立刻起身："报告队长，我身份证的名字叫刘新力，别人都叫我大力。"

袁飞点头："大力，我态度有问题吗？"

大力语塞："呃……"

第6章　报　警

袁飞放下水杯对大力说："你出去把葛菲叫过来。"

大力如蒙大赦地逃出办公室。刚刚这段对话不长，但信息量简直"爆表"。

关好门，一转身的大力就看到葛菲跟其他同事都站在不远的地方，各自假装忙着手头的工作。

大力看向葛菲，比画了一个你来的手势。

葛菲用手指着自己，无声地确认："我？"

这时门那边传来玄梁的咆哮："你要我给你时间？我们家给你的还少吗，19年了！还不够吗？"

葛菲赶紧走过去敲门，袁飞开门走了出来："你们都该干什么，干什么去。"

大家散去，大力追上一个还算比较熟的同事问："军哥，这是个什么情况？"

"领导的事儿你少打听，该你知道的时候自然就知道了。"

屋内袁飞给玄梁介绍："这位是葛警官，处理年轻女性相关的案子非常有经验。"

葛菲翻开大力留下的记录，快速浏览起来，不到一分钟她就抬起头问玄梁："念玫这个孩子我听袁队长的爱人提过，不像是个会夜里还在外面晃荡的孩子，她为什么会在那个时间出现在八角亭附近？"

这个问题让玄梁的脸色变得古怪："还能有啥，就是小孩子不听话。"

这话任谁都听得出肯定不是实话，葛菲和袁飞交换了一个眼神。

葛菲啪的一下合上了本子："那，走吧。"

玄梁不明白："去哪里？"

葛菲站了起来："既然你不愿意说，那我们就需要去找当事人聊一聊。"

玄梁有些急了："跟我说就行了，找念玫干什么？！"

葛菲冷静地说道："从念玫离开家到你找到她，这中间的几个小时里发生了什么你都知道吗？"

玄梁立刻说："我可以回去问她，再来告诉你们。"

葛菲说道："我能理解你保护女儿的心，但你的做法却只能给我们的调查制造阻碍。"

玄梁冷哼了一声："就是没有阻力，你们警察不也查不出来什么吗？"

葛菲可不是袁飞，她直接反问："你既然不相信警察，为什么还要来警局？"

玄梁的脾气又上来了："就知道你们靠不住，我就不该来。"

袁飞赶紧拦住玄梁劝了几句，顺便给了葛菲一个干得不错的眼神。

这就是老搭档的默契，玄梁这种脾气的人必须激他一下，当然关键是激之后还要赶紧给他个台阶下。

玄梁的脾气很糟糕是不假，但这个人还并不是太蠢，真的完全不相信警察也不会一大早就来袁飞的办公室。袁飞说服了玄梁之后，开车带着葛菲和大力一起离开了刑警队。

与此同时，近郊的一座别墅中，朱胜辉的母亲正在对着镜子化着戏妆。

她叫邱文静，曾经也是个昆剧演员，自从"奉子成婚"之后就没有再上过舞台。她不缺那点演出费，更重要的原因是自从生完孩子后她的身体状态就大不如前了。

今天邱文静就是一直有些心神不宁，平日很容易化的戏妆今天就怎么化都不太对劲，最后她干脆全都卸掉改成了最简单的练功妆。终于化好妆，邱文静换上了一副青衣的扮相，随着音箱传出的伴奏，莲花碎步，长袖飞舞，转身回头，冲着整面墙的镜子做了个亮相。可这个不知道做了几百上千次的动作，今天做起来怎么是这么别扭。

那个镜子里的自己，怎么看都不对劲，邱文静总感觉今天有什么地方不对劲。不，是没有对劲的地方。这个她每天都会来的屋子，就是让她感觉不舒服。

突然，邱文静的目光停在墙角柜子上。那里摆着很多个相框，里面有全家人的照片。其他都好好的，唯独朱胜辉的那张照片扣在桌子上。

邱文静快步走出这个屋子，从桌子上拿起手机拨号，片刻传来"您所拨打的电话已经关机"的声音。

邱文静眉头微皱再次拨号，电话接通传出一个中年男人的声音："文静啊，怎么了？我这边有点忙。"

邱文静隐隐有几分焦急："文生，你说胜辉不会出啥事吧，电话一直关机，从昨晚到现在人影也不见。"

朱文生不以为意："这不是经常的事儿，你还大惊小怪的。"

邱文静说："我今天感觉心特别慌。"

朱文生很敷衍地说："行了，行了。你那就是在家里太闲了，实在无聊就去昆剧团转转。"

挂断电话后朱文生起身往外走，突然挂在墙壁上的翡翠平安扣毫无征兆地掉落下来摔了个粉碎。

朱文生盯着一地的碎片怔了片刻，拿起手机拨号听筒里却传来"您所拨打的电话已经关机"的声音。此时朱文生的心里也开始有些发毛，立刻翻出大亮的电话打了过去。

"大亮，胜辉在你那儿吗？"

"没有，昨晚他一个人从迪厅走了，后来就没联系。"

朱文生收起电话立刻走出办公室。

……

袁飞带着葛菲和大力来到玄家。

玄梁推开院门，回头望向身后略显踌躇的袁飞："来吧，袁队长，请进。"

袁飞深吸一口气，带着人走进院子。他和爱人玄敏结婚也有几年了，但进这个院子的次数一只手就够数了。

一走进院子，就看到玄家的老太太正坐在院子中间挑着豆子。今天也不是什么节日的，突然看到袁飞，老太太着实有些意外。

老太太看着袁飞："袁飞来了。"

袁飞赶紧走上几步："妈，您身体还好吧。"

老太太笑着说："哎，还好，还好。"

完全不知道袁队长跟这家有这种关系，大力一脸震惊。

玄梁没有想要招呼袁飞他们的意思，自顾自地走进房门。

老太太却拉着袁飞拉起家常："有好一阵子没来了，听玄敏说你忙得很，身体还好吧。"

袁飞赶紧说："还好，都挺好。"

老太太又问："你父母的身体也都……"

秀媛听到动静走了出来，看到袁飞也很意外："袁飞……真是稀客哦。"

袁飞笑着回应，但明显笑得有些尴尬："嫂子，念玫呢？我找她聊两句。"

秀媛愣了一下才说："先进来吧，吃了饭再走？"

袁飞赶紧说："不用不用，就是过来和念玫聊聊，这两位是我的同事。"

听到同事两个字，秀媛才意识到今天袁飞上门并不是来走亲戚的。

秀媛立刻搬了几个小板凳过来："那你们先坐，我去给你们倒水。"

此时玄梁已经站在念玫门外："你出来，跟姑父说一下昨天晚上的事。"

念玫的声音从里面传出："我没什么好说的。"

玄梁的火气一下就上来了："你快开门！"

进屋拿茶叶的秀媛，赶紧过去拉住玄梁："念玫，你姑父来了，来看看你，你出来一下吧。"

院子里大力忍不住好奇心问："袁队，你们是？"

袁飞也没打算瞒他："我是这家的女婿。"

大力还想继续八卦一下，但袁飞的手机响了。

刚听了几句，袁飞的表情就严肃起来。

"我们马上就到！"

挂断电话，袁飞立刻对葛菲说："跟我走，有案子。"

然后袁飞对大力说："你留下简单问问情况，我得走了。"

大力一脸蒙。

袁飞走到老太太面前蹲下："妈，我这有工作上的急事马上就得走，回头跟玄敏一起来看您。"

袁飞和葛菲匆匆走出院子，留下依然没有太搞清状况的大力。其实不光是大力自己蒙，刚刚从屋里走出来的一家三口也很蒙。

大力咽了口唾沫："你们好，我叫大力，是刑警队新来的实习生。"

这个开场白虽然有一点儿尴尬，但有总比没有好，至少开始了交流。

大力对念玫说："你能跟我说说吗？"

念玫冷眼看这个很像个警察的实习警察："说什么？"

大力说："你为什么来报案？"

念玫瞟了一眼旁边的玄梁没有说话。

玄梁忍不住开口："你就说说你昨晚去哪儿了，怎么被人跟踪了。"

念玫赌气道："我哪儿也没去，也没有被人跟踪。"

玄梁气急："你！"

秀媛赶紧拉着玄梁去外面。

秀媛劝道："人家警察问话呢，你急什么？"

玄梁不满道："那叫警察？他个姓袁的把一个小屁孩扔这儿自己跑了，我还不能急了？他是个什么东西？"

秀媛继续劝道："哎，人家也挺忙的，你们两个就不能好好的，毕竟都是一家人。"

玄梁冷哼："一家人，要不是当年玄敏瞎了眼还能成一家人？"

秀媛忍不住埋怨道："你这话可是越说越难听了。"

第7章　岸边浮尸

从玄家离开之后，袁飞少有地打开警笛，可见情况有多紧急。

不到十分钟，袁飞就开车来到案发地点附近。袁飞远远地就看到河岸上密密麻麻站满围观的人，他的眉头立刻就皱起来。

袁飞在人群外停车，直接打开车载扬声器："无关人员马上离开现场！马上离开现场！"

小军他们听到声音立刻迎了上来。小军忍不住抱怨："怎么轰都轰不走，我们来的时候现场已经全被破坏了！"

这时支援的民警终于到了，他们重新拉起警戒线把围观的人挡在了外面。

袁飞几人走到河边，只见一个后脑血肉模糊的男子面部冲下趴在河堤上，法医科的同志正在提取痕迹、拍照，两名法医蹲在尸体旁做初步检查。

法医科的同志走过来，递给袁飞一个证物袋，里面装着手机、钱包、车钥匙等。

袁飞戴好手套掏出钱包抽出身份证，眉头比刚才皱得更深了。

朱文生一手握着方向盘一手拿着手机："你带几个人好好找找……跟胜辉沾点边儿的都问问，别管这么多赶紧去问，我这边有个电话进来先挂了。"

看了一眼号码，朱文生心里的烦躁又加深了几分。但他知道，这个电话必须接。

朱文生深吸了一口气："文静，我已经托了所有人在找胜辉了，等一下就有消息了，你再等等。"

电话那边邱文静带着哭腔说道："我梦见胜辉了，他浑身都湿透了，他说他冷。"

朱文生努力克制着自己的情绪："哎呀你别瞎想，咱儿子肯定没事儿的，很快就会有消息了，很快啊！先挂了。"

挂断电话朱文生把手机扔到副驾的座椅上，他降下车窗想要透口气，却听到不远处一片嘈杂其中还伴有刺耳的警笛声。

朱文生下意识地循声看过去，发现那边河岸上聚集了很多人，其中好像还有警车。

不知为何，朱文生突然想起了翡翠平安符摔碎的那个瞬间，还有刚刚邱文静说的话，于是他立刻踩下刹车。

"胜辉！"

朱文生下车走向人群聚集的地方，他感觉自己嘴很干，两条腿不知为何也有点不听使唤。他用力拨开人群一直挤到警戒线前，正好看到一件熟悉的衣服，正在被装进透明的袋子里。

"胜辉！胜辉！"

袁飞一回头，看到表情扭曲的朱文生撞开阻拦他的民警。

"拦住他！"

小军立刻冲上前想要阻拦，却被朱文生撞倒在地。袁飞也冲了过去，配合其他几个人才在朱文生碰到法医之前拦住了他。

但此时朱文生已经看到了尸体。

"胜辉啊！我的孩子！"

袁飞的头又开始疼了，他这一嗓子喊出来，全城都知道朱文生的儿子死了。

……

几个小时之后，袁飞来到法医科解剖室，因为市局对此案的高度重视以及死者父母的配合，法医科非常高效地在第一时间对尸体进行了尸检。袁飞到这里的时候，法医们已经完成了尸检之后的缝合，此时尸体面部冲下，放置在解剖台上，露出了明显的致命伤。

法医指着尸体的后脑说："我已经检查过，死者身上致命伤只有这一处。"

袁飞看到朱胜辉的半个后脑勺被砸凹，因为经过河水的浸泡伤口周围都已经发白，看起来就像是个被砸开的椰子。

法医接着说道："根据尸斑的分布情况判断，尸体上大部分外伤都是死后形成，推测是凶手在转移尸体的过程中留下的，只有两处是在生前留下的外伤，第一处在手臂上。"

顺着法医的指引，袁飞看到尸体的右侧小臂上有一组非常清晰的咬痕。

法医接着又说道："第二处是死者的右脚在生前被很用力地踩过，软组织有充血肿胀的痕迹，可以跟其他死后伤做出明显区隔。"

袁飞问法医："那死亡时间呢？"

法医说道："根据胃内残留判断，是晚餐之后的二到四个小时。"

袁飞说道："那就是午夜前后。"

法医说道："如果他最后一餐的时间在六到八点，那应该就是那个时间。"

袁飞又问："那这个咬痕上有什么发现？"

法医说道："牙齿方面我不专业，但我可以找人帮忙，而根据这个齿痕本身判断应该不是死亡时留下的。你仔细观察这两个犬齿留下的伤口，已经有了初期的愈合情况，我的判断是，留下这个齿痕的事件发生在死者死亡前一两个小时。"

袁飞刚离开法医科，就收到马上去会议室开会的通知。会议室内气氛凝重，市局局长亲自到场并主持会议。案子刚刚开始调查，关于案情内容没有什么好说的。这个会议主要还是为了让大家明确这个案子的性质和重要性。

会议结束得很快，最后局长总结发言："我们绍武已多年没有恶性案件发生，此次凶案上级领导极为重视，责成我们立即成立'4·17'专案组，袁飞任组长，务必赶在省文明城市评选之前破案。"

局长宣布散会之后把袁飞单独留了下来，袁飞以为局长想要了解一下调查情况，已经在脑中准备如何汇报。

局长问袁飞："你们这儿是不是来了一个警校实习生？"

袁飞有些意外，但还是马上说："对，叫……"

局长直接说出名字："刘新力。"

袁飞点头："对。"此时他大约已经明白为什么局长会单独找他了。

局长拍了拍袁飞的肩膀："这个大力是我一个老战友的孩子，他托我关照一下。"

袁飞再次点头："明白了，我知道该怎么做。"

局长笑着说："不是让你特殊照顾，该让他倒倒茶跑跑腿的，就让他去，年轻人总是要好好锻炼一下。好，走了。"

袁飞往会议室看了一眼，此时大力正在收拾桌子。

袁飞喊道："大力。"

大力回头看向袁飞："到！"

袁飞招了招手："先别收拾了，过来开个小会。"

回到办公室，几人先把手里的信息做了简单汇总，案子刚开始都是千头万绪的，所以相比细节更重要的是找准调查的方向。

袁飞给调查定的方向就是把朱胜辉的社会关系摸排清楚，同时着重落实案发当晚他的行踪。

刚要散会，就听到警局大门口传来喧闹声，袁飞他们看下去，只见朱文生和邱文静带着几个人吵吵闹闹乱作一片。

"你们别拦着我，我找你们领导，我儿子被人杀了，我要你们给我个交代，凶手就在那里，你们凭什么不去抓人？"

这种场面也算是预料之中，死者的父母总是要深入接触的，只是跟这种人打交道总是非常消耗心神的事情。

袁飞说："葛菲，把死者的父母叫到询问室。"

葛菲略微疑惑："询问室？"

袁飞说道："他们太激动了，还是去询问室录下来。"

葛菲点头："明白。"

袁飞转向其他两人："小军先去落实朱胜辉的行踪，大力跟我走，去做记录。"

小军立刻出门，大力则跟着袁飞一起走向询问室。

袁飞突然开口问他："你多大了？"

大力立刻回答："22，袁队。"

袁飞问："怎么会想到刑警队实习？"

大力回答道："我现在在准备毕业论文，是关于犯罪动机的心理学研究。"

袁飞表示不理解："搞论文那是搞理论，你跑我们这儿来干什么？"

大力却说道："一个长辈告诉我，不结合实践的理论什么都不是。"

袁飞一愣，随即点头："你这个长辈不错。"

刑警队询问室是个没有窗户的屋子，走进这里谁都会感到有些压抑。

朱文生夫妇被带进这里之后，情绪明显不像刚刚那样激动了，也可能只是因为他们带来的那些人被留在了外面。

袁飞走进来，坐在葛菲边上。大力坐在另外一边准备记录。

葛菲向对面气势汹汹的朱文生和邱文静介绍："这是我们专案组组长袁飞，专门负责你儿子的案子。"

朱文生听到袁飞的名字，脸色突然变得古怪起来："袁飞？大名鼎鼎啊！"

邱文静更是拍了下桌子："他不能负责我儿子的事情。"

葛菲眉头一皱："为什么？"

邱文静指着袁飞的鼻子说道："为什么，凶手就是那个玄梁，你本身就是他妹夫，自己人还不包庇自己人？"

听到玄梁的名字，袁飞心中一动，但表面上还非常平静。

袁飞板着脸问："你们认定玄梁是凶手有什么证据？"

邱文静冷笑："我不管什么证据，玄梁他就是凶手！"

袁飞意识到，跟这个情绪激动的女人是没办法沟通的，于是看向朱文生。

朱文生说道："有证据你抓人吗？"

袁飞严肃地说道："要是有证据就抓人，不管是谁。"

朱文生大声说道："好，我就告诉你为什么是玄梁。"

袁飞对大力说："做好记录。"

第8章 他就是凶手

朱文生开始说道："19年前，我作为绍武黄酒厂厂长响应国家政策承包了黄酒厂，为了减负势必要裁掉一批工人。当时，玄梁因为他妹妹被杀的事情根本没心思工作，所以他就成了第一批下岗的。谁知道我就因为这个捅了马蜂窝，他没完没了地到厂里来闹，不仅闹还写举报信，说我侵吞国有资产搞得检查组下来调查。哪怕我清清白白，玄梁还是到处说我是贪污犯。实在是缠不过，我们一家就从八角亭搬走了，可是没想到……没想到他还是不肯放过我……"

邱文静大声哭喊着："他是存着杀心要灭我朱家的后啊！他个杀千刀的不……"

袁飞提出疑问："请你们稍微冷静一点儿，刚才说的是你跟玄梁十几年前的过节，和朱胜辉有什么关系？"

朱文生立刻说道："一个星期前，小辉肿着半张脸回家，我跟文静就问他出了什么事儿，他说是玄梁打了他……一个星期后，我们家胜辉就……"

袁飞又问："玄梁为什么要打他，在哪儿打的？"

邱文静边哭边喊："不管在哪儿，他的目的就是打击报复！"

袁飞皱着眉头看向朱文生："仅凭你们现在提供的情况，并不足以确定玄梁就是本案的嫌疑人。"

朱文生一拍桌子站了起来："你什么意思，现在就开始包庇上了？"

袁飞耐心地解释："你们提供的都只能算线索不能称为证据，最多只能认定玄梁可能有作案动机，也仅仅只是可能，警方调查需要确切的证据你有吗？"

他们当然没有，否则他们现在应该是去找玄梁的麻烦，而不是到警察局来闹。

袁飞接着说道："我们理解你们的心情，专案组已经成立了，谢谢你们提供的线索，请给我们一点儿时间，我们会找出凶手的。"

袁飞站起来准备送客，邱文静突然开口："我想起来了，胜辉就是在亚梅他们那个昆剧团那儿被打的，当时有很多人都看到了，他们都能证明那个玄梁就是凶手！"

袁飞看看大力，大力点点头表示记下。

被害人家属的情绪其实是很难平静的，这一点是必须理解的，反过来说，如果真的过于平静那才是不正常。

袁飞接触这类家属的经验还算是丰富，他判断眼前这两位也不可能再有什么像样的线索了，所以没有必要再继续浪费时间在这里耗着。他给葛菲使了个眼色，作为老同事，葛菲立刻明白了他的意思。

葛菲合上本子站了起来："朱胜辉的遗体已经完成了法医学解剖，你们二位是否想去……"

提到儿子的遗体，两个人立刻就没有了声音，互相搀扶着站了起来，

法医不是入殓师，并不会对尸体的表面进行任何"美化"处理，所以当白布被掀起，呈现在他们面前的是一张惨白肿胀变形的脸，他们都知道这就是自己的儿子朱胜辉，却怎么也无法把这张脸跟记忆中的儿子对上。

邱文静昏死过去，朱文生也要扶着墙才能站稳，他瞪着满是血丝的眼睛对袁飞说："这是我们朱家的独苗，我一定要给他报仇！"

袁飞迎着他目光："要相信警察和法律。"

在葛菲的帮助下，朱文生把邱文静扶上了车，他上车之前看了袁飞一眼，那个眼神让袁飞知道，他的话朱文生根本就没听进去。

一转身，袁飞就看到了大力："记录整理好了？"

大力说道："整理好了。"

袁飞点点头走向办公室："昨天跟玄念玫谈得怎么样，给你三分钟时间做汇报。"

大力赶紧跟上同时说道："不用三分钟，我其实没问出什么来，念玫好像一直和她爸爸闹着别扭，周末她被爸爸也就是玄梁禁足了，所以才趁家人都出门时偷跑出去。但去找了谁，做了什么，又是怎么被跟踪的……她全都没有说。"

此时，袁飞走到了办公室门口："行，我知道了，你忙你的去吧。"

周亚梅推开烫着金字的"鑫源集团"的大门，径直走向前台："您好，我找朱总。"

前台小姐礼貌地回答："朱总他不在。"

周亚梅又说道："是这样，我是昆剧团的负责人周亚梅，跟朱总约好的，今天有一笔款项要转到剧团，打他电话一直没人接听，因为演出……"

前台小姐礼貌地打断周亚梅的话："今天肯定是不行的，您还是先回去吧。"

周亚梅的声音不由得拔高了几分："我们是有合约的，这牵扯到……"

前台小姐微微欠身，小声说了句："朱总的儿子被人杀了，这个时候我们不敢去打扰他，请您理解。"

周亚梅呆呆地站在原地，脑中一时无法处理这句话所包含的信息。朱胜辉这个孩子她接触虽然不多，但很了解他的脾气秉性，对于他的死亡周亚梅并没有任何特别悲伤的情绪。但对于因为他的死而可能导致的后果，周亚梅却是非常在意的。

下午四点，刑警队办公室内开始了"4·17"案真正意义上的第一次案情会。

会议室里坐满了刑警队的成员。

小军首先发言："我们把朱胜辉周边的朋友摸了一遍，通过几个人的描述，拼凑出了当晚朱胜辉的活动轨迹。他们在吃饭的时候，朱胜辉接到了一个叫大亮的马仔打来的电话。然后他们立刻就离开饭店赶往迷幻迪吧，在迪吧里跟人发生了冲突，而根据他们几个的说法，冲突的另一方是诚益中学的两个女学生，一个叫木格，另一个叫玄念玫。"

听到念玫的名字袁飞很吃惊，下意识地摸兜却掏出一个空烟盒，坐在他身旁的大力适时地递上一根烟。

此时，小军将监控视频投放到大屏幕上。

"迪厅老板说厅里几个监控都坏了，所以我们只能看到大门口的情况。"

片刻之后，屏幕上出现念玫和木格走出迪厅的模糊身影。

袁飞看了看显示时间，是 9 点 33 分。

小军说道："这时是晚上 9 点 33 分，三十五分钟后朱胜辉出了迪厅，他跟朋友们分开之后独自离开，但是是朝着与念玫相反的方向。"

　　袁飞问："这个时间玄梁在哪里？"

　　葛菲说道："因为要赶回来还没来得及摸，明天会去落实玄梁和念玫的行踪。"

　　袁飞又转向小军："迪厅里发生了什么？"

　　小军说道："根据老板的说法，朱胜辉进去不久就和念玫她们发生了冲突。"

　　袁飞感觉自己的头又开始疼了，但作为一个刑警，他还是要坚持自己的原则。

　　"从现在已经掌握的情况来看，朱胜辉一案很有可能与玄梁和他的女儿玄念玫有重要关联。鉴于我与玄家的亲属关系，根据回避原则我会请求上级暂时卸下我'4·17'案调查组组长的职务。"

　　"组长。"

　　"队长。"

　　袁飞摆了摆手，继续说道："但是在我卸任之前，专案组的工作还是由我来主持，接下来的调查分成四个方向。第一，继续落实朱胜辉在离开迷幻迪吧之后的行踪。第二，调查玄梁案发当晚的行踪。第三，调查玄念玫、木格和朱胜辉的关系。第四，对被害人朱胜辉及其父母的情况进行调查，朱胜辉身上的财物没有丢失，所以大方向还是仇杀或临时起意的激情犯罪，谁还有什么要补充的？"

　　见没有人说话，袁飞一拍手："散会。"

第9章　昆剧团

　　玄梁骑着自行车回到家，一进院子就看到玄敏、秀媛和母亲坐在院子里，一边吃饭一边聊天，而念玫手中拿着一个崭新的手机正在捣鼓。

　　"孩子他爸回来了。"秀媛说着就起身准备去给他盛饭。

可玄梁没有搭理秀媛，而是看着念玫手里的手机："这是怎么回事？"

秀媛说道："大姑给买的。"

玄梁板着脸说道："小孩子要什么手机！"

念玫闻言白了玄梁一眼。

送了东西还被埋怨，这放在旁人身上估计早就翻脸了，但玄敏太了解自己这大哥的秉性，买手机的时候就知道他会有这样的反应。

玄敏放下碗筷，说道："孩子不小了，马上就 16 岁了，算是生日礼物吧。还有啊，你以后也不用去接她了，小孩子会很没面子的。"

秀媛在旁边帮腔："对啊，有个手机不就放心了吗？"

玄梁今天的脾气格外差："放心什么，放心她天天打游戏？"

玄敏继续劝："好了好了，我们念玫不是那样的人，对吧念玫。"

念玫嘟囔着："反正你以后不许到学校来接我了。"

玄梁叉着腰刚要对她们发飙，就被玄敏拉进屋里："先进来，我跟你说点事儿。"

玄梁一头雾水："啥事啊？"

玄敏看了看屋外，小声地说："我前几天去见了一个人，那人特别神，她说这么多年我怀不上孩子是因为……玄珍的冤魂没有安息，还说咱们玄家上上下下，不管老少都会因为这个事情不得安生，要想破了它主要是……"

玄梁脸色已经越来越难看："主要是什么？"

玄敏小心翼翼地说道："你看，念玫长得和玄珍……会不会是附体？"

玄梁破口大骂："放她的屁，这种鬼话你也信？"

玄敏也大声喊道："那我能怎么办，人家上来就把我们家的事说得准准的，再说我俩啥问题没有就是怀不上？"

玄梁吼道："那是你男人没本事，当初是你哭着喊着非要嫁给他，这能怪谁？"

玄敏也不装了，揭起大哥的短："行行，我男人没本事就你本事大，大到你女儿都不理你大晚上往外跑，大到让所有人都笑话我们家。"

玄梁怒道："谁笑话，你说谁笑话？"

玄敏说道："你以为你天天这么跟着孩子不是笑话，你以为孩子在外面抱怨说自己爸爸骚扰她不是笑话？"

玄梁喊道："她是我女儿，爸爸接女儿叫骚扰？"

玄敏摆了摆手："好了，我们不要争这个了。我也不是不理解你，19年了，我们这个家从19年前就破了，可不能永远这样下去吧？"

玄梁说道："你自己生不出孩子不要来给我找这个理由，你们随便怎么说，但孩子的事情我做主。"

玄敏说道："孩子小的时候你可以那样，人家会说你负责任，但是孩子那么大了……"

玄梁声音大了几分："大了才更危险。"

玄敏忍不住反击道："你这是变态你知道吗，你这是自私你知道吗，你以为你这样就是爱，你以为你这样就能消除你心里对玄珍的愧疚？"

那个名字一说出口，玄敏就立刻意识到自己犯了个错误，但话已经出口收不回来了。

玄敏赶紧岔开话题："怎么说到这儿了，说回来我想让念玫帮忙去给……"

玄梁不等她说完转身走了出去，一把夺过念玫手中的手机狠狠摔在了地上。

秀媛被吓了一跳，埋怨道："玄梁你干吗摔孩子的手机，你疯了？"

念玫盯着摔碎的手机突然站起身，头也不回地冲进自己房间狠狠地关上房门。

……

丁桡烈坐在办公桌前打电话："放心，订金就这两天的事情，老吴，你也知道这次演出市领导非常重视，对我们剧团来说也是……"

透过玻璃窗，丁桡烈看到一辆警用吉普车驶进大门停在了楼下。

电话那边老吴发觉丁桡烈突然没了声音："喂……丁团长，还在吗？"

丁桡烈回过神来："哦……亚梅正跟朱总交接这个事情，您就放心吧。"

放下电话，丁桡烈看到吉普车上下来几个人，他已经知道朱胜辉被杀的消息，也猜到警察大约会来这里调查。丁桡烈开始整理桌面，把所有的物件都一一归置妥当，就在他收拾得差不多的时候，警察也到了他办公室的门口。

咚咚咚……

"请进。"

丁桄烈站起身看向走进屋内的两个人。

小军首先开口："您是丁桄烈丁团长吧？"

丁桄烈说道："是的，二位是……"

小军掏出证件亮了一下："我是市刑警队的常小军，这是我的同事，有件事情要跟您了解一下。"

丁桄烈："哦，请坐，请坐。"

丁桄烈转身要倒茶却被小军拦住："丁团长别忙活了，就是简单问您几句话。"

"那好吧。"丁桄烈搬把椅子坐在两人的对面，"请讲。"

小军问丁桄烈："鑫源集团的朱文生是昆剧团的合伙人吗？"

丁桄烈想了一下，说道："也不是什么合伙人，朱总的酒厂想要打文化牌提升社会形象，所以每年会给团里一部分赞助。我们不像省里的大剧团，没有那么多的政策资金扶持，朱总的钱不多但能解一些燃眉之急。他的太太邱文静原来是我们团的，挺好的一个闺门旦，我和亚梅……哦，我太太培养了她多年，结果认识了朱老板结了婚就走了。真的是挺可惜的，听说这次她的儿子没了，唉……造化弄人……"

小军接着问道："朱胜辉你认识吗？"

丁桄烈点头："当然认识，朱老板的公子，他经常来。"

小军问："来干什么，也学昆剧？"

丁桄烈略有些不自然地笑了笑："我们昆剧团有一个学员班是为培养后备人才的，都是十几岁的孩子，小姑娘占了一多半……朱胜辉毕竟是年轻人……"

丁桄烈没有再说下去，但意思已经非常明显了。

小军换了一个方向问："你认识玄梁吗？"

丁桄烈说道："认识倒谈不上，照过几次面吧，毕竟小地方低头不见抬头见的。"

小军问："一周前，就是4月10日，朱胜辉是不是在这里和玄梁发生过争执？"

丁桄烈回忆了片刻点了点头："有这码事儿，好像是有点冲突，不过很快就过去了。"

小军追问："知道什么原因吗？"

丁桡烈笑着摇头："那就不清楚了。"

小军继续追问："知道玄梁为什么来剧团吗？"

此时周亚梅突然走了进来。

丁桡烈赶紧介绍："这是我太太周亚梅，亚梅，这两位是市刑警队的，来问关于朱胜辉的事。"

小军重复了一遍刚才的问题："二位知道玄梁为什么来剧团吗？"

周亚梅与丁桡烈对视一眼都表示："不是很清楚。"

小军问："有监控吗？"

周亚梅点头："有的。"

小军站了起来："那好，辛苦二位带我们去查看一下当天的监控视频。"

……

刑警队，已经卸任专案组组长的袁飞一边抽烟一边在走廊里来回踱着步。听到大办公室里有动静，他走进去一看，是大力全神贯注地打扫着办公室的卫生。他将散乱的文件一一整理归位，又将洗好的各种茶杯端端正正地摆放在每个人员的办公桌上。

袁飞停在门口看着，不禁对这个实习生产生了些许的好奇，这种性格的人做刑警以前还真没见过。

袁飞突然喊道："差不多就行了，我看你是真的没事干了。按照老规矩，实习刑警先要了解过去的卷宗，你找档案室的刘师傅让他给你开条。"

大力满脸写着高兴，立正敬礼："是！袁队……"

带着袁飞开的条子，大力一溜烟地跑到档案室。刘师傅从档案柜上抽出一摞摞发黄的卷宗，丢在一旁的桌子上。大力刚想伸手，就听到刘师傅冷冷地说："弄坏一个角我卸掉你一条腿。"

咽了口唾沫，大力从兜里掏出一副手套戴上，然后才双手捧起案卷，随后坐在椅子上迫不及待地打开了这份《八角亭凶杀案卷宗》。

没有工作的袁飞难得地准点下班，他跨出大门的时候，上空传来滚滚的闷雷声。

看着，就要来暴风雨了。

第10章　报　复

　　阴云密布，雷声滚滚，街上已经几乎看不到行人。雷声一阵响过一阵，震耳欲聋，院子里的树枝在狂风中乱舞。

　　玄家老太太坐在铺子门口的板凳上望天，嘴里还念念叨叨的："来了，来了……"

　　秀媛从屋子里跑出来，将老太太拉回屋，老太太口里仍在絮絮叨叨着什么。

　　秀媛说道："什么来了，雨要来了您还不进屋？"

　　两人刚一迈进屋，大雨倾盆而下。雨水顺着屋顶流下，在屋檐上汇成瀑布，齐刷刷地敲击着地面。

　　玄梁站在铺子里看着外面的大雨，秀媛来到他边上也看着外面。

　　秀媛对玄梁说："这雨真大，你去接一下念玫吧。"

　　玄梁瞟了她一眼："你也知道担心了。"

　　秀媛说道："还不是朱厂长儿子的事情闹得家家户户人心惶惶，今天学校来通知让学生家长注意接送。"

　　玄梁哼了一声没有说话。虽然面色不悦，玄梁却默默穿上了雨衣，又拿了把伞，走入大雨中。

　　看着他的背影逐渐走远，秀媛叹了口气。

　　看看墙上的钟，秀媛转身拿起外套穿上，又拿过一把雨伞："妈，您在这儿坐一会儿，我先回家把饭烧起来。"

　　老太太点头："好，你先走吧，这会儿也不会有什么人来。"

　　秀媛收拾妥当之后对老太太说："玄敏说晚上要过来，我让她晚点来接您。"

　　天色渐晚，学校教学楼一片灯火通明，在雨雾中变得斑驳陆离。

　　门口等着接孩子的家长的脸密密麻麻的，他们有的穿雨衣有的打伞，但从屋内看出去就是黑压压的一片。

有几个家长小声议论着。

"没有办法呀，平常我们都不接的，孩子大了嘛，走回去就好了。"

"就是现在不行了，现在多恐怖啊，这么个小地方还出了杀人犯咯。"

"真是，这么多年连个小偷都没有，一下子搞得吓死人了。"

……

这时，玄梁越过人群走了进来，他焦急地一边往里面张望着，一边急匆匆收伞，水哗啦啦地落了一地。

外面的雨仍在下，但比起他出门时已经小了许多。

"你还记得上次那个杀人案不了？"

"那个嘛，老早以前了呀。"

"对，就是那个玄师傅家的小女儿呀，后来案子破了没有？"

"哪里破了呀，这都过去多少年了呀。"

"啊呀，玄师傅家那个小妹妹真可怜的呀，小小年纪呀。"

"那个对那家人打击蛮大的，日子都不好过了。"

"以前多让人羡慕的一家人啊。"

"是的呀。"

"那家人现在也很少见了。"

"他们家老父亲走得也是蛮早的呢。"

"是啊，要不那个大儿子，怎么说来着，长子如父。"

"那个最小的跟他们哥姐俩差十来岁呢……"

穿着雨衣的玄梁扶着电动车阴着脸听着，半晌才停好车迈步往前走。

其中一个家长看到玄梁下意识地后退了一步，玄梁继续向前走，黑压压的一片雨伞，瞬时闪开一道裂缝。

玄梁缓缓走到家长队伍的最前面，站定，呆呆地看着校门口。

这时放学铃声大作。孩子们陆陆续续往外走，却迟迟没有念玫的身影。家长带着孩子一个个离开，只剩玄梁站在门口。

故意留在最后走出来的念玫，看到孤零零站在大门口的父亲脚步迟疑了一下，但还是走了过去，从玄梁手里接过雨伞，然后沉默地跟在他的身后。

上次闹得不欢而散，玄敏非常生气，但一想到自己的终身幸福，她还是决定再努力一把。

玄敏都已经快到家了，突然接到秀媛的电话，让她去把老太太从包子铺里接回家。玄敏这又不得不回头匆忙走向包子铺，她越走越近却听见了异常的嘈杂声音。玄敏加快脚步，快到包子铺门口时，远远看见几个小流氓模样的年轻人在店门口上蹿下跳。

玄敏立刻大喊："你们要干什么，我报警了啊！"

领头的大亮一听这喊声，立刻带着小弟们四下奔逃。

玄敏担心店里的母亲也顾不得追他们，赶紧跑进铺子里。

此刻店内一片狼藉，玄家老太太靠在墙角脸色异常难看。

玄敏赶紧跑过去："妈，怎么回事？"

玄母摇了摇头。

作为警察的老婆，玄敏当然是第一时间想要报警，可就在她在包里翻找手机的时候，一旁的母亲突然倒在地上。

医院急诊大门口，玄梁骑着电动车带着念玫赶来，他连车都没有锁，父女二人就冲了进去。

在急诊手术室门口，他们看到了玄敏和秀媛。

念玫焦急地问："妈，我奶奶怎么了？"

秀媛迎过去揽住念玫："你奶奶正在急救，别担心也许没事……"

玄梁脸色难看地看着急诊室，背影竟有些佝偻。

袁飞也匆忙赶来，玄敏一看到他眼泪立刻就憋不住了，袁飞上前揽着她低声安慰。

不知过了多久，医生走了出来，几个人赶紧围了上去。

医生说道："患者是脑梗引发的昏厥，目前情况不乐观，当然还是要看病情的发展趋势，不过作为家属你们最好先有个心理准备。"

男人都默不作声，玄敏和秀媛低声啜泣。

"留一个家属陪护吧。"医生说罢转身离开。

玄敏主动提出："我留下来，都在这儿也没意义，你们都回去吧。"

玄梁点点头转身要走，袁飞却快步走过来继而挡在玄梁的面前，其他人有些讶异地看着两人。

玄梁眉头一皱："怎么了？"

袁飞看着他说道："朱胜辉的父母，一口咬定你是凶手！"

玄梁愣住了，随即怒气上头破口大骂："姓朱的这一家子，真是活该他们家断……"

袁飞直接打断他道："在没有彻底排除嫌疑之前，警方必须开展必要的调查，这也一定会牵涉到念玫。我要提醒你的是，把你的脾气收一收，你要配合警方的调查才能早日洗清嫌疑。"

玄梁指着袁飞的鼻子喊道："你别给我来这套，还警方，你有本事把19年前杀我妹妹的凶手抓出来！就你这样还配当警察？！我呸！"

袁飞自嘲道："是，我不配。你现在是被调查的对象，而因为我们的关系朱胜辉这个案子我必须回避调查。该提醒该劝的，我都已经说完了，为了这个家你自己掂量吧。"

说完袁飞就离开了急诊，玄敏今天陪护肯定是不能回家了，袁飞现在回家给她收拾点东西。

念玫目瞪口呆地看着这一切。

坐进车里，袁飞拨通了小军的电话："刚刚有几个小流氓去我丈母娘家的包子铺闹事，提到了朱胜辉的名字。"

大亮跟几个年轻小马仔围在台球案上打台球，大亮瞄准红色球同时念叨着："给你们看看什么叫技术，高杆，左旋，看清楚喽……"

被白球撞击之后红色直奔洞口，就在进洞的瞬间被小军一把握住。大亮一抬头正对上小军的目光，他扔下杆子就往门口跑，刚到门外就被两名警员牢牢按在地上。

小军走过去，蹲在地上，问大亮："今天去包子铺闹事的人，除了你还有谁？"

大亮昂着头："就我一个，敢作敢当。"

小军把他从地上拽了起来："哎哟，这么讲义气。行，咱们回刑警队慢慢聊。"

询问室，大亮面对询问非常痛快地承认了闹事的事实："没人指使，朱胜辉是我哥们儿，我替我死了的哥们儿讨个公道算事吗，这次砸他店，下次，哼，还不知道会砸啥呢。"

进了刑警队还这么嚣张的犯人很多年没见了，小军起身就要拍大亮的脑壳，一旁的葛菲用力咳了一声，示意他正在录像。

小军讪讪地收回手："你小子嘴硬是吧，你这种行为正常流程拘留十五天，损坏商品三倍赔偿，你孙子想清楚了再张嘴，到底是不是朱文生的指使？"

大亮坚定地摇头："真的不是！"

小军问："再问你，朱胜辉最近有没有跟谁结梁子？"

大亮想也没想："有，玄梁啊！"

小军又问："除了玄梁呢？"

大亮说："那我就不知道了。"

小军坐回大亮对面："现在把朱胜辉被杀当晚在迪厅的所有经过，一字不差地说利索了。"

······

第11章　夫　妻

带着一身疲惫，袁飞推门走入家中，却看到玄敏在厨房忙碌。

袁飞一脸意外地走进厨房："你不是在医院吗？"

玄敏回头说道："嫂子过去了，非让我回来。"

袁飞问："妈那边怎么样？"

玄敏叹了口气："还没醒过来。"

袁飞走过去轻轻揽着玄敏，宽慰道："放心，会没事的。"

玄敏嗯了一声："差不多了，你把这几盘端出去。"

餐桌上，袁飞拿起筷子又放了下来，似乎是没什么胃口

玄敏问他："你怎么了？"

袁飞说道："局里已经正式下通知了，根据回避原则我不能参与'4·17'案的侦破工作了。"

玄敏愣了一下。

袁飞自顾自地说道："造化弄人啊，19年前因为和你谈恋爱没能参与八角亭案，今天又重演一遍。"

玄敏调侃道："可别带上我，当年是谁口口声声说不当警察也要娶老婆的？"

袁飞苦笑："那不是……那不是年少轻狂嘛。"

袁飞站起来，去柜子里拿来一瓶酒。

刚要打开却被玄敏一把夺过去："今天不许喝！"

袁飞看着玄敏的眼睛说道："我不喝可以，你也不许再说那个。"

玄敏说道："我告诉你，那个神婆可神了。"

袁飞抬手："打住，打住。"

玄敏说道："说的不是我们。"

袁飞不解："什么意思？"

玄敏不自觉地压低了声音："是念玫、玄珍。"

袁飞脸色一变："你信不信我马上叫人去把那个疯婆扣起来？"

玄敏知道自己丈夫还真能做出这种事来，也就不再多说。

"就你能，好了这事你不要管了，吃饭。"

袁飞自顾倒了一杯酒。

吃了几口，玄敏问："我哥那边没啥事吧？"

袁飞说道："朱文生死了儿子，他们家闹在意料之中，现在关键是要有玄梁确凿的不在场证据。"

玄敏："这还难吗，不是念玟、秀媛都能证明吗？"

袁飞："你不懂，家人不行。"

玄敏："好，我不懂，我只知道为了我你受委屈了，吃饭。"说着将盛好的米饭放在袁飞面前，但不知有意还是无意顺手拿走了酒杯。

袁飞半躺在床上看案件分析，这时，玄敏端着两个杯子走了过来，坐在袁飞的旁边，将水杯递了过去。

袁飞没有接："我不渴。"

玄敏却说："不渴也喝一点儿。"

袁飞抬头看了一眼玄敏，只见她穿着性感的睡衣，垂在两侧的细发将她衬托得明艳而妩媚。

玄敏也很漂亮，只是因为当年玄珍的美丽太过耀眼。当年袁飞对玄敏也是一见钟情，从这个角度看玄家的基因的确优秀。

袁飞接过水杯，刚喝一口随即喷到地上："这什么味啊？"

玄敏抓着袁飞的手把杯子往嘴边送："你别管，一口气喝完。"

袁飞的力气可比玄敏大多了，无论她怎么努力杯子始终无法靠近他嘴边。

袁飞问："这里面放了什么？"

玄敏一边用力一边说："我还能害你吗？"

袁飞此时才注意到杯中水体浑浊："那可不好说……"

玄敏急道："喝了它我们就能怀上孩子了。"

袁飞一听烦躁地揉了揉脸："玄敏，怀不上就算了，别再折腾我了行吗？再说，你妈还在医院里躺着……"

玄敏哀求地望着袁飞："袁飞，你喝了吧，就算我求你了。"

袁飞问玄敏："……里面放的是什么？"

玄敏撇过头："你就别管了。"

袁飞说道："你不说我肯定不喝。"

玄敏见拗不过只能说出实情："就是上次我去找的那个神人，给我画了张符烧成灰喝下去我们就能……"

袁飞："玄敏……你还不明白吗，玄珍的事情把你们家人都弄成神经病了，多少年了你就不能放松下来给自己一条活路吗？"

玄敏瘫坐在床上却硬撑出干瘪的笑容："只要你把水喝了，你说什么都行。"

袁飞把杯子丢到桌上："我不喝！"

玄敏突然跳起来从桌上抓起杯子："你不喝我替你喝！"

"够了！"袁飞从玄敏手中夺过水杯。

玄敏慢慢站起身，两眼死死盯着袁飞："是，玄梁跟你闹了那么多年，但我们自从结婚以后我跟你闹过吗，全家上下始终站在你这边的又是谁，一直怀不上我怪你了吗，我一天天地跑医院，你爸妈阴阳怪气地说话以为我听不出来吗，你以为我心里好受吗，我这不是死马当成活马医吗，你倒好还怪我们家神经病，你们当警察的如果能给我妹妹沉冤昭雪，至于我们玄家个个都是神经病吗？！"

袁飞苦笑着拿起那杯水，咕嘟咕嘟喝光了。

……

周亚梅穿着轻薄的睡衣，盯着窗外出着神。

丁桅烈拿着一件外套走过来，披在周亚梅的身上。

"亚梅，想什么呢？"

"我担心朱文生那边的资金，电话打了几次也上门去了，但就是找不到人。"

"再等等，不行我就过去问问。"

周亚梅转过身看向丁桅烈："为什么偏偏发生在这个时候？只要抓住了这次机会就能实现爸爸的遗愿了。"

丁桅烈叹了一口气，拍了拍周亚梅的肩膀："已经这样了，咱们就安之若素吧。"

周亚梅垂下眼帘，再抬起时眼中闪出泪光："桅烈，怎么年龄越大，越觉得造化弄人呢？怎么每个重要的时刻总会有意外发生？"

丁桅烈轻轻把周亚梅揽入怀中："睡吧，不早了。"

周亚梅轻轻点头："好，你先去，我马上就来。"

丁桅烈转身走开，周亚梅注视着丁桅烈的背影眼神复杂。半晌，她叹了口气，走向了与他相反的方向。

......

朱胜辉的卧室，邱文静抱着膝盖，蜷缩在他的床上无声地哭泣。她身边堆满了朱胜辉的东西，还有他从小到大的照片，她到现在也不能相信儿子已经死了的现实。

朱文生相信，但他不能接受。他一个人坐在露台上，脚下堆满了烟头和空酒瓶。

"儿子放心，这个仇爸爸一定要帮你报！"

第12章　流　言

诚益中学，田海鹏走在教学楼的回廊里，并排走来两名女生远远向田海鹏打着招呼。

两人的声音清脆且夹杂着撒娇与一丝丝暧昧。

田海鹏含蓄一笑，避开女学生甜腻的目光，随即停在教室门外望向楼下。

念玫的身影出现在楼下随即消失在教学楼的楼洞内，田海鹏的嘴角似有若无地扬了扬，然后他回过身朝着来时的路走去，远处齐宏伟驾驶着一辆普通轿车驶入诚益高中。

念玫走入教室，她看到三三两两围在一起的同学立刻停止了交谈，两眼一眨不眨地盯着自己。走到座位前坐下，念玫环视周围目光，与向云峰碰到一起时，向云峰怪模怪样做了一个吐口水的表情。

念玫看向郝志，郝志故意避开念玫的目光。

这时，角落里传来刺耳的窃笑声。念玫望去，只见周静正与前排的两个女同学捂嘴偷笑，恶意的目光不时投向自己。

念玫起身走到周静的面前，定定地看着周静："有本事大声说大声笑，偷偷摸摸多恶心。"

周静夸张地喊道："好呀，哎哟我还真说不出口！反正你搞过谁你自己知道，表面装得跟圣女似的，原来就是个绿茶……那啥。"

班里的所有同学哄然大笑。

念玫的脸色涨红。

正在这时木格走了进来，念玫盯着木格，下一刻便冲了过去。

……

葛菲与齐宏伟走入教师办公室，齐宏伟上前与田海鹏表明了身份和来意。两人在田海鹏的带领下走向通往教室的回廊，远远便看到教室的门口围满了学生，教室里传来吵闹声。

田海鹏皱皱眉，对葛菲和齐宏伟说："我先去看一下，你们稍等。"

说完便急走两步，轰走围观的学生走入班内，眼前的场面让田海鹏怔住，紧随而来的葛齐二人也感到非常意外。

他们要找的人此时正在教室里互相撕扯。

田海鹏喊道："玄念玫，木格！快住手，马上到我办公室去！"

念玫和木格走出教室，被分别叫进了不同的办公室，葛菲和田海鹏就站在走廊里继续刚才的谈话。

田海鹏对葛菲说："念玫跟班里的其他同学关系都很一般，唯独最近跟木格走得比较近，真没想到她们今天会这样。"

葛菲说："我想跟念玫单独聊聊。"

田海鹏点头："行，那你们谈，我去跟木格了解一下她们俩打架的事。"

葛菲和齐宏伟走进念玫这侧的办公室。

田海鹏看着他们走进去，透过窗户看到葛菲坐在念玫对面。看了一会儿，他才转身朝隔壁办公室走去，木格嚼着口香糖一脸的痞相，她一边抖腿一边东张西望着。

田海鹏问她："你跟念玫为什么打架？"

木格继续嚼着口香糖没有说话。

田海鹏压了压怒气，放缓声音："木格，你们俩不是最近关系很好吗，怎么突然就打起来了？"

木格冷笑："都是装的……"

田海鹏问："到底因为什么？"

木格突然停住咀嚼，定定地望着田海鹏："念玫说她跟人好过。"

田海鹏的脸上迅速滑过愕然的神情，继而皱起眉头："这种话可不能乱说……"

木格再次冷笑："是她亲口跟我说的。"

田海鹏微微皱眉："你们因为这个才打起来？"

木格冷哼一声，没有说话。

田海鹏问："念玫为什么会跟你说这些？"

木格不屑道："还能为啥，显摆呗！"

田海鹏严肃地看着木格："念玫是开玩笑还是当真说的？"

木格不置可否地看向别处。

另一间办公室里，念玫沉默地低着头。

葛菲轻声说："念玫？"

念玫依然不抬头。

葛菲继续说道："我们是市刑警大队的……"

念玫轻轻哦了一声。

葛菲问："你认识朱胜辉吧？"

念玫立刻说道："我跟他没关系。"

葛菲说："所以你认识他？"

念玫抬起头看着葛菲说："他是个流氓。"

葛菲说："哦，流氓？"

念玫羞愤地说道："他老是骚扰我。"

葛菲问："那，你爸爸知道吗？"

念玫没有回答。

葛菲又问："他最近一次骚扰你是什么时候？"

念玫还是没有回答。

葛菲换了一个问题："念玫，朱胜辉被害的那天晚上你是不是去迪厅了，当时朱胜辉也在？"

念玫说："我不是和他去的，我……"

葛菲期待地看着念玫。

念玫又低下头。

葛菲继续问："那你从迪厅出来后有没有再见过朱胜辉？"

念玫摇头："其实我根本就不认识他，就是最近他老到学校来堵我。"

葛菲点头："当时在迪厅发生什么了？"

念玫："他又来骚扰我……"

葛菲："然后呢？"

念玫："然后……然后我就回家了。"

葛菲看着念玫："那是什么时候？"

念玫："我没看表，应该是九点多吧。"

葛菲："你回家的时候他没再跟着你？"

念玫微微摇头

葛菲："但是你爸爸说当时有个人跟着你，这对我们案子很重要，念玫！"

念玫不理解："为什么很重要？我跟他不熟。"

葛菲说道："因为朱胜辉就是那天晚上被人杀害的，就在他离开迪厅之后不久，你爸爸现在也是嫌疑人之一。"

念玫想起姑父对爸爸说的那些话，有些惊慌地看着葛菲："我，我不知道。我生我爸爸的气跑了出来，和木格见面，然后我们就去迪厅，然后，他就出现和我们打了起来，然后我就跑出来了。"

葛菲抓住了一个细节："木格一直在？"

念玫点头："我们出来说了会儿话就分开了。"

葛菲问："朱胜辉没再跟着你？"

念玫摇头。

葛菲追问："为什么那么肯定？"

念玫又不说话。

葛菲："那跟着你的人是谁？"

念玫摇了摇头："我……我不知道。"

就在这时田海鹏推门进来："好了吗？要上课了。"

葛菲沉吟片刻说道："那今天就先这样吧。"

看着葛菲两人离开之后，田海鹏对念玫说："念玫，不管怎么样，上课不要受影响好吗？"

念玫点头。

田海鹏："我跟木格说了，你们……"

念玫打断他："田老师，该上课了。"

鑫源集团朱文生的办公室里，桡烈坐在沙发上踌躇片刻，望向目光略显呆滞的朱文生。

犹豫再三还是开口："文生，我知道这个时候跟你说这些话不合适，但确实剧院那边催得紧，不付定金老吴就把时间安排给其他公司了，这次演出关系到……"

朱文生抬起布满血丝的眼睛看向他："丁桡烈，你是傻子吗？"

丁桡烈僵在原地。

朱文生吼道："再重要的演出跟我有什么关系吗，我儿子没了你听清楚了吗？我儿子没了，资助你们那个演出，还有这个鑫源集团都没有意义了，没有儿子了这一切都没有意义了。"

丁桡烈还不想放弃："我们……是有合约的。"

朱文生猛一拍桌子："滚！"

丁桡烈强撑着笑了笑："我能理解你的心情，只是……"

朱文生突然发疯般地冲上前，连扯带拽地将丁桡烈推到门外，最后连他提来的东西也丢了出去。

"嘭"的一声门被重重地关上。

丁桡烈站在门外呆立片刻，轻轻地把散乱的头发拐到耳后转身朝电梯走去。

昆剧团演员们正在排练，周亚梅站在边上显得心事重重。

丁桄烈推门走了进来，周亚梅见状快步迎了上去。

周亚梅试探地问："怎么样？"

丁桄烈摇了摇头。

周亚梅顿时心情暗淡下去。

丁桄烈说道："下午我去市里找找领导，看看能不能得到领导们的支持。"

周亚梅说道："我还是去找找文静吧，她是团里的老人应该能明白咱们的难处。"

周亚梅说罢便要走，被丁桄烈拉住。

丁桄烈犹豫了一下还是劝道："亚梅，还是算了。"

周亚梅不想放弃："行不行都要去试试。"

丁桄烈拉住她的手："那，我陪你去。"

周亚梅拎着一大包营养品站在别墅的门外，扭头看了丁桄烈一眼，下定决心似的按响了门铃。

邱文静干瘪憔悴地平躺在宽大的双人床上，两眼呆滞地盯着天花板上繁复的水晶吊灯。

阿姨轻手轻脚地走了进来："静姐，有个叫周亚梅的人来了，还有一个男的您要不要……"

邱文静无力地摆了摆手，阿姨刚走到门口，邱文静突然坐起身来："让他们进来。"

周亚梅和丁桄烈坐在客厅的真皮沙发上，听到脚步声抬头望去。邱文静穿着睡衣趿着拖鞋从环形楼梯上走了下来。

周亚梅慌忙站起身："文静，你还好吧。"

邱文静走下楼裹了裹睡衣，缩到沙发的一侧。

周亚梅刚想说话被邱文静打断："你们先听我说。"

"玄梁杀我儿子，重点不是因为他女儿玄念玫，是当年老朱让他下岗，他怀恨在心处心积虑地想报复，碰巧那天又发生了剧团的事情，所以他才杀了我儿子。"

周亚梅安慰："凶手太残忍了，希望能早日破案。"

邱文静冷哼："哼，破案，我知道你们来的目的，这样吧，那笔钱我今天就可以让老朱打过去，不过你得跟我去公安局做个证，就说玄梁当时威胁过小辉说要杀了他。"

丁桡烈说道："但是当时，好多人都在场。"

邱文静猛地从沙发上站起来："我不管，我只要你这句话！"

周亚梅还试图劝她："文静，我理解你的心情……"

邱文静突然提高声音，眼神骇人地瞪着周亚梅："你不理解！"

周亚梅被这眼神吓住了。

邱文静低吼着："你又没有生过孩子，怎么能体会一个母亲十月怀胎从襁褓到看着他会爬……会说话……会……我的孩子……他没了，你们什么都不能理解，不能！"

周亚梅和丁桡烈都避开邱文静扭曲的面孔。

邱文静死死地盯着两人："这个忙你们到底帮不帮？"

周亚梅还在犹豫，丁桡烈眉头紧蹙拉着她站了起来："朱太太，节哀顺变。"

第13章　深入调查

袁飞在办公室来回踱着步，送报纸的马大爷走了进来，将报纸放到桌子上。

"记得你年轻那会儿，不能参与八角亭的案子急得在办公室上蹿下跳，如今上了年纪比以前稳当了。"

袁飞有些尴尬地笑了笑。

马大爷说道："哎，对了，新来那个小孩是不是魔怔了？"

袁飞疑惑："什么小孩？"

马大爷说道："就是那个实习生啊，听说在档案室扎了一通宵不吃不喝的。"

袁飞推门走了进来，正在埋头苦读的大力一惊，他习惯性地站起来，手里拿着记录得满满的一本笔记。

袁飞对他说道："调查缺人手，你去跟着小军听他的安排。"

"是。"

"拿着这个。"袁飞递给大力一个塑料袋。

"这是啥？"大力接过来感觉里面东西还挺热。

"包子和豆浆。"

"谢谢袁队，我还真有点饿了。"

袁飞刚走到办公室门口，正看到玄梁和念玫从外面走了进来。那天他对玄梁说的话看来他是听进去了，至少在警方要求他到刑警队配合调查的时候，玄梁没有做出任何不合时宜的行为。

询问室里，小军和大力与玄梁对坐。

玄梁说道："念玫从家里跑出去的时候我们都不在家，从铺子里回家发现念玫不在家，我就立刻出去找她，但哪里都找不到。我打电话回家问念玫有没有回来，念玫她妈说没有，我就给念玫的老师打了电话，想问问念玫有没有玩得好的同学，想要到电话问问念玫是不是在同学那里。"

小军问："你给哪个老师打的电话？"

玄梁说："田海鹏田老师，她的班主任。"

小军点头："继续。"

玄梁提起田老师语气中明显带着埋怨："田老师说他也不太清楚，念玫最近和木格走得最近，我问他要木格电话他说要征得家长的同意，我没见过这么不负责任的老师，他的学生要是出点什么事……"

小军不得不打断玄梁："不说他了，接着说后来你去哪儿了。"

玄梁说道："我在周围转了会儿觉得也不是办法，就到她回家必经的岔路口八角亭那里等着。"

小军问："那时候是几点？"

玄梁说道："我到的时候是九点四十分。"

小军问："确定吗？"

玄梁肯定地回答："当然确定，我一直在看表，等了好一会儿就看到念玫跑过来，一跟头摔倒了后面还跟着一个男人。我冲上去想看清楚但他转身跑了，我让念玫快回家，我追了一会儿没追上，我担心念玫就先回家了。”

小军问：“回家的时候是几点？”

玄梁不是很确定：“有点不清楚了，差不多应该是十点二十……不到十点半吧。”

小军问：“为什么这个时候记不清了？”

玄梁说道：“因为念玫没事，我就没注意时间。”

小军问：“这期间有没有人看见过你？”

玄梁摇头：“不清楚。”

小军问：“你再好好想想，这对你很重要。”

玄梁努力回忆，终于想起了一个：“回来的时候在拐角的小卖部买了包烟。”

警局另一个问讯室，葛菲面对着念玫，齐宏伟在边上记录。

葛菲问念玫：“你什么时候发现有人跟踪你？”

陌生的环境让念玫有些紧张：“我从家里跑出来后，没多久就觉得有人跟着我，回头看也没发现什么，就是觉得一直有人跟着我。”

葛菲问：“是朱胜辉吗？”

念玫思忖着摇了摇头：“朱胜辉不会偷偷地跟踪，他都是直接过来搭话什么的，不过……那天我爸打了他，也可能他是想报复我，所以……我也不知道。”

葛菲接着问道：“在迪厅除了朱胜辉，有没有发现其他人有反常的举动？”

念玫摇头：“当时都在应付朱胜辉，没有看到其他人。”

小军对她说：“你把当时的情况说一下。”

“我和木格进了迪厅之后没多久他就出现了，他挤过来想和我跳舞，我不理他他就越来越过分，还拽我的头发，还……”

葛菲安慰道：“不着急，慢慢说。”

念玫点点头，调整了一下继续说道：“他越来越过分，我打不过他，就踩了他的脚还咬了他。”

葛菲问：“木格那时候在干吗？”

念玫摇头：“我不知道，当时很乱，我咬了朱胜辉之后，他就松开了我，我只想赶紧跑出去，其他什么也没有注意。"

葛菲问："跑出来以后，朱胜辉有没有追出来？"

念玫摇头："我不知道他有没有追出来，我看到木格也出来之后就跟她一起离开迪厅门口了。"

葛菲问："你们去哪儿了？"

念玫说道："我们就在回家的路上说了会儿话，然后就分开了，但是在经过八角亭的时候又有人跟着我。"

葛菲问："不是朱胜辉吗？"

念玫肯定地回答："不是。"

葛菲问："为什么那么肯定？"

念玫说道："个子不一样，那个人还戴了帽子。"

葛菲询问细节："个子高还是矮，帽子是什么帽子？"

念玫边回忆边说道："个子比朱胜辉高，帽子就是普通的棒球帽。"

葛菲问："然后呢？"

念玫说："我吓坏了就跑，然后我爸爸就来了，他让我回家他去追那个人。"

葛菲问："你爸爸回家是几点了？"

念玫说："我没注意。应该没多久。"

葛菲问："你怎么知道？"

念玫低着头说："我听到他和妈妈吵架来着。"

葛菲问："吵什么了？"

念玫说道："没什么新鲜的，每次都是他觉得我好像随时会被杀了一样。"

葛菲换了一个方向提问："你和木格为什么发生了冲突？"

念玫的情绪明显有了抵触："我说了，你们去问她。"

询问进行了这么长时间，葛菲考虑到念玫的年龄，也没有在这个问题上再深入。

"好，既然你不想说我们会去问她的，今天就到这儿。念玫你今天表现得很好，谢谢你的配合。"

袁飞亲自把玄梁和念玫送出刑警队，虽然玄梁依然没有给他什么好脸色，但至少这次没有再口出恶言。

他刚一回到办公室，大力出现在门口："袁队，我能问你个问题吗？"

袁飞看了一眼大力说道："你可以问，但我不一定会回答。"

大力进了办公室并随手关了门："我的问题是，八角亭案中被害人是念玫的姑姑玄珍。据说念玫跟死去的玄珍长相非常相似，甚至有人说一模一样是真的吗？"

袁飞很直接地说："我拒绝回答这个问题。"

大力也不是很意外但问了句："能给我理由吗？"

袁飞思考了片刻说："相隔了十几年，我不敢说自己的记忆一定是准确的。"

……

朱胜辉的尸体是在河道里发现的，但发现尸体的地方并不是第一现场。想要破这个案子，就必须找到朱胜辉被杀的第一现场。在没有明确线索的情况下，从发现尸体的位置向上游搜索，就是目前可行性最高的方案。

上游不远处就是水系与公路的交接处，出了这里就是大街和河道了。雨后的河道还有些泥泞，排查的民警先后走过，留下参差不齐的脚印。

法医学报告显示，死者在河水中浸泡的时间不到 24 小时。考虑到河水的水量并不算大，就说明抛尸的地方距离尸体被发现的位置应该不会太远。

果然，排查没有进行多久，他们就发现了一个修车铺的位置与各种条件都比较相符。

齐宏伟找到这家修车铺的老板进行询问。修车铺老板回忆道："那天晚上我和我老婆已经睡了，但是突然听到有人大呼小叫，声音忽大忽小的，好像就在我们墙外面。"

齐宏伟问："那时候下雨了吗？"

修车摊老板说："先是打雷，跟他们吵架的声音搞在一起，雨是后来下的，后来声音没了，又下了雨，我就没起来看。"

齐宏伟问："声音是男的还是女的？"

修车摊老板很确定："应该是男的，一听就是喝多了。"

齐宏伟问："大概是几点呢？"

修车摊老板想了一下，说道："嗯……应该是十点左右，我和我老婆都是十点上床睡觉，那天我们刚刚上床。"

这时小军跑过来："齐哥，你来这边看看，有发现。"

齐宏伟谢过修车铺老板，跟着小军跑向了有发现的位置。巷子另一处墙边，隐隐有一点儿黑红色血迹。因为大雨冲过，不仔细看不容易发现。

齐宏伟立刻拨打电话："袁队，我们找到案发现场了。"

第14章　玄　珠

随着一声清脆的按响，打火机升起一簇细微的火焰点燃细长的女士香烟。少顷，烟雾从一个女人笼罩在晨光中的模糊轮廓弥漫开来。

玄珠一身黑色修身西装，身型分明，她走到窗前，清瘦的背影伫立在那儿。

房门推动的声响传来，随即一名中年男子进入，径直走向窗前从身后抱住玄珠，陶醉地亲吻着玄珠的脖颈。玄珠没有回应，此时的她就像是个没有灵魂的玩偶。

电话响了，男子懊恼着掏出手机接听，转身从玄珠身边走开。玄珠把手中的香烟丢进烟灰缸，转身走出办公室。

偌大的服装加工车间机器轰鸣。工人们各自坐在电动缝纫机前忙碌。

一个挨着一个的机器，逼仄成狭窄的甬道，玄珠从尽头走来，淡漠的目光巡视着周围。

两名年轻的女工正在开心地聊着天，丝毫没有注意到玄珠的出现。

玄珠注视她们片刻，才走了过去。突然出现的玄珠明显让两名工人受到惊吓，聊天声戛然而止。

玄珠一言不发拿起工作台上的半成品查看，随即扔进一侧的废品箱，再将犀利的目光投向两人。

"这是第三次了，你们去财务室结账吧。"

说完就转身走向前方。

两旁观望的工人慌忙回身继续工作，生怕这个女人会盯上自己。

两名女子对视，情绪很快从害怕和茫然转变成了恼羞成怒，其中一名冲着玄珠的背影用力呸了一口。

"狐狸精！"

玄珠显然听到女子的咒骂，但脸上没有任何波动，行走的姿态透着冷漠。玄珠走入另一个区域，空间相对宽阔。

突然，大门被猛然推开，随即涌入气势汹汹的一群人。为首是一名四十岁开外的中年妇人，衣着华丽，身材臃肿，看到玄珠的瞬间，涂着厚厚粉底的国字脸变得异常狰狞。

中年妇人一眼就看到玄珠，大喊一声："就是她，别跟这狐狸精客气！"

她身后的几名男子即刻奔向玄珠。

玄珠目视着几人，她的举止从容不迫，让本是凶神恶煞般的几名男子在距玄珠几步之外处停下了脚步。

气氛突然变得怪异。中年妇人气急败坏推开挡路的男子，一个耳光狠狠扇在玄珠脸上，面目狰狞地破口大骂："我男人是你能碰的吗？"

工人们见状纷纷停下手中的活计，在稍远处小心翼翼地观望这边发生的一切。

中年妇人没有停下的意思："勾引男人的狐狸精，你凭什么从一个打工妹跳到办公室，不就是靠着出卖色相吗，我看还能卖多久？！"

光骂还不解恨，中年妇人边说边要撕扯玄珠的衣服，但这次玄珠有了动作，她一把将中年妇人推开，空洞的目光定定地盯着中年妇人。

中年妇人本是凶恶的神眼开始变得闪烁，转过身冲着几名男子喊："让你们来这儿是看热闹的吗，干站着看戏了啊？"

几名男子踌躇着刚要上前，身后突然传来一声碎响。所有人回头望去，只见刚刚在办公室里的那个男人，不知道什么时候走了进来，将随身携带的玻璃杯砸在了地上。

他就是中年妇人口中的那个男人，也是这个工厂的厂长。他一脸怒气走到中年妇人的面前，中年妇人刚想说什么，他突然一脚踹在妇人的身上，妇人倒退两步蹲坐在地上。

中年妇人带来的几名男子面面相觑不知所措，不知道这个时候应该做什么反应。妇人满脸紫红地瞪着自己男人，慢慢站起身，继而发疯似的抡起挎包砸向玄珠。

玄珠身处拥挤的车厢内，额角的伤痕清晰可见，空洞的目光望着窗外转瞬即逝的风景。

在最后的时刻，中年妇人还是保留了一丝理智，她清楚地知道自己的对手不是男人而是同为女人的玄珠。

……

医院，玄家老太太的病房内。秀媛将削好的苹果切成三瓣，分别递给玄梁和念玫。

玄梁对秀媛说："吃完苹果你带着念玫回去吧，晚上我在这儿守着。"

秀媛犹豫了一下还是说道："不然，还是通知一下玄珠吧。"

玄梁沉默，没有说话。

秀媛继续说道："万一有个啥，不告诉她不合适。"

念玫突然问："玄珠姑姑和玄珍姑姑长得一样吗？"

玄梁沉默地咬着苹果，还是没有说话。

秀媛说道："听说不一样，好像是说她们是异卵双胞胎。"

念玫好奇地追问："那玄珠姑姑漂亮吗？"

就在这时，心电仪突然发出"嘀嘀"的报警声，三人赶紧围了上去。

玄梁扔掉手中的苹果奔出病房去喊医生。

念玫盯着奶奶，眼泪忍不住掉下来："奶奶，奶奶……"

……

玄珠走出电梯停在房门前，从屋内传出炒菜的声音和食物的香味。玄珠停顿片刻，拿出钥匙开门。

她的男朋友晨铭系着围裙，在狭窄的厨房内爆炒着莜麦菜，当他听到房门声匆忙回头看了一眼。

"回来了，马上就能吃饭了，你先去洗手。"边说边将绿油油的青菜出锅倒入准备好的盘子中。

餐桌上摆着做好的白切鸡和姜葱汁。玄珠望着晨铭忙碌的背影，许久都没有挪动脚步，直到晨铭再要回头时，玄珠才朝着卫生间走去。

关上卫生间的门，玄珠打开换气，然后从置物架上抽出一支香烟点燃，深深吸了几口。

看到镜子里自己额角的伤口，玄珠的思绪回到几个小时前。

那个为了她甩了自己老婆的男人信誓旦旦地保证，只要玄珠点头，他就立刻跟老婆离婚，不计代价。而玄珠拒绝了。

那个男人问玄珠："你到底想要什么？"

玄珠的回答是："我什么都不想要。"

男人完全无法理解玄珠："你神经病吗？"

玄珠笑了："或许，是吧。"

客厅传来摆放碗筷的声响打断了玄珠的回忆。

晨铭在外面喊道："玄珠，吃饭喽。"

玄珠把抽了一半的香烟丢进马桶里。

晨铭将盛好的米饭放到玄珠面前，抬眼看到玄珠额角的伤口，不觉眉头一皱："额头怎么了？"

玄珠没有说话，拿起遥控器打开电视。晨铭走进卧室，片刻拎着一个小药箱出来，从中拿出药棉和碘附走到玄珠面前。

玄珠厌烦地挥手："挡住我了。"

晨铭往旁边挪了挪："受了伤要及时处理，一旦感染是会留疤的。"边说边为玄珠处理着伤口。

玄珠不停地变换着频道，显然心情并不像表情那样平静。

晨铭问："还疼吗？"

玄珠不置可否地嗯了一声。

晨铭："这段时间饮食稍微注意点吧，你是怎么弄的呀？"

玄珠推开他："别烦我好不好。"

晨铭不在意地笑了笑，贴好创可贴将药箱放了回去。

玄珠关上电视，放下遥控器，拿起筷子吃饭。

晨铭走出来，解下围裙坐在玄珠的对面处，看见玄珠正夹起鸡肉往碗里放。

晨铭说："不然我再弄个炒腊肉，就别吃鸡肉了……"

玄珠很不耐烦地说："别唠叨了，就这样吧。"

晨铭顿了顿，拿起碗筷扒拉几口，故作轻松地看着玄珠。

"忘了告诉你，今天我们公司出了一件特别糗的事情，有个同事……"

"这个伤，是我们厂长的老婆拿包砸的，包上有个金属扣。"

"为什么要砸你？"

"我勾引了她老公。"

玄珠把鸡肉扒进嘴里："前年吧，和厂长一起去德国谈项目，他说很欣赏我，他也不差，都是成年人，你情我愿的事情，本来就是一个游戏，结果他倒当真了。"

晨铭愣了好半天才放下碗筷，两手按着餐桌起身走到门端，从裤兜里掏出一串钥匙取下一把放到鞋架上，打开房门走了出去。

玄珠走过去，关上房门再重新回到座位上继续吃饭，几下就把鸡肉吃了大半。

传来手机的振动声，良久，玄珠才接起电话。

"喂。"

"是玄珠吧，我是秀媛，你嫂子。"

"哦，嫂子。"

"这么久没有联系过，你哥还担心你换了手机号。"

"有什么事儿吗？"

"是这样，妈脑梗塞进了医院，医院已经下了病危通知书。知道你忙，我觉得还是得告诉你一声。"

"知道了。"

"那你……"

"我知道了。"

看着手里已经挂断的电话，秀媛有些不知所措。她自己也不确定，这算不算已经通知完了。

秀媛推门走入病房，玄梁询问的目光看向秀媛。秀媛说道："打通了，回不回来就看她吧！念玫，咱们回去，让你爸一个守着就行了。"

念玫说："我想陪着奶奶。"

孩子有孝心，秀媛也不好反对："那我先走了，玄敏来了你们一块儿回。"

玄梁"嗯"了一声。

秀媛收拾好东西走出病房。

只剩下父女两人之后，念玫突然问玄梁："爸，玄珠姑姑为什么不愿回来？"

玄梁沉默片刻，摇了摇头。

念玫问："是不是你们做了什么事情，让玄珠姑姑……恨你们？"

玄梁想要反驳，但张了几次嘴却最终没有说出一个字来。

沉默了许久，玄梁抬起头，略显苦涩地看向念玫："念玫，你实话告诉爸爸，你是不是恨爸爸？"

念玫直视着玄梁片刻，摇了摇头，却迅速把头低了下去。

第15章 姐 妹

十九年前。

玄珍与玄珠并排坐在餐桌前，餐桌的中央摆着一个蛋糕，上面插着十六根生日蜡烛。

玄梁拎着两个鞋盒走了进来，玄珍与玄珠听见响动同时转过身。她们是姐妹，却有着完全不同的两张面孔，玄珍明艳的笑容仿佛能感染身边所有的人。而玄珠在她的光芒下，就显得毫无存在感。其实也不仅是玄珠，姐姐玄敏也同样如此。

看到玄梁回来，玄珍娇声喊道："哥，怎么这么晚？"

玄梁赶紧解释："工厂加班，就这还是紧赶慢赶的。"

此时还很年轻的玄家大妈问玄梁："怎么没把雪萍叫来？"

玄梁说道："她走不开。"

玄敏催促大家："快快，点蜡烛了。"

"你们两个快许愿吧。"

"祝你生日快乐，祝你生日快乐……"

玄珍与玄珠双手合十放在胸前。

玄珍闭上眼睛，嘴角扬起一抹笑容，玄珠则定定地望着燃烧的蜡烛，目光中有着与她这个年龄不符的沉重。

而此时，正在高声唱着生日歌的母亲、玄敏、玄梁三人目光一致地凝望着玄珍。

歌曲的尾音刚刚落下。

玄敏喊道："吹蜡烛。"

玄珍鼓起腮帮使劲，玄珠却无动于衷。

玄敏催促道："玄珠，吹呀！"

玄梁摆了摆手："好了，好了，不就是一个形式，来，看看哥哥给你们的生日礼物。"

玄梁边说边把两个鞋盒分别摆放在桌子上。

玄珍刚要伸手去拿鞋盒，玄梁却抬手按住。

玄梁说道："本来想买两双一样的，结果卖完了，你们自己挑，挑到哪双是哪双，谁先挑？"

玄珠半垂着头，一言不发。

玄珍很贴心地说："让玄珠先挑吧，我无所谓。"

玄梁赞赏的目光投向玄珍。

玄敏说道："玄珠，玄珍都让着你了，你就快挑吧。"

玄珠赌气似的伸手拿过最近的鞋盒。

玄珍拿过另一个，随即打开。

玄珍开心地说道："哇，好漂亮啊，哥，你真好！"

玄珍探过头在玄梁的脸上亲了一口。

玄梁开心大笑："好好好，你喜欢比什么都好！"

大家的目光转向玄珠。

玄梁问："玄珠你怎么不打开啊？"

玄珠猛然将尚未打开的鞋盒摔在地上，一只凉鞋被甩出很远。所有人都吃惊地看着玄珠。

母亲问："玄珠，你这是怎么了？"

玄梁也是不解："你这干吗呀你？"

母亲训斥道："玄珠，生日过得好好的，你闹什么闹？"

玄珍怯怯地对玄珠说："你要是不喜欢这双鞋，我跟你换……"

玄珠斜了她一眼："装腔作势！"

玄敏小声嘟囔了一句："丑人多作怪。"

玄珠突然端起桌子上的生日蛋糕砸向玄敏，玄敏及时避开，蛋糕碎了一地。

玄敏上前要和玄珠动手，被母亲拉住。

母亲抓住玄珠的手呵斥道："玄珠，你别没事找事！"

玄珠猛地挣开母亲的手，冲出门。

……

会议室里坐满了人，所有人均注视着屏幕上投射出两个快速跑动的人影，随后影像定格放大，玄梁的面部轮廓清晰地呈现在屏幕上。

在袁飞按照规定回避之后，葛菲暂代了"4·17专案"组的组长一职。这次会议，就是她第一次执行组长的职务，但也很有可能是最后一次，因为他们已经找到玄梁在案发当晚的视频影像资料。

只要能证明玄梁不存在嫌疑，那袁飞也就没有必要回避本案，自然可以回到"4·17专案"组中。

葛菲首先开口说道："通过监控视频画面进行数据分析、采集后，可以确定玄梁在 4 月 17 日当晚的 22 点 05 分和 22 点 08 分两个时间段出现在八角亭附近的三岔路口。"

葛菲摁动遥控器，影像随之聚焦在头戴棒球帽的男子身上，影像放大，帽檐几乎遮挡了男子的整个面部。

葛菲接着说道："跟踪念玫的男子，同样在当晚的这两个时间点出现在八角亭附近的三岔路口，因为该男子的面部被遮挡，目前尚不能确定其身份。"

齐宏伟接着说道："我们通过几个不连贯的监控，找到了朱胜辉进入西柳巷之前最后的影像记录。西柳巷里面的情况大家都知道，所以只能在巷子里询问居民，恰巧有人在当天晚上十点左右听到有人争吵。我们在这个居民家周围进行搜寻，果然发现了残留的血迹，现在已经经过比对确认是朱胜辉的。玄梁自述当晚所去的那个小卖部我们也问了，情况属实，店家非常确定买烟的人就是玄梁。"

小军提出了一个疑问："那尸体为什么会出现在三公里以外的下游河岸边？"

齐宏伟说道："这个，也是现在困惑我们的地方，我们看了周边的监控，都没有找到线索。"

葛菲主持会议："那下面大家都来说说对案子的想法。"

齐宏伟首先发言："我认为下一步要从朱胜辉身边来往比较密切的人开始调查，还有朱文生，他经营黄酒厂这么多年，近到私企的业务来往，远到国企的下岗职工都有的查。"

葛菲看向小军："把你掌握的信息说一下。"

小军翻开笔记本说道："朱文生的关系太复杂了，我们主要顺着他和玄梁家的关系摸了一下。当年朱文生承包了酒厂，为了节约成本裁掉了一批人，玄梁就在其中，当时他借口玄梁无心上班，但跟身边的人说是因为玄家出了命案，这种人不吉利，玄梁一直咽不下这口气，连年告朱文生，后来虽然不了了之，但从此两家结了梁子。即便有这段历史，我个人认为，因为过去那么久的事情，今天报复到他儿子身上有点说不通。朱胜辉整天不务正业，是个花花公子，名声不好但也没有什么案底。因为他们家赞助了昆剧团，他经常跑到那里去闹点事情。也就是那样，那天和玄梁起了冲突。对，那天不知道为什么，念玫和木格也出现在那里。"

葛菲说道："又是木格……她的情况怎么样？"

小军说道："据我从侧面了解，她年龄虽小，社会气不小，这点，他们班主任田老师也有反映。"

葛菲问："还有什么吗？"

这时，有一只手怯怯地举了起来，是大力。

葛菲看向大力："哦，咱们的实习生，你说说有什么看法。"

大力说了两个字："河道。"

葛菲不解："什么意思？"

大力解释道："河道，我们水乡很多河道能够通到外面。"

齐宏伟跳过大力直接说道："我觉得呀，咱们还是得多查查木格的社会关系。"

葛菲点头："可以，前提是不要影响学校教学。"

齐宏伟说："明白，我有数。"

葛菲看没有人再发言之后，就宣布散会。

大家起身散去。葛菲边收拾东西边说："大力，你提出方向只能你自己去查，队里现在没有多余的人手帮你。两天时间，把西柳巷周边所有河道的监控都找来。"

大力很惊讶但更多的是激动："是，保证完成任务。"

齐宏伟和小军对视一眼，这个任务的难度可是不小。

葛菲把关于玄梁的调查结果汇总到一起，然后马上向上级进行汇报。

……

玄敏走进院子，一眼便看到老态毕露的邱文静独自站在院内，她双臂抱在胸前一脸的恶相。

瞥了一眼紧闭的房门，玄敏将饭盒放到一边。

玄敏绕到邱文静身前，满脸疑惑地问："你是……不会是文静吧，哟，不仔细看还真没认出来。"

玄敏夸张地上下打量着邱文静。

邱文静："少废话，让你哥出来。"

玄敏没有搭理邱文静，提高嗓音向屋内喊。

玄敏冲屋内喊道："嫂子，怎么回事啊？"

秀媛打开房门走了出来："这不明摆着吗……玄敏，我本来想给袁飞打电话，想了想，还是先叫你过来了。"

玄敏阴阳怪气地说道："文静，你还是回去吧，我知道你心里不好过……你那么爱美的一个人，现在看着已经像是个可以去跳广场舞的人了，再闹下去……"

邱文静怒道："再说我撕烂你的嘴！"

玄敏毫不示弱："你这人怎么不知道好歹呢，说实在话，如果我哥真想杀你儿子，十几年前朱文生逼我哥下岗那会儿就去杀了，那会儿胜辉还光着屁股满地界乱跑呢，门口就有河，趁你们不注意往河里一推就行了，还能等到现在？"

邱文静气得面孔发白，冲过去刚要动手，玄敏操起窗台上的泡菜坛子举过头顶。

玄敏瞪着邱文静喊道："你再往前一步试试看。"

邱文静定在原地，面孔愈加扭曲："我咒你们全家不得安生！"

说罢转身朝院外走去。

玄敏在她身后大喊："老天爷都听着呢，走着瞧吧！"

一旁的秀媛深深嘘出一口气："玄敏，你还真……行。"

玄敏将泡菜坛子重新放回到窗台上，拍了拍手，冷哼一声："算她有眼力见儿走得快，恶心她的话还在后面呢。"

秀媛说道："这事别跟你哥说，知道了尽给他添堵。"

玄敏点头："这个我知道，那我去医院了，你白天也把门关好了。"

第16章　我只是想透口气

医院病房内，躺在病床上的母亲突然发出一声长长的叹息。

病房里的三人赶紧围了过去。

"妈……"

"奶奶……"

玄家老太太慢慢睁开了眼睛，两眼空洞地环视着，最后目光聚焦在念玫的脸上，随后颤巍巍地伸出胳膊握住念玫的手。

"玄珍啊，你去哪儿了，妈有一阵子没见你了，妈可想你了。"

念玫惊骇地望了一眼父亲，努力想要抽出自己的手，反被奶奶抓得更紧。

"珍啊，跟妈说句话吧，妈想你了，想得心口疼。"

念玫求助地看着玄梁，但并没有得到帮助。最后是奶奶的手劲松了，念玫才把手抽了出来。

念玫转身要出门。

玄梁忙问："你要去哪儿？"

念玫头也不回："我饿了。"

玄梁犹豫了一下："那去吧，注意安全。"

念玫出了医院大门，顺着路边向前行走，其实她并不饿也不知道想要吃什么，她只是想要从那个病房里逃出来，远离那些让她感到窒息的家人。在街上漫无目的地走着，路过了很多饭店餐馆，她似乎没有停下来的意思。

走着走着，念玫突然有了一种似曾相识的感觉，于是频频回头看。突然在店铺玻璃门上看到映出的一个人影。

念玫注视着玻璃门上模糊不清的人影，突然猛地回过身，但恰好此时一辆公交车驶来遮挡了马路对面，待公交车驶过对面已空无一人。

念玫极为紧张，她加快脚步朝着远处的麦当劳走去，不是因为她突然有了食欲，而是因为那里的人是最多的。

站在过马路的斑马线前等待，念玫刚要迈步忽然被拉住，念玫一惊差点儿叫出来，回头一看竟然是玄敏姑姑。

玄敏问念玫："念玫，你去哪儿啊？"

念玫说道："大姑……我去吃饭。"

玄敏疑惑道："你一个人怎么走这么远去吃饭呢？"

念玫解释道："我去吃麦当劳。"

玄敏说道："不能总吃快餐，大姑带你去吃点好的吧。"

念玫想要拒绝，但玄敏不由分说一把拉起念玫的手。

没过多久，玄敏就拖着念玫走进一家饭店。两个人坐在空荡荡的饭店里。玄敏不时抬头看上一眼念玫，虽然看起来是在盯着菜单，却明显可以看出心不在焉的状态。

玄敏表现出不同寻常的关切，看着念玫："念玫，我看你有点心神不宁啊。"

念玫不说话，翻看菜单。

玄敏试探着问："那个……朱胜辉，跟你没有关系吧？"

念玫翻动菜单的手停了下来。

玄敏以为自己猜对了方向，继续说道："你这么好看的女孩，如果有点什么早恋啊也是正常。可现在出了凶案……你有什么事情不要憋着不说，我跟你爸妈不一样，你要相信我，什么事情都可以跟我说的。"

玄敏还想说点什么，念玫突然起身离开座位。

玄敏问她："你干吗去？"

念玫说："去卫生间。"边说边走出去了。

念玫顺着空无一人的走廊行走着，她根本就不想去卫生间，她只是想出来透透气。

天际滑过一道闪电，雷声隆隆。雷声惊醒了看着窗外发呆的玄敏，她掏出手机看了看时间，立刻意识到念玫出去的时间太久了。她猛地起身朝门口处走去，沿着卫生间的指示牌在空无一人的回廊内疾走，最后停在卫生间外。

玄敏站在卫生间外面，小声地喊道："念玫……你在吗？"

没人应答。

玄敏慌忙走入卫生间又喊："念玫，你在吗？"

玄敏挨个儿推开隔间的木门，没有念玫的身影。这回她是真的慌了，她惊慌失措地奔跑，来到楼梯间门口。

念玫站在天台的边缘，她全身被雨水淋透，湿漉漉的头发紧紧贴在脸部，眼神空洞地望着前方。

突然，她听到身后传来凌乱的脚步声。是玄敏气喘吁吁地上了天台，她看到念玫冒雨站在天台的边缘，脸色顿时一片煞白，继而缓缓走向念玫。

玄敏小心地控制着自己的语气："念玫……别做傻事……"

念玫一动不动地站着，没有任何的反应。

大雨同样浇湿了玄敏的衣服，在低温和恐惧的双重冲击下，玄敏全身都在无法控制地颤抖。

玄敏颤声哀求道："念玫，快……下来，大姑求你了，大姑刚才说错话了……"

念玫转过身，看着脸色煞白的玄敏，嘴角扯出莫名的笑意。

念玫平静地说："跟你没关系，我也从来没有打算跳下去，只是出来透透气……"

说罢，念玫迎着玄敏跳下平台，踩着迅速积聚的雨水朝着出口走去。玄敏跟跄一步，闭上眼睛捂住胸口，这一下真的差点儿吓死她。

念玫浑身湿透，显然情况已经不适合坐下来慢慢吃一餐，最后她们还是打包了快餐，然后叫了一辆出租车回家。

出租车里，玄敏小心翼翼地坐在念玫身边，整个人都有种身体"被掏空"的感觉。

突然玄敏手机响了，一看号码显示是袁飞，玄敏立刻按下接听。

电话那头袁飞问："我听玄梁说，你带念玫出去了？"

玄敏说道："是，带她出来吃个饭……哦，真的，你已经恢复……那太好了，我跟她说。"

十几分钟后，两人乘坐的出租车停在警察局门外，葛菲先是带着她俩去换掉湿透的衣服然后才领着念玫朝办公室走去。

玄敏看二人远去，独自打着伞走到外面，她现在也想要透透气。

另一边，念玫正和几人一同观看监控画面，而监控画面的主人公就是念玫自己。

袁飞也出现在询问室，因为玄梁的嫌疑已经降低，所以葛菲以人手不够向上级申请将袁飞重新调回专案组。

上级虽然批准袁飞重回"4·17专案"组，但原则上不参与一线调查，而葛菲依然作为专案组代理组长调度日常工作。

袁飞对这个安排没有任何异议，能回到专案组他就已经很高兴了，其他的都不重要。

屏幕里，念玫走过通往八角亭的路紧张地回头看，然后走入黑暗，不一会儿"棒球帽"进入画面中，播放就暂停在这里，他们要求念玫对这个人仔细辨认。

念玫仔细地看着。边上几个人则都注视着念玫的反应。

袁飞问："可能是谁，你能试着猜猜吗？"

念玫摇头："太模糊，猜不到。"

袁飞提醒道："再放一遍……念玫，脸看不清楚，你就把注意力放在他的姿态上……"

画面再度停在棒球帽的男子身上。

袁飞观察着念玫，觉察到念玫并不像没有想起是谁，而是想到了却不知道该不该说出来。

袁飞宽慰念玫："你不用担心，他虽然跟踪了你但也不能证明他就是凶手，但确认这个人的身份对我们追查真正的凶手非常重要。"

这句话非常精准地击中了念玫心里最担心的问题。思考片刻，念玫才终于说道："走路的动作还有身材都有点像田老师。"

袁飞嘘了口气，看了边上的葛菲一眼，后者轻轻点头表示明白。

念玫继续说道："只是他平时都是穿西装，好像从来没有过这样的穿着，我也不是非常确定。"

袁飞让她别急："没事的，你再想想。"

念玫反复看着那个画面："感觉像他，但真的不敢确定。"

袁飞笑着对她说："好。谢谢你。"

念玫问："我可以走了吗？"

袁飞嘱咐道："可以走了，回去别告诉你爸我叫你来过啊。"

小姑娘走出去之后，葛菲说道："之前我去学校的时候就感觉他哪里不对，玄梁不是也说当天晚上给他打过电话，所以他知道念玫不在家……"

小军问："要不要传讯他？！"

葛菲摇头："可是他没有办法同时出现在两个地方啊。"

小军说道："那也不能排除两个人作案的可能性吧？"

袁飞对他们说："证据不够充分，那就继续去查。明天葛菲跟大力再去一趟学校，重点调查田海鹏和木格两个人，大力人呢？"

葛菲说道："我安排他出去做调查了，回头我会通知他。"

第17章　重回岗位

第二天上午，雨过天晴。

葛菲和大力再次来到诚益中学。看到警车出现在操场上学生们都向这边看了过来，看着两个人走进主楼，大家议论纷纷。

葛菲小声对大力说："咱们在学校多少会带来骚动，你注意分寸，别莽撞。"

大力点头。葛菲上下打量一下大力："不过你看起来比他们也大不了多少。"

田海鹏坐在办公桌前整理教案。

葛菲和大力在教导主任的带领下走了进来。

教导主任："田老师，市局刑警大队来找你问点事儿。"

田海鹏脸上瞬间闪过一丝慌乱，但很快就恢复了平静，主动站起身冲葛菲点了点头。

"二位请坐。我给你们倒点茶？"

"不用麻烦。"

田海鹏还是倒了水过来，葛菲坐下，田海鹏坐到她对面，大力站在旁边。

葛菲问道："田老师，你还记得四月十七日晚上你做什么了吗？"

田海鹏回忆了一下，说道："四月十七日……哦，我在我父母家吃饭。"

葛菲继续问道："玄念玫的父亲玄梁说，四月十七日的晚上，他给你打过电话？"

田海鹏点头："是的，问我念玫平时跟谁玩得比较好，想要一下那个同学的电话。"

葛菲问："他问的这个人是木格吗，你不知道木格的电话吗？"

田海鹏说："是木格没错，我也知道她的电话。但是你知道，这是别人的隐私，要征得学生家长的同意才能给啊。加上那天念玫父亲的态度很不客气，我还没来得及解释呢，他就挂了电话。"

大力站在旁边，注意力并没有放在田海鹏身上。他的目光落在田老师的桌子上，那上面有张田海鹏自己的逆光照，在这张照片上，田海鹏手里举着一个镜头很长的单反相机，而重点是照片里的田老师就戴着棒球帽。

葛菲继续问道："你知道念玫为什么和木格打架吗？"

田海鹏摇了摇头："我也问过，她们两个都不说，你知道，她们这个年纪的女孩什么心思，我们真是猜不透。"

葛菲说："是，当老师也不容易，尤其是这个年纪的少女心思的确不好猜。"

田海鹏微微点头："这个年龄的孩子其实是最复杂的，世界观没有建立起来，自我意识也模糊不清，我这个班主任真的不太轻松。"

葛菲认同地点了点头："田老师，麻烦您把木格叫出来，我们要问她一些情况。"

田海鹏却说："木格今天没来上课，也没请假，我猜可能是被念玫打了，脸上有点挂不住，这个年龄段的孩子把自尊心看得比命都要重。"

葛菲说道："可以理解，那 4 月 17 日你接完念玫父亲的电话以后又去哪儿了？"

田海鹏说道："之后没有去哪儿，和父母聊了会儿天就回宿舍了。"

葛菲接着问："你认识朱胜辉吗？"

田海鹏说道："只是知道，但不认识。你们不会是在怀疑我吧？"

葛菲不置可否："例行调查，因为玄念玫和木格她们正好是你的学生。玄念玫说当天晚上她去了迪厅，和朱胜辉发生了冲突，出来之后她发现有人一直在跟踪她，而朱胜辉正是在当晚被害。"

就在这时，上课铃响起。田海鹏迅速起身："我跟这件事情毫无关系。对不起，我要上课了。"

葛菲点头："好，谢谢你的配合。"

葛菲刚要起身，大力顺手拿起相框问："田老师喜欢摄影？"

田海鹏有一瞬间的惊慌，但还是说："啊，算是业余爱好吧。"

大力端详着照片说道："这个水平看着可不业余。"

田海鹏却没有想再聊下去的意思，说道："我还要上课，二位请便。"

两人离开办公室，大力对葛菲说："那张照片上，田海鹏戴着棒球帽。"

葛菲点头："你拿起照片的时候，田海鹏的反应明显有异常，这个人有问题。"

突然，大力停下脚步回头看向办公室，正好迎上了田海鹏看向他们的目光。

大力笑着摆了摆手，就像是学生正在跟老师打招呼。

葛菲看着大力的行为，忍不住吐槽："以后要是有什么去学校卧底的任务可以找你，你看着就像是个学生。"

大力腼腆地笑了笑。其实原本他跟这些高中的孩子也就只差了四五岁而已。

葛菲问大力："西柳巷周边的监控录像你找得怎么样了？"

大力说道："基本已经找齐了，但我一个人恐怕看不完。"

……

葛菲兴冲冲地走进办公室："袁队！运送尸体的方式确认了，真的是用篷船。"

袁飞激动地站了起来："在哪儿？"

葛菲说道："就在石桥巷子，在走访的时候，有家人声称自家的篷船少了一只。"

袁飞赶紧追问："派人过去了吗，发现决定性的证据了吗？"

葛菲说道："我亲自过去的，现场发现了血迹，法医科检验过确定是属于朱胜辉的。"

袁飞非常兴奋，"太好了！"

葛菲继续说道："我们根据篷船丢失的位置，尸体被发现的位置，以及篷船目前所在的位置这三个点画出凶手作案抛尸线路，搜集河道到第一案发现场之间的所有监控，发现 4 月 17 日晚十点十二分有人撑着一只篷船向外河划去，这个时间和那个玄梁当天晚上被监控拍到的最后一个时间，十点零八分，只差四分钟。第一案发现场跟八角亭距离至少有两公里……也就是说玄梁不可能是杀害朱胜辉的凶手。"

袁飞点点头，却发现葛菲看着他的眼神略有古怪："还有什么新情况？"

葛菲笑了笑："新情况就是，我这个代理组长准备把破案重任交还给你了！"

袁飞笑着说道："当得挺好呀，你就干着吧！"

葛菲赶紧表示拒绝："袁队，你就别跟我开这个玩笑了！昨天我可是一夜没合眼，限时破案压力太大，好歹我也是个姑娘，总是熬夜加上压力大会老得很快，扛不住呀！"

袁飞大笑："那听领导安排吧。"

葛菲淡淡一笑："我已经跟局长汇报过了。"

就在这时袁飞办公桌上的电话响了，他接起电话："喂，是，是是是，对！好！接受组织安排！"

办公室门口不知何时聚集了一群人，他们都竖着耳朵公然偷听袁飞和领导的电话内容。

"明白！领导放心，保证在限期内破案！"

袁飞挂了电话，笑着点了点头。下一刻，办公室就被欢呼声淹没。

袁飞重新领导"4·17 专案"组的第一件事，就是在饭店给全组人订了一顿丰盛的午饭。同时顺便宣布了第二件事，吃饭之前先开个案情会。这几天有很多新的线索出现，也的确有必要开个案情会，汇总线索调整调查方向。

葛菲首先发言："我先说说朱文生吧，除了玄梁之外的确没有发现任何明确的仇家。生意上是有一些纠纷，但都没到达到需要杀人的程度。现在玄梁的嫌疑已经完全排除，我们可能有必要调整一下思路。"

袁飞问道："朱胜辉那边是什么情况？"

齐宏伟说道："朱胜辉是个典型的富二代，基本上全部的心思得都放在女孩子身上。他交往过几个女朋友，但都不是什么正经谈恋爱的。他在父亲投资昆剧团之后，去那里的频率非常高。被害之前这段时间除了骚扰念玫，其他就没有什么特殊情况了，他身边关系最近的跟班叫大亮，让小军说吧。"

小军接过话头："大亮，全名张亮，无业，平日的收入来源就是靠朱胜辉。平时帮着他约约女孩，除了这次打砸玄家的店没有既往案底。案发一星期之前和朱胜辉一起跟着玄念玫和木格到了昆剧团，然后发生了冲突。案发当晚大亮先去迪厅看到玄念玫和木格，于是立刻通知了朱胜辉，听说玄念玫在，朱胜辉饭吃到一半就马上跑过去了，冲突的起因应该就是像玄念玫说的，朱胜辉对她动手动脚的。玄念玫她们走后，朱胜辉喝得大醉，大亮想送他，朱胜辉非要自己走。大亮就跟其他人去喝酒，直到一点多才散。全程有证人，应该没有作案时间。朱胜辉出迪厅后朝着与念玫她们相反的方向离开，走进西柳巷之后就再没有人看到他走出来。"

袁飞看向坐在最后边的大力："大力，你也说说吧。"

开会发言大力还是头一回，多少有点紧张："我在葛菲和田老师说话的时候，无意间看到了他的一张照片，照片上田老师戴着一顶棒球帽。我拿起照片的时候，田老师的反应有些奇怪。"

葛菲说道："我也认为田老师可能有问题，需要进一步的调查。我们现在可以明确的是，整个案件都在围绕着念玫。所以跟念玫有密切关系的所有人都应该进入我们视线。"

大力表示赞同："还有玄念玫的同学木格，两次冲突她都在场，她知道的应该更多。"

袁飞对大力说道："全组你最年轻，那就你去找机会私下接触一下木格。"

"是。"

第18章　朋　友

　　木格的家在一个大杂院的筒子楼，大力走上去在一家门口停住，这家的房门没有关，可以看到里面至少有两桌人正在打麻将。

　　大力犹豫了一下才敲了敲门："请问这是木格家吗？"

　　一个正在打麻将的中年女人回头看向门口："哟，是木格的朋友啊？真帅！木格，有个帅哥找你！"

　　木格探出头来看着陌生的大力："你是谁啊？"

　　大力看着屋里乱糟糟的场面问木格："能出来说吗？"

　　木格妈代替女儿答应这个要求："去吧去吧，人又不是你杀的，成天闷在家好像个犯人似的，跟朋友出去转转。"

　　木格白了她一眼，披了件外套就跟着大力走出屋子。领导要求的是私下接触，那总不能干聊吧，于是大力找了个甜品店点了些吃的，不过木格低着头搅拌着玻璃杯里的甜品半天没吃一口。

　　大力提醒："再搅就成糨糊了。"

　　但木格依旧不停地搅拌着。

　　大力直白地说："不想吃就说吧，现在我们是聊天，把你带到警局那就是问讯了，你又不傻自己掂量吧。"

　　木格停下了搅拌的动作，问大力："你想问什么？"

　　大力说："说说念玫的事情，你们好好的为什么突然不好了？"

　　木格说："是她自己说她跟人好过了。"

　　大力问："什么时候的事？"

　　木格看着大力说道："就朱胜辉被杀的那天晚上，念玫亲口对我说的。"

木格回忆起那天晚上的情景……

念玫对她说，"我和人好过了，你信吗？"

木格停下脚步，睁大眼睛捂住了嘴。

念玫看着木格，"扑哧"一声笑出声来。

念玫笑着继续说："我还以为你什么都见识过了呢。"

木格看着念玫追问："你刚才说的，到底真的假的？"

念玫哈哈大笑："当然是假的……我倒希望是真的。"

木格不理解："那又是为什么啊？"

念玫逐渐收起笑容淡淡地说，"我怕我像我小姑一样16岁就死了，什么都没有经历就像没有活过。"

甜品店里，大力问木格："你把这件事告诉其他人了？"

木格低着头小声辩解："我不是故意的。"

几天前的午后篮球场旁，木格和周静站在一起，这是无数少男少女青春萌动的地方，这里总会有一两个让少女心动的男生。今天在这里的那个男生叫郝志，木格和周静的目光一直都没有离开过他。

周静随口问了句："念玫今天怎么没来？"

木格欲言又止，回头看了一眼远处的田海鹏。

周静用胳膊肘顶了一下身旁的木格："你发现没？念玫没来上课，班里的男生都很失落，打球的劲头都不如平时了。"

正说着，球场上的对决结束，郝志气喘吁吁地走了过来。站在这个方向的女生心跳都跟着微微加速，木格和周静也不例外。

看着迎面跑来的郝志，木格都感觉脸开始微微发烫，但接下来，郝志一句话就把所有的温度都降到了冰点。

"木格，玄念玫今天怎么没来上课？"

木格的脸上闪过复杂的神色，冷冷一笑："她忙着呢。"

郝志不由追问："忙什么？"

木格不屑地说："忙着跟人好呗。"

周静和郝志一副吃惊的神情。

郝志脸色大变："木格，你瞎说什么？"

木格夸张地翻了大白眼："什么叫我瞎说，是她亲口告诉我的。"

就在木格还想要继续时，田海鹏在远处叫了一声："木格，过来。"

木格回头应了一声，随后看着郝志："你还真以为她是什么好东西啊。"

刚走出没几步，身后传来周静故意夸大的声音。

周静大声说道："念玫平时装得跟白莲花似的，没想到竟然是个烂……"

周围的同学一听围了上来，七嘴八舌地议论着。

木格的嘴角扬起笑意。

甜品店内，大力质问木格："为什么要这样做？"

木格的脸上并没有后悔或者得意情绪，有的只有迷茫。

"我也不知道为什么，我从初一就巴结她想走近她，但是心里又恨她长得那么漂亮，父母那么爱她学习又好，班里的男生都喜欢她，就连郝志都暗恋她……"

大力突然插口："你喜欢郝志。"

木格低头不语，脸色涨红。

大力说："其他都是借口，是因为郝志，你喜欢的人喜欢着别人，你就诽谤别人，这个逻辑很合理。"

木格低着头，喃喃道："我真的不想这样，但就是控制不了这个念头。"

"玄念玫去迪厅，是你提出来的对不对？"

"我只是随口一说，念玫就要去。"

"你故意激将她。"

"我真的只是随口一说。"

大力的眼神突然变得锐利："你跟大亮很熟，还认识朱胜辉。"

木格的脸上快速闪过一丝慌乱："没有……不认识。"

大力冷笑一声："说吧，朱胜辉到底给了你什么？"

木格吃惊地愣住。

大力挠了挠没有胡须的下巴说道："我也知道自己长得很年轻，但我真的是个刑警，识别谎言我们是专业的。"

木格叹口气说道："大概一个多月之前，我在迪厅跟大亮喝酒……"

木格坐在吧台上和大亮喝酒聊天。

这时，朱胜辉从舞池走了过来，上前揽住木格："玄念玫跟你一个班？"

朱胜辉的名声木格也是听过的，她斜了他一眼："惦记上她了？"

朱胜辉笑道："那你就别管了，帮哥牵个线呗。"

木格眉头一挑："凭啥？"

朱胜辉掏出一个购物卡把玩着："我爸送客户的，限额多少我就不清楚了。"

木格一把抢了过来："念玫她爸看她看得紧，她也不混场子，我除了给你通风报信，别的真做不来了。"

朱胜辉伸手摸了一把木格的脸蛋："这就够了，哥有手段。"

甜品店内，大力问木格："你带念玫去迪厅之前就跟朱胜辉说了？"

木格用力摇着头："真的没有，那天念玫主动来找我，又跟我说了很多心里话，我……"

4月17日晚上木格家楼下，念玫对木格说："走，去迪厅。"

木格上下打量念玫摇了摇头："你这样，一看就是个中学生，没人会让你进，除非……"

说着，木格从包里掏出一支口红："生日礼物！"

念玫惊喜地接过来。

木格又掏出一个化妆盒递过去："试试。"

念玫对着镜子小心翼翼地擦着口红，木格在一旁呆呆地望着念玫。

念玫抿了抿鲜红的嘴唇，扭过头，面冲着木格："是不是太红了？"

木格发自内心地感叹："你真美。"

念玫的脸色立刻黯淡下来："我爸说女孩子长得好看不是什么好事。"

木格皱着眉头一脸嫌弃："你爸是变态好吧！"

念玫把化妆盒塞回木格手中："我真羡慕你，没人管你。"

木格哼了一声："其实我还羡慕你呢，不管怎么说你爸你妈都那么关心你的，不像我家，我爸天天不进门我妈天天三缺一。"

念玫看着木格，目光里露出温暖的意味："今后你要是觉得一个人在家里没意思，就告诉我我来陪你。"

木格表示不信："你爸让你出来吗？"

念玫十分认真地说："我今年都 16 岁了，不会再让他像以前那样控制我。"

木格十分敷衍地哦了一声。

念玫看着木格说："我的性格……反正不像你那么招人喜欢，孤僻，一直没有什么朋友……最近跟你在一起真的很开心。"

木格怔怔地望着念玫。

念玫拉起木格的手："要是我们能天天这样就好了。"

甜品店内，木格两眼通红地说："那天晚上，我是真想跟念玫做朋友，真的没有告诉朱胜辉，我们是在迪厅里遇见了大亮，他通知的朱胜辉，后来他给我打电话我也没接。"

大力问："玄念玫有没有告诉过你有人跟踪她的事？"

木格点头："说过啊，她老觉得有人跟踪她，其实都是她老爸。"

大力问："4 月 17 日那天晚上呢？"

木格回忆道："那天晚上她是说了，我问她跟踪她的人是不是她爸，她说不是，又问她是不是朱胜辉，她也说不是，我就觉得她神经过敏了。"

大力突然换了个问题："你们田海鹏老师平时对你们怎么样？"

木格一时有些意外，为什么会问到他，愣了一下才说道："田老师，他是全校女生的偶像。"

大力好奇："怎么讲？"

木格说道："他很帅啊，说话的声音也很温柔，很会拍照，怎么，你们怀疑田老师？"

大力盯着看她，木格眼里闪出一丝惶恐。

"你怎么了？"

"没什么啊。"

"为什么一说到田老师你那么紧张？"

"没有啊，我紧张了吗？你问完了吗？"

大力看了一眼本子上的内容："差不多了，如果有什么新的问题，我再来找你可以吗？"

木格不置可否："我可以走了吗？"

大力点点头，目送木格出去。

第19章　新进展

葛菲说道："我们之前确实忽略了河道，这次专门把越王桥一带的水道通向外面主河道的监控全部查看了一遍，同志们都很辛苦，但收获还是很大的，监控里找到的这只篷船可以确定就是运送尸体的篷船，可惜的是船上有篷子看不到篷子底下的情况，撑船的人也只是一个模糊的背影。"

这时屏幕上出现黑黑的画面，一条篷船驶向外河道。

袁飞突然喊道："停一下。"

画面暂停。

袁飞又喊："放大，放大。"

画面放大，定格在撑船的人身上，但模糊不清。

袁飞问大家："他是戴着什么帽子吗？"

大家都仔细看向那个人影。

"不像是帽子。"

"是穿的帽衫吗？"

"渔夫帽？"

大力突然说道："是女的！"

大家闻言都凑上去仔细地看。

小军说道："还真是，乱乱的应该是长头发，不过怎么可能是女的，女的能弄得动朱胜辉吗？"

几人都看向葛菲，她作为女性应该最有发言权。

葛菲略显无奈地说道："朱胜辉身高不到一米七，中等偏瘦体形，体重60公斤左右，我是肯定没问题的，普通女性即便无法完全扛或背起这个重量的人，但拖拽是肯定没问题。"

袁飞看向大伙："那这么看来，现在第一现场和移尸路径都可以初步确定了。"

小军拍一下大力："河道这个线索，功劳大大的呀！"

几个小时后，袁飞带着几人到现场重新模拟案发经过，整个过程包括杀人，移动尸体，以及最后抛尸。

袁飞他们顺着河道走，来到两河交界处，在这里有一座石拱桥，出了石拱桥外面就是连江河。

观察好地形情况之后，袁飞把手机等随身携带之物交给小军，然后一纵身跳进岸边齐腰深的水中。站在水中，袁飞想象着自己就是那个凶手。为此他还特意弓着腰让自己再矮一点儿，从而能够获取与凶手相近的视角。

袁飞想象着，那只船到眼前这个位置，然后从另一边出来。他蹚水到另一边，小军他们来到另一边要拉袁飞，袁飞摆摆手："凶手没有帮手。"

凶手没有人帮忙，那在试图模拟凶手的他，当然也不能获得其他人的帮助，他要自己想办法爬上岸。

袁飞就以这样的标准尽可能地还原凶手作案的全部过程，而其他人则做好详细记录，不放过任何一个细节。两三个小时转眼就过去，袁飞带着组员完整地模拟了三遍才结束。

回到警队，袁飞迅速地冲了一个澡，头发都没有擦干就回到办公室，带着大家开案情会。

袁飞从自己的第一视角出发说道："凶手在第一现场作案但没有办法处理尸体，于是就利用篷船运尸。这么做的好处就是，即使有监控尸体在篷船里也不会被发现。然后到了这里，没有办法继续往前，也没有办法把尸体再移上岸处理，只能把尸体抛下水让尸体漂向下游，希望我们找不到第一现场。当然这船嘛，也没有办法了只能任由它漂走，另外……"

袁飞看向葛菲："我实际体验之后感觉，这个凶手如果真的是个女人，那会是个比你有力气的女人。"

……

周亚梅和丁桄烈走进绍武大剧院，远远看到一帮人正在舞台上忙碌着，他们要找的吴经理站在一旁指指点点。

周亚梅和丁桄烈走到舞台前："吴经理。"

吴经理扭头看到两人招了招手，从一侧快步走了下来："有啥事打电话，我过去啊，还让两个大腕亲自来我这小地方，可真是蓬荜生辉啊。"

周亚梅笑着说道："您真说笑了，吴经理，朱文生家里出了一点儿事情……"

吴经理停顿片刻，随即笑了笑："死了儿子，那可不是一点事儿。"

周亚梅说道："所以本来说好的订金……"

吴经理捋了捋自己所剩不多的头发："周老师，丁团长，我明白你们的意思，但是一码归一码，我知道你们的难处，但我也养着一帮人啊，还有这么大的场子，说实话，不是不想帮你们，是真的帮不起。"

周亚梅还想说什么，被丁桄烈拦住。

丁桄烈说道："明白，知道您的难处……实在是不行，这次演出就先放放，吴经理，您去忙吧，我们就先回了。"

吴经理十分抱歉地说道："实在是对不住了。"

丁桄烈很勉强地笑了笑，拉着周亚梅往门外走去。

吴经理突然喊："丁团长……"两人转过身。

吴经理跑了几步，来到他们俩面前："您不如去宣传部说说情况，如果能够参加全国会演他们脸上也有光嘛。"

丁桄烈点头："回头我去试试。"

回到车上周亚梅看着丁桄烈问："真的要去？"

丁桅烈笑了笑反问："还有其他办法吗？"

袁飞在会议室里看着 4 月 17 日晚上迪厅里的录像。这几天他们已经识别出其中绝大部分人的身份。只有画面中间这个披着长发的身影，是他们始终没有能确认身份的。

就在袁飞看着这个身影出神的时候，突然听到外面传来一阵吵闹声，小军推开门探头进来："朱文生两口子来了。"

刑警队的门口，齐宏伟拦在朱文生面前："朱老板，我们特别理解你的心情，但是不能把精力都花在平复你们的心情上，不然怎么破案啊！"

朱文生上下打量齐宏伟："你谁啊，我不听你瞎扯，你叫袁飞来！"

齐宏伟耐着性子说道："您有事儿跟我说吧！"

邱文静在后面阴阳怪气地说道："我听说袁飞神通广大，这案子他们家大舅子是嫌疑人，他居然又成专案组组长了，你让他自己来跟我们解释！"

朱文生也压根儿不想再废话，竟然直接一把推开齐宏伟，径直走进重案队的办公场所。

边走朱文生还边喊："袁飞人呢，袁飞在哪个办公室？"

齐宏伟也真没想到朱文生会推他，一个趔趄之后追了上来："你现在严重干扰警察工作了你知道吗！！"

就在这时袁飞拿着一摞文件走出会议室："朱老板，你知道这是什么地方吗？"

朱文生一看正主出来立刻说道："当然知道。"

袁飞点点头说道："知道就好，这边请。"

警局会议室内，袁飞把监控截图和法医证明放在会议桌上。

"你们的儿子朱胜辉死亡时间是在 4 月 17 日的 22 点左右，这是在八角亭三岔口的监控摄像头拍到玄梁追赶另一个男子的视频截图，第一次拍到玄梁的时间是 21 点 40 分，第二次拍摄到的时间是……"

不等袁飞说完，朱文生竟直接将桌子上的截图和法医证明揉成一团扔进垃圾桶。

朱文生叉着腰问："你直接给我说结果，到底抓不抓玄梁？"

袁飞面无表情地看着朱文生："如果刚刚我给你看的是文件的原件，你就已经涉嫌违法了。"

朱文生泼妇一般地喊道："少跟我扯那些没用的，我们可是受害人家属，就问你一句抓不抓玄梁！"

袁飞板着脸说道："玄梁有充分不在现场的证据，警方当然不抓。"

朱文生气急反笑："我这么跟你说吧，除非你们给我抓到所谓的真正的凶手，否则玄梁就是凶手，你们不抓他我就搞死他！"

袁飞冷笑："我没听清楚，你要搞死谁？"

朱文生大声喊道："玄梁，你大舅哥玄梁！"

袁飞冷冷地说道："朱文生，你还真把自己当成一盘菜了？在重案队里，当着一群警察的面说你要搞死玄梁？真不知道该说你胆大还是愚蠢，我是警察不能跟你一样随便撂狠话，我只能跟你讲事实，看看这是谁。"

袁飞抽出一张照片甩在他们面前："张亮，绰号大亮，是你儿子生前的跟班，不久前他去玄家包子铺闹事导致玄梁的母亲，也就是我的丈母娘脑出血住院并留下严重后遗症。大亮肯定是要负刑事责任的，而警方也怀疑他的背后有人指使。我给你普个法，指使他人严重暴力犯罪的行为，要比具体实施犯罪更加恶劣。"

袁飞走到朱文生夫妇面前，用只有他们三个能听到的声音说："朱文生，你最好好自为止。否则，你们家好日子也就到头了。"

朱文生脸色一变，不由退后了几步，嘴上还是表示不服："哼，指望不上他们这些警察，咱们走。"

袁飞一拍桌子："我让你们走了吗，重案队是你们想来就来想走就走的吗？"

朱文生色厉内荏地喊道："你想干什么？"

袁飞冷冷地说道："我只是想按照规定程序办事，我接待你们就必须留下书面记录。小军，进来。"

小军推门走进会议室，袁飞说道："小军，给这两个人做一份笔录再让他们走，一定要写清楚今天到重案队的目的，笔录做不好不能让他们走。"

"是，明白。"

第20章　老师，学生

木格进教室走到自己的位置坐下，周静跟其他几个人立刻围了过来。

周静一脸八卦问："哎，听说警察找你谈话了，他们问你什么了？"

木格没有搭理她，表情麻木地收拾着自己的东西。周静并不在乎木格有没有反应，自顾自地说着："还有田老师，警察也找他谈话了。"

旁边一个同学也凑了过来，满脸神秘地说："难道朱胜辉是他杀的？"

"不会吧？"

"都传开了，听说是男女问题，因为吃醋，哎，木格，你不是说念玟跟人好过吗，难道是……"

"哇，这可太无耻了，完全是害人精啊。"

"我们可要离这种人远点，太没有道德了连老师都……"

木格想要说点什么，可话到嘴边却最终还是没说出来。

"没准是田老师先那个的……多明显啊，平时他看念玟的眼神……"

"是啊，是啊，田老师明显对念玟不一样。"

"就是，就是。"

这时随着上课铃响，念玟走进来，大家赶快散开，同学们的眼睛不时看着念玟。眼神中充满了各种复杂的情绪，有嫉妒，有嫌弃，有好奇……唯独没有一丝善意。

念玟无视怪异的气氛，坐在自己的座位上，专注地整理着自己的文具。

上课铃结束，田海鹏走进教室。

班长立刻喊："起立。"

全班一起："老师好……"

田海鹏照惯例说道："同学们好，坐下。"

大家都坐了下来，但几乎全都低着头，用余光小心地看着田海鹏和念玫这两个所谓的"当事人"。

田海鹏自然也感觉到了教室中气氛的异常，不知为何他下意识地看向了念玫。而念玫并没有像其他人一样低着头，她此时正看着旁边的木格，眼神中充满了愤怒。

玄敏坐在院子里择菜，院门突然"砰"的一声被撞开，随后念玫背着书包冲了进来，不等玄敏说话，念玫已跑入房内，随即传来重重的关门声。

玄敏站起身，想要进去问问念玫怎么了，可突然想到那天大雨中天台上念玫的样子，还是放弃了这个想法，她随后掏出手机拨打玄梁的电话。

"哥，念玫半晌午地跑回来了，要不要去学校问问情况？"

"……你别管了，我回头问问念玫。"

"嗯。"

田海鹏走到宿舍门口刚刚打开房门，身后传来木格的声音："田老师，您有空吗？"

田海鹏有些惊讶，转身看向木格。木格没有了平时的那种痞气，显得心事重重。

田海鹏问："木格，你有什么事儿吗？"

木格低沉地说："我想跟您说几句话，可以吗？"

田海鹏下意识地看了看左右，然后才将身体让到一旁："进来吧。"

木格走进去之后，田海鹏再次看了看左右，随后才关上房门。

念玫坐在病房的窗边，看着窗外出神。

玄梁注视着女儿的背影，走过去将剥开的橘子递给念玫。

玄梁问念玫："告诉爸爸，为什么不想去上课了？"

念玫接过橘子低头不语。

玄梁又问："是不是在学校……"

念玫低着头说："你就别问了。"

玄梁攥紧了拳头："是爸没本事，让你受了这么多的委屈，等哪天你长大了……"

念玫抬起头，直视自己的父亲说道："我已经长大了，今天我16岁了，不是小孩子了。"

玄梁一怔，拳头不自觉松开，他此时才猛然注意到念玫真的已经不是小孩子了。

愣了好一会儿，玄梁才猛然想起那件重要的事，今天是念玫16岁的生日。

玄梁搓着手说："啊，忘了今天是你的生日！念玫，爸对不住你，要不是你奶奶这病……"

念玫说道："爸，我没怪你，只是有些事情别再瞒着我了。"

沉默了片刻，玄梁问："你想知道什么？"

念玫说道："玄珍姑姑到底是什么原因死的，玄珠姑姑为什么走了15年也不回来，为什么我长得像玄珍姑姑而不是像玄珠姑姑？"

玄梁坐到床边："念玫，不是爸不告诉你……我也想知道为什么。"

父女二人默默望着彼此。

房门被推开，秀媛拎着一个六寸的蛋糕走了进来。

她并没有注意到屋内父女之间特别的气氛："念玫，今年事儿太多，生日就凑合着过，等明年咱们再好好过。"边说边拆开包装又利索地插上一圈蜡烛。

插好了蜡烛，秀媛问念玫："是妈替你点，还是你自己来？"

念玫没有说话，拿过打火机点燃了16根蜡烛。

"许个愿吧。"

念玫一言不发，只是出神地望着闪动跳跃的烛芯。

玄梁望着烛光中念玫的脸，恍惚间与当年玄珍的脸重合在一起，他的眼睛突然湿润了。

找了个买水果的接口，玄梁离开了医院，他一个人来到八角亭。芦苇荡随风摇晃着枯黄一片，河滩处没有人。

此时他完全沉浸在过去的回忆中，不知不觉在这里独自站了许久。

抽完了最后一根烟，玄梁才离开那里，他顺着小路走着，前面有一家小食肆，食肆老板在门口抽着烟，看到玄梁走来跟玄梁打着招呼。

"梁师傅，这么晚怎么溜达这儿来了？"

"走走，最近生意怎么样？"

"不行啊！发现个尸体，附近生意都不好，最近连钓鱼的都没了。"

接过老板递过来的烟，玄梁坐到旁边的凳子上。

抽了两口，老板犹豫了一下还是开口说道："梁师傅，有件事情不知道该说不该说。"

玄梁愣了一下："都是老街坊了，有什么该说不该说的。"

老板说道："昨天，有几个学生在这儿吃饭，我听他们在议论念玫……"

玄梁的身体骤然变得僵硬："议论什么？"

老板继续说道："呃……说念玫和她班主任怎么怎么的，话说得可不是一般难听，我是看着念玫长大的，这么好的孩子禁不起这么作践啊。"

玄梁面无表情站起身。

老板赶紧劝道："老梁，你也别太在意……"

玄梁丢下烟头踩灭："起头的，你知道是谁家的孩子吗？"

老板说道："呃……那我就再多一句嘴，这孩子的妈跟你还真熟，不过这孩子那天没在，从那些孩子的话里听应该是从她那儿传出来的……"

"这孩子是谁？"

"木格，她妈是韩雪萍。"

玄梁的脸色很复杂，这个人他的确认识而且曾经十分熟悉。熟悉到，在这个没有月光的晚上也能轻松地找到她的家。

玄梁三步并作两步登上破旧的楼梯，远远听到搓麻将的噼啪声。

玄梁站在木格家的门外"砰砰砰"用力地敲着房门。

"来了来了，谁啊？"

房门打开，木格的妈妈看到砸门的是人玄梁后，表情明显一愣，随后变得十分不自在。

韩雪萍问玄梁："你来，干什么？"

玄梁沉声说道："我找木格。"

韩雪萍犹豫了一下才扭头冲屋里喊："木格……"

刚喊完又想起什么似的回过头："瞧我这记性，木格还没回来……找木格有事吗？"

玄梁瞟了一眼韩雪萍凌乱的头发，邋遢的衣着。

韩雪萍意识到什么赶紧拢了拢头发，又捋了捋衣襟。

玄梁闷声说道："那回头再说吧，我先走了。"

玄梁刚想转身，韩雪萍却是不乐意了："你这人，大晚上不明不白来了，二话不说就要走啥意思啊？"

玄梁叹了口气："……孩子们的事情，等木格回来再说吧。"

那边屋内的牌友已经等得不耐烦催促道："雪萍，快点啦。"

韩雪萍回头喊道："来了，来了。"

玄梁趁机转身就走，韩雪萍盯了一眼玄梁的背影，"砰"的一声关上房门。

离开韩雪萍家，玄梁漫无目的地走在街道上，不知何时竟回到自家的包子铺。他掏出钥匙打开门，玄梁径直走向柜台，从里面拿出黄酒和酒杯。

玄梁喝得醉醺醺的，摇摇晃晃地走在街上。绍武的夜景在他眼中都是扭曲而变形的，霓虹的光影大块地冲击着他的视线。周围人说话的声音被无限地放大，破碎而且不成句，渐渐汇成尖锐的蜂鸣。

"……妹妹……"

"听说死了……"

玄梁隐约听到这样两句，马上冲上去拉住路边的过路人："你说什么，谁死了，玄珍才没死！"

"你有病啊！"路人吓了一跳推开玄梁，骂骂咧咧地走了，留下玄梁一个人跌坐在地上。

睡梦中秀媛突然惊醒，转头一看身旁，玄梁还是没有回来。此时，时钟显示已经凌晨一点半了。

秀媛有些慌，玄梁很少会这么晚还不回来。她刚想起身去拿手机，却听到走廊突然传来脚步声，她赶紧躺下。

不一会儿门开了，喝得烂醉的玄梁走了进来。他摇摇晃晃地走到念玫房门前，推开一点儿门缝，看到念玫熟睡在床上，然后轻轻地带上了门。

玄梁艰难地走回自己的房间，迟缓而笨拙地脱掉衣服和鞋子，最后慢慢地躺到床上。

不一会儿，秀媛听到身后传来男人压抑的哭声。

第21章　木格失踪

似有似无的抽泣声让玄梁睁开眼睛，他看了看身边的秀媛，发现她还在沉睡，玄梁起身下床轻手轻脚地走了出去。

玄梁走入昏暗的客厅，并没有注意到窗外是一片混沌。抽泣声清晰可闻，玄梁隐约可以看到一个身影蜷缩在角落里。玄梁走了过去，看到念玫正埋头哭泣。

玄梁一脸的茫然："念玫，你这是怎么了？"

念玫抬起头，脸上挂满了泪珠。

玄梁蹲下身心疼地望着女儿，轻声问："一大早，躲在这儿哭什么呢？"

没想到这个"女儿"却开口说："哥，我是玄珍……"

玄梁一屁股蹲坐在地上，脸色变得异常苍白。

嘭嘭嘭……嘭嘭嘭……

疯狂的砸门声把这个院子里所有人都吵醒了。玄梁猛然睁开眼睛，他口干舌燥，重重地喘息着，这种宿醉的感觉他也并不算陌生。

重重的砸门声再次传来，夹杂着此起彼伏的犬吠。秀媛此时也坐了起来，脸色同样不太好看。

玄梁恍惚的神态逐渐变得冷静，继而匆忙下床。念玫也起身下床，走到窗前，掀开窗帘的一角，看到父亲走到院子准备开门，母亲裹着外套站在院子的中央观望。

此时砸门的频率更加密集。玄梁打开院门，木格的妈妈韩雪萍站在门外，布满血丝的眼睛瞪着玄梁。

上来就劈头盖脸质问："木格呢？"

玄梁一惊："木格，我怎么知道？"

木格妈不理，推开玄梁就往院内闯。

玄梁想要阻止，木格妈不顾一切的态势让玄梁显得力不从心。

秀媛见状跑过来阻拦："你谁啊，这一大早的……"

韩雪萍冷笑："我是谁，玄梁没告诉过你吗？"

秀媛越过木格妈望向玄梁。

玄梁有些心虚地避开秀媛的目光，走过来拉住木格妈妈的胳膊往外拽，木格妈疯了似的上蹿下跳同时大喊："玄念玫，你出来！"

周边的邻居三三两两围到了门边，探头探脑小声议论着。

秀媛转身跑进房间拿起话筒拨号："喂，袁飞……"

撂下电话，秀媛透过窗户看到玄梁跟木格妈说着什么。

秀媛赶紧跑了出去，就听见木格妈冲玄梁喊："有话好好说，我闺女不见了，你让我有话好好说？"

"我报警了，警察马上就来。"

韩雪萍不屑地看着秀媛："哟，拿警察吓唬？不就是玄敏她老公吗？让他来！木格但凡有个三长两短，别说警察，就是阎王爷来了看我韩雪萍皱不皱一下眉头！"

玄梁有些无奈地说道："木格不见了，跟念玫有什么关系？"

韩雪萍像是被踩了尾巴："昨天晚上，你不明不白地跑到我家找木格，我就知道有问题，木格一夜没回来，我打电话才从她同学那里知道，你们家念玫在学校把我们家木格打了，现在木格不见了，你说这事儿和念玫有没有关系？"

一听跟女儿有关，秀媛立马就冲了上去："你少在这儿血口喷人！我们家念玫年年都是学校的三好学生，别说打人平时连骂人都不会，她为什么打木格这事儿我们还想去问你呢！"

木格妈呵呵冷笑："好啊，你想问是吧，那我现在就告诉你，念玫到处跟男人好，你们做家长的不知道吗？"

玄梁呆住，宿醉的脑子一下子就清醒了，可还没等他说话，秀媛已发疯似的冲上去与木格妈厮打在一起。

念玫透过窗户看着这一切，猛然背过身去蹲在地上捂住耳朵。

半个小时之后，刑警队接待室内，秀媛和韩雪萍怒气冲冲地各站一边。

秀媛指着韩雪萍说道："没她那么糟蹋人的，哦，一大清早就冲到人家家门口，还血口喷人。"

"血口喷人！"韩雪萍径直走到袁飞面前，两眼盯着袁飞，一只手指向秀媛。

"昨天晚上她男人莫名其妙来我家找木格我就知道有鬼，结果木格就一夜没回来，电话没往家里打一个，手机又关机！该问的都问遍了，才知道念玫在学校打了木格，这不是明摆着父女俩联手搞我家木格？对对对！你是他们玄家的姑爷，怎么，也要一起联手？"

袁飞没有接话，只是感觉有些头疼。

葛菲走过来："我们这里是专案组，失踪案去派出所报案。"

木格妈马上蹦了起来："你们不要推脱！朱家的儿子已经被害死啦！我女儿从来没有一天晚上不回来的，这肯定是有问题了！谁知道凶手现在在哪里躲着，你们凶手没找到还不重视我女儿的事情！"

袁飞揉着额头："葛菲你带木格妈去做一份笔录，然后派人去找找。"

葛菲说道："可是我们人手……"

袁队想了一下："让大力去！"

葛菲只能带着韩雪萍去做笔录。两人刚一离开，秀媛埋怨道："没有见过这样的泼妇，太不讲道理了。"

袁飞问她："玄梁昨天去找木格了？"

秀媛说道："我只知道他昨晚喝了酒，不知道去了她家。"

袁飞说道："就是说，念玫一直没告诉你们为什么和木格打架？"

秀媛摇了摇头，脸色突然一变："木格妈说的……到底是……"

袁飞赶紧说道："当然是假的！之前找木格谈过了，是一场误会，这个年龄段的女孩子关系出现一些间隙很正常，没事了，让他们处理吧。嫂子，我送你回去，顺便跟念玫聊聊。"

袁飞、玄梁和秀媛三人站在念玫的房门外。

"念玫，听话，把门开开，你姑父来了，想跟你说几句话。"

房间里还是没有任何动静。

玄梁不耐烦地从秀媛手里拿过钥匙开门，拧了半天却怎么也打不开，原来房门已被反锁。

怒气上头的玄梁"嘭嘭嘭"地砸着房门："念玫，开门！"

袁飞急忙上前拦住玄梁："算了，孩子不想说，拿改锥也撬不开她的嘴，走吧。"

连拉带拽地把玄梁带到了客厅，袁飞对他们说："再找合适的时机吧，这会儿肯定问不出什么。"

玄梁此时还在气头上，语气不善地质问："你的意思，木格失踪还真要往念玫身上扯？"

袁飞也是眉头一皱："你别这么敏感行吗？木格妈都闹成这样了……"

玄梁大声喊道："她闹成哪样也跟念玫没关系！"

袁飞说道："我是念玫的姑父，从小看着她长大的……咱们是一家人，你没必要冲我来。"

玄梁不再说话。

袁飞摸出烟盒："走，去院子里抽根烟。"

两人站在院子里，各自点上了一根。

抽了两口后，袁飞问玄梁："昨晚你去找木格了？"

玄梁此时怒气也消了几分说道："是，木格到处造念玫的谣，我想问问她到底想干什么！"

袁飞语气非常诚恳地劝玄梁："哥，不管发生什么事，交给我们处理，咱别再自个儿跟自个儿找事了行吗？"

玄梁立刻就急了："念玫是我闺女，我怎么能……"

袁飞真有些心累："得得得，你的心思我还能不知道吗，木格已经承认了，她妒忌念玫所以就故意散布念玫的流言。"

听到袁飞这么说，玄梁如释重负地点了头。

袁飞说道："给念玫一点儿时间，回头我再来找她。"

袁飞走后，玄梁呆站了好一会儿。玄梁刚转过身，却看到秀媛站在门口冷冷地看着他。

"玄梁，木格妈到底是谁？"

玄梁眉头一皱却不理她，直接走进卧室。

秀媛也不依不饶地跟了进去："她今早一进院门你就不对劲了，你当我看不见呀？"

坐在床沿上的玄梁低头不语。

秀媛眼圈泛红语带哭腔："玄梁，今天你不把话说清楚，我是不依的！"

玄梁极不耐烦吼道："她是我的老相好，你满意了吧？！"

说完玄梁就站起身，挤开守在门边的秀媛往大门外走。

秀媛哭着喊道："行，你跟你的老相好好好过，我今天就带念玫回老家。"

玄梁突然停住脚步猛地转过身，盯着秀媛的目光冰冷异常。

第22章　少　年

医院病房内，玄家老母亲双眼紧闭，偶尔传来一声叹息般的呻吟。

玄敏抬起手腕看了看表，又看了看还有一大半液体的输液瓶，沉吟片刻转身朝病房外走去。她一直都有点低血糖的毛病，刚好病房里一点儿吃的都没有了，她已经感觉自己的腿脚有些发虚了，要赶紧吃点东西才行。

玄敏找了最近的窗口买了一碗粥，三两口喝完就随便买了份套餐，匆匆忙忙地赶回病房。一推开病房的门，玄敏就愣在当场，手里的饭盒掉在地上都没有发觉。

面前的病床上空荡荡，已经没有了母亲的身影。

袁飞刚离开小院没有走出多远，手机就响了。拿出一看，显示老婆来电。袁飞接起电话，里面传来玄敏带着哭腔的声音："袁飞，你快过来，妈不见了。"

大力在木格的房间里四处查看着，木格的妈妈韩雪萍则站在一边继续生着气。

作为一个少女的房间，这里是稍微乱了一点点。书桌上的东西凌乱地摆放着，床上被子胡乱地推到床角，还有很多明显穿过的衣服也胡乱丢在房间各处。

大力拉开衣柜，几件内衣掉了出来，木格妈赶紧走过去尴尬地收了起来。虽然她的动作很快，但大力还是注意到这些内衣并不是木格这个少女的尺寸。

一轮勘察之后，大力问："你家里的现金有没有少？"

韩雪萍说道："她爸跑业务基本上长年不在家，所以家里不放什么钱，平时木格需要用钱都是现用现取的。"

大力又问："那贵重物品呢？"

韩雪萍说道："家里常有人来，除了我身上的这几件金货，也没有什么贵重物品了。"

大力继续问："你们家还有什么亲戚朋友，是木格可能会去投靠的？"

韩雪萍已经开始有些不耐烦："都打电话问过了，都没见到呀。"

大力说道："你先别急，我们会尽力的，你也发动亲戚朋友注意着，我们有消息会马上通知你，你要有她消息也告诉我们一声，这是我的电话请你收好。"

韩雪萍接过大力写着号码的纸条："你们可是要负责任赶快找啊，这要是她回来了我打断她的腿也不能让她和玄家来往了，晦气。"

医院门口，玄敏站在马路边，焦急地徘徊着。

袁飞急匆匆地赶到，一下车就问她："怎么回事？"

"我就是下楼喝碗粥的工夫，回来妈就不见了，谁能想到她会醒过来呢？"

袁飞略带埋怨地说："一个有病的老太太能跑多远，你就不会……"

玄敏带着哭腔："我怎么能不找呢，四周都找遍了。"

袁飞拍了拍玄敏问："你跟玄梁说了吗？"

玄敏摇头："跟他说，那还不等于是捅破了天啊！早上他还说家里有事，要不是因为这个，我也不会让我妈一个人待在病房里啊。"

袁飞皱着眉头掏出手机拨号："葛菲，你帮我问问人民医院周边执勤的交警，看看有没有……"

话还没说完就听玄敏突然喊道:"我妈在那儿!"

袁飞顺着玄敏手指的方向望去,只见身穿病号服的玄家老母亲顺着路边,一边走一边四处张望着。

"行了,不用了。"

袁飞和玄敏赶紧穿过车流,来到马路对面拦住母亲。

玄敏两眼通红,上下检查妈妈身上有没有磕碰,而母亲却用空洞的眼睛注视着玄敏。

确认老太太身体没有任何问题之后,玄敏悬着的心也总算是放了下来。

玄敏看着老太太问:"我是玄敏啊,你不认得我了?"

玄家老太太的目光滑向她身后突然开口:"袁飞?"。

袁飞赶紧答应:"哎,妈,是我,您这是要去哪儿啊?"

玄家老太太说:"我去找玄珠,有些日子没见她了。"

袁飞和玄敏飞快地对视一眼开口道:"妈,玄珠在哪儿呢?"

玄家老太太茫然地看了看四周:"是啊,玄珠去哪儿了?"

袁飞赶紧接着这个话头:"这样吧,我先送您回去,回头我们带您去找玄珠。"

玄家老太太点了点头:"回家。"

袁飞和玄敏互相看了一眼,然后扶着老太太慢慢地穿过马路。

玄敏服侍着母亲重新躺在病床上,一旁的护士跟袁飞说着话。

"病人这么多,我们又不是陪护,家属要是看不好,万一出点意外……"

"行行,明白了,您去忙吧。"

护士转身走了出去。

老太太突然开口:"袁飞啊,你过来。"

袁飞赶紧走了过去:"妈,什么事儿啊?"

老太太说:"玄敏没有欺负你吧?"

袁飞看了一眼玄敏笑着回道:"……瞧您说的,她对我好还来不及呢,怎么会欺负我。"

老太太拉着袁飞的手说："我这个大闺女不开窍，心倒是好的，你别跟她一般见识啊。"

袁飞笑着说："怎么会，我们挺好的。"

老太太点头："那就好，那就好……小孩子多大了？"

袁飞顿时语塞："啊，哎，大了大了……"

母亲继续点头："哦，大了，都大了。"

玄敏悄悄背过身，眼泪不停地从眼中滚落。

诚益中学门口，大力观察着进进出出的学生。在他旁边，站着一名穿着校服的男学生。

突然这个男同学指着远处走来的一个高个子男生说："他就是郝志。"

大力跟这位同学道谢之后，就直接迎上了那个郝志。

"你是郝志吧。"

被人直接堵住，郝志明显露出畏惧的神态。

大力赶紧面带微笑地说："不用怕，耽误你几分钟，问你几句话。"

郝志有些犹豫："……快上课了。"

大力笑着说："很快。"

两人走到路边的一棵树下，大力问："你跟念玫、木格平时关系都不错吧？"

郝志点了点头。大力接着问："跟哥哥说说你对念玫的看法，漂亮、学习好这些话就不用说了。"

郝志琢磨了半天才说："……她有一种很神秘的感觉，不像别的女生整天嘻嘻哈哈的。"

大力又问："木格呢？"

郝志这次倒是没犹豫："木格没什么特别的，平时大大咧咧的，有时候觉得她没心没肺很简单，有时候却又觉得她很有心机。仔细想想，好像还挺复杂的。"

大力点点头："这两天木格跟你有过联系吗？"

郝志很肯定地摇头："没有，自从她跟念玫打架之后我们之间都不说话了。"

大力问："木格跟田老师的关系好吗？"

郝志想了一下："也就那样吧，没有什么特别的。"

大力问："你怎么看田老师？"

虽然郝志极力想要隐藏，但大力还是明显能感觉到他变得不自然。

大力问："你不喜欢他吗？"

郝志犹豫着说道："其实……他是一个好老师，不过……"

大力问："不过什么？"

郝志说道："他看念玫的时候……听木格说，田老师跟念玫有点不清不楚。"

大力追问道："哦，具体呢？"

郝志说道："具体我也不知道，但是我们都知道木格嫉妒念玫，所以她说的话也就是半信半疑吧。但这种事情，一想到还是会对田老师……"

大力问郝志："你是不是喜欢念玫？"

郝志沉默了片刻说道："……学校里的男生有不喜欢她的吗？"

大力问："那念玫喜欢你吗？"

郝志指了指自己："我？不知道，反正她对谁都冷冰冰的。"

大力又说："你知道木格喜欢你对吗？"

郝志的表情变得很烦躁："她到处说我是她的男朋友，烦死人了……"

上课铃响了，郝志有些焦急地看向教室方向，身体语言十分明了。周围在外面的同学也都在朝教室走。

大力把本子一合："好，谢谢你，去上课吧！"

郝志立刻头也不回地跑向教室的方向。

与此同时，田海鹏走进校长办公室。

"校长你找我。"

"是，来来，田老师请坐。"

田海鹏坐在校长对面感觉有些拘谨，因为他大约知道接下来校长要跟他说什么。

校长说道："木格和念玫都是你们班的，不能不说出了这么大的事，你是首先要负责任的。"

田海鹏点头："是，是……"

校长微微叹了口气："唉，木格妈妈的电话都打到市教委了……你知道今年的市重点考核，现在是最关键的时候，影响很不好啊……万一木格真的出了什么事，别说重点了，你我的位置还能不能在都是问题啊……还有，更要注意的是和学生的关系特别是个别女生，这个年纪的孩子说大不大说小也不小了，前车之鉴，搞得自己身败名裂的例子你也都看过啊，所以也不用我多说了吧，小田。"

田海鹏赶紧解释："校长，这个……我可是没有……"

校长摆了摆手："虽然都是些风言风语，但还是要引起绝对的重视，田老师对吗？"

离开校长室之后，田海鹏还有些恍惚。虽然没有明确的批评，但校长话中隐藏的意思还是让田海鹏感到了一丝的惶恐。

田海鹏回到办公室看到桌上自己的照片，脸色一变，匆匆出门回到了自己的宿舍，慌慌张张地把抽屉里一本相册拿了出来。

相册拿在手里，田海鹏像个无头苍蝇般在屋内乱转。一时间，他无法决定要如何处理这本相册。

藏起来？藏在哪里？丢掉？丢去哪里？半晌，无法取舍的田海鹏翻开了相册。一页，又一页，又一页。田海鹏竟然一口气看完了整本相册。

最后，他合上相册，把它放回抽屉。

第23章　雷　雨

玄梁从市场采购回来，提着两大包食材走进包子铺。

平日里秀媛这时都迎出来帮他，可今天玄梁都走到门口了也不见秀媛的影子。

玄梁只能站在门口喊："秀媛，给我开门。"

等了好一会儿，秀媛才冷着脸开门，却没有帮玄梁拿东西，直接转身走回铺子里面。

刚刚站在门口就已经有些情绪了，看到秀媛这个样子，玄梁火气立刻就上了头。

把两包东西往台子上一丢，玄梁就冲秀媛喊道："一大早你这又是吃错什么药了！"

秀媛站在柜台里面没有回应，只是在那里死命地擦着台面。玄梁的脾气哪里受得了这个，冲过去一把抢过秀媛手里的抹布狠狠地摔在地上。

"擦擦擦，就知道擦，你……"

玄梁看到秀媛的眼神，愣住了。

那是一种他从来没有在秀媛脸上看到过的眼神。十几年来无论两人如何争吵，也从没有看到过她用这种陌生的眼神看着自己。

玄梁就是再迟钝，这个时候也发现秀媛的反应太不正常了。

秀媛直愣愣地盯着玄梁眼泪一颗一颗落下，她把手里紧紧攥着的手机拍在桌子上。

玄梁看向手机，屏幕上赫然是自己的照片。照片的旁边写着一行醒目的大字，"绍武凶杀案的惊天内幕！"玄梁拿起手机看下去，忍不住全身抖，脸色也越来越难看。

这上面的新闻里说的就是朱胜辉被杀的事情，指名道姓说他玄梁就是凶手。不光写了名字和身份信息，还有他玄梁的照片。

秀媛抹了一把眼泪，冷冷地问玄梁："朱胜辉到底是不是你杀的，木格失踪和你有没有关系？"

玄梁把手机拍在台子上怒喝："你疯了吗！"

秀媛哭喊道："看到了，我是疯了，是被你们玄家逼疯的，17年了，你们玄家过去的事情我什么都不知道，现在我终于明白了。"

玄梁瞪圆了眼睛怒吼："你明白什么了，就看了这个就明白了，你什么都不明白！"

秀媛指着玄梁鼻子："我现在明白了，就是因为当年你跟韩雪萍乱搞男女关系错过了接玄珍的时间，所以你把愧疚和怨恨全部转嫁到念玫的身上，逼着孩子跟你一起受罚。玄梁，朱胜辉的死要是真的跟你有关系现在就去自首，放过念玫，放过我们这个家，我带着念玫远走高飞，从今往后再也不会踏进绍武一步。"

"你！"玄梁握紧拳头，全身剧烈地战栗着。

这是第一次，玄梁在面对秀媛的时候，感觉自己真的无话可说。从父亲去世之后，作为家中的长子，玄梁就顺理成章地继承了这个家庭中的权威，他说的话不允许有人质疑，就像他眼中自己的父亲那样。

玄梁讨厌袁飞就是从玄敏执意要嫁给他开始的，那是第一次玄敏违背了他和父亲的想法。

而玄珍的死，就是玄梁心中永远过不去的那个坎儿。这么多年他试图把家里所有关于玄珍的痕迹都抹去，更不允许有人提起玄珍。就是因为那天，他没有及时去接玄珍，才会导致她那样的结局。

玄梁知道自己有责任，但他打心底不愿意承认这一点。作为长子，他从父亲那里继承的就是男人在这个家庭中永远都是权威，权威就永远都是对的。

因此他才会迁怒所有跟这件事有关的人，不仅是警察还有没有跟玄珍一起回家的玄珠，以及导致他没有及时去接玄珍的韩雪萍。

过去十几年，玄梁都是在用这种强硬的方式维护着自己的内心，随着时间流逝物是人非，就连玄梁自己也渐渐地忘记了那年的那天，但今天他内心最软弱的地方被狠狠地戳中了。

今日今时面对秀媛的质问，玄梁一时不知道该如何开口。玄梁下意识地想要逃走，一扭身便跑出门冲入大雨之中。

玄梁逃走不是因为无法面对秀媛的质问，而是因为他无法面对被揭开伪装的自己。不知过了多久，玄梁被雷声惊醒。他努力睁开眼睛，模糊中看到了手边的酒瓶和塑料袋里的卤味。

一瞬间，那段最不想被想起的记忆，从他脑海深处喷涌而出，如同洪水一般淹没了他的意识，不给他任何反抗的机会。

19年前，也是这样的一个雷雨天。桌子上也摆放着吃了一半的卤肉和空掉的白酒瓶。宿舍内，压抑的呻吟随着隆隆的雷声变得肆意，白色的蚊帐有节律地抖动着。蚊帐内，隐约可以看到年轻的玄梁与韩雪萍搂抱在一起。

最后，玄梁瘫倒在韩雪萍的身上，韩雪萍的手指狠狠掐住玄梁汗涔涔的后背，继而发出委屈的啜泣声："流氓……"

像大多数男人一样，玄梁的回答是："雪萍，别哭，我会对你好的。"

雪萍伸出双臂抱住玄梁，玄梁满足地叹息一声，将脸颊埋进雪萍的脖颈里。

雨声更加密集，夹杂着玄梁的鼾声。随着一声惊雷，玄梁睁开眼睛，他突然想起什么似的，跳起身急速地穿着衣服。

雪萍也被吵醒："怎么了？"

玄梁匆忙翻身下床："我答应了玄珍……你有雨衣吗？"

雪萍指了指门后，玄梁趿着鞋走过去拿起雨衣跑出门，冲入大雨中。

玄梁飞快地骑着车，完全不顾及车轮带起的泥水溅得满身都是。

然而当他赶到学校门口的时候，那里已经空无一人。

玄梁挣扎着站起来，再次冲入雨水中。

"玄珍啊，不是哥的错，不是哥的错，哥也不想去晚的，都是因为韩雪萍，都是因为她，以前是因为她，现在还是因为她，都是那个女人的错。"

哐哐哐……

听到砸门的声音，韩雪萍披着衣服起身。她没直接去门口，而是先透过窗户往外看。

看到外面来的男人是玄梁，韩雪萍心里一惊但并不意外。她把玄梁当年的事告诉朱文生之后，就知道玄梁肯定会来找她。

韩雪萍壮着胆子冲门口喊："玄梁，你又来干吗？"

玄梁在门外喊道："韩雪萍，都怨你，都是你的错！"

韩雪萍喊道："你赶紧走，你们一家都是丧门星！赶紧滚！"

玄梁突然拎起外面的铁锅，猛地砸向窗户。

韩雪萍立刻发出刺耳的尖叫："杀人了！又要杀人啦！玄梁又要杀人啦！快报警啊！"

……

袁飞和大力一起来到包子铺，看到秀媛脸色发白地呆坐在一处出神。

袁飞上前问："嫂子，玄梁呢？"

秀媛呆呆地摇了摇头。

袁飞转身要走，想了想走回到秀媛身边："嫂子，网上那些乱七八糟的东西你别信。"

秀媛抬起头定定地看着袁飞："袁飞，你是警察。我相信你，你得告诉我，玄梁真的……杀人了吗？"

袁飞嘘了一口气显得有些无奈："没有，真的没有。玄梁这个人虽然脾气不好，但真的没有杀人。你也跟他过了十几年，这一点上还是要相信他的。"

秀媛顿了顿，垂下头去。袁飞还想再宽慰几句，这时大力电话突然响了。

大力接通电话，说了几句就把手机递给了袁飞："袁队，您得接下这个电话。"

十几分钟后袁飞赶到了韩雪萍家。此时玄梁低着头靠墙蹲在角落里，手上缠着纱布。

不远处，韩雪萍和两个邻居在向派出所的民警口沫横飞地讲述刚才的情况。

袁飞看到几个出警的同志他都认识，便直接走过去："怎么回事？"

赔偿了玻璃、门以及那口铁锅之后，韩雪萍在民警的劝说下跟玄梁达成了谅解，这件事也就算是可以翻篇了。

但玄梁好像还不想翻，离开韩雪萍家，他就一个人气呼呼地走在前面，袁飞看着他的背影终于还是忍不住道："咱们前脚刚说完，你后脚就搞这些不上台面的小动作。"

玄梁停下脚步猛地转身："我搞小动作，我上不得台面，你去看看那个流氓媒体，是谁在搞小动作？秀媛看了那些谣言，要带着念玫回娘家！再说念玫，本来出那么大事情，压力已经不小了，这一搞，孩子会怎么想？！我这个做父亲的，还有没有脸面！"

袁飞心里想，恐怕最后一句才是他的真实想法。

但他嘴上却说的是："这个事情原本是韩雪萍不对，可是你搞成这样，倒成了你的错！"

玄梁大声喊道："我现在就去……去找写这个假新闻的记者！"

袁飞冷冷地问："找到他们，你想干吗？"

玄梁怒吼："我砸了他的单位！"

袁飞不屑地冷笑："玄梁你是长本事了！你可想好了，真要是砸了人家单位，至少拘留十天半个月的。"

玄梁被这话噎得不轻，转头气呼呼地继续往前走。袁飞试图再劝劝玄梁："哥，能不能听我说……"

玄梁却直接打断："别叫我哥，我不认你这个妹夫。"

第24章　人生如戏

念玫跟父母一起，提着保温饭盒走进病房

玄敏看到他们几个很疑惑："你们怎么都来了？"

秀媛跟玄梁离得很远，相互之间没有一丁点交流，很明显还是在冷战中。

这种情况下也只有念玫开口说道："我跟我妈送饭，路上碰见的我爸，他们俩……是我硬让我爸来的。"

玄家老太太两眼直直地盯着玄梁："玄梁，你们这又闹个啥？"

玄梁没有说话，老太太的目光突然投向秀媛："跟你媳妇有关系吧。"

玄敏劝道："妈，你就别瞎操心了，跟你没关系。"

老太太不理她，继续冲玄梁说道："当初我就跟你说过，秀媛是个外地人，也不知根知底的，遇了事，未必会跟你一条心。瞧见了吧，有点风吹草动胳膊肘就往外拐了。"

正在旁边忙活饭盒的秀媛，整个人都僵在那里。

玄敏赶忙拉住老太太的手："妈，你少说两句吧。"

老太太反抓住玄敏的手："玄敏，你还不知道？你哥是个老实人，凭谁都能欺负他两下。那个韩雪萍当初你哥对她多好，到头来怎么样？说来说去，是你哥看人的眼光不行。"

秀媛"嘭"的一声将饭盒往桌子一蹾，转身走出病房。

玄母依旧没有放过秀媛："瞧见吧，平时嘴上抹了蜜似的，遇了事才能看清人心。"

玄梁把手里的暖壶也蹾在桌上，吼道："你能别说了吗！"

这一吼，玄敏却是不乐意了，她转身回冲玄梁喊道："你冲妈喊啥喊，不知道她糊涂了吗，有你这样当儿子的吗？"

念玫看着大人们的吵闹，不屑地摇头："这个家，真可笑。"

说罢拎起自己的书包走出病房，重重地摔上房门。

昆剧团舞台上一个曼妙的身影，用清亮婉转的嗓音唱着《牡丹亭·寻梦》。

偶然间心似缱，梅树边。这般花花草草由人恋，生生死死遂人愿，便酸酸楚楚无人怨。待打并香魂一片，阴雨梅天，守的个梅根相见。

孙部长眼中闪动着泪光，痴迷地注视着舞台上的那个身影。

周秘书注视着孙部长许久，又讳莫如深地看了一眼周亚梅。后者心领神会，不觉舒了一口长气，随后目光又投向舞台，眼神中透露出复杂的情绪。

一幕唱罢，孙部长带头起立鼓掌。这一刻，周亚梅的心也总算是踏实落地。匆忙卸了妆的丁桡烈与周亚梅一起，送孙部长和周秘书走出排练厅。

孙部长在台阶前停下脚步，惬意地舒了口气，转头看向丁桡烈："真是余音绕梁，三日不绝于耳，丁团长风采依旧不减当年啊！"

丁桡烈微微欠身，笑着回应道："不敢当，不敢当，已经许久没有上台，这心虚得很，心虚得很啊！"

孙部长说道："国家一直在强调要坚持文化自信，昆曲是世界非物质文化遗产，对于这么好的传统艺术，我们是一定要给予更多的政策支持与保护的。"

丁桡烈说道："感谢孙部长对于昆剧的支持！"

孙部长哈哈一笑："周秘书把你们剧团的情况给我说了，看得出你们剧团虽小，却真心在为昆剧的传承与弘扬做着实事。传承是基础，人才是关键。在昆剧后备人才的培养上，一定要多上心，要出大角儿出好角儿，出一个摄人心魄的角儿来！否则，我们昆剧团如何延续它的生命力？"

周亚梅说道："明白明白，剧团也办了学员班，今后我们会加大力度，多多吸纳社会上的艺术人才，为昆曲的继承与发展做努力。"

孙部长说道："行，后续工作就跟周秘书交接吧。"

目送车灯消失在剧团大门口，丁桡烈放下挥着的手，笑容一下收起来。

周亚梅靠了过去，想要拉起丁桡烈的手，却被他轻轻甩开。两人并排走在长廊里，丁桡烈微微落后神情也有些恍惚，但周亚梅正在关注手机上孙秘书刚刚发来的信息并没有注意到他的异常。

突然丁桡烈停下了脚步，说："亚梅，孙部长说培养新人……咱们团确实需要一个镇场的角儿啊。"

周亚梅闻言也是一愣，下意识地看向丁桡烈，但马上就反应过来："哪有这么容易，现在的年轻人有几个愿意……"

不等周亚梅说完，丁桡烈径直向前走去。

周亚梅赶紧问："桡烈，你去哪儿？"

丁桡烈脚步不停回道："我再去想办法。"

周亚梅目视丁桡烈的背影消失在远处，神情渐渐变得忧虑。

医生办公室，玄梁和玄敏正在听医生给他们讲解老人的病情。在一番十分详细，但理解起来真的很费劲的讲解之后，医生最后给出的结论是：老人家身体情况已经基本稳定，没有继续住在医院的必要，因为脑出血而导致精神和记忆问题推荐还是回家静养。当然，要注意的是对老人家的照顾要比以往更加细致。

医生都这么说了，玄梁他们也没有什么其他意见，很快就带着医生开具的出院证明，办理出院手续，准备带老太太出院。

这个结果让大家都松了一口气，医院的条件再好也是医院，总是没有在家里待着舒服。老人家每天也都需要有人陪护，这对子女来说压力都不小。老太太回家之后，大家都能稍微轻松一点儿。

玄梁去处理手续上的事情，玄敏在病房里收拾东西，然后再帮老太太把病号服换下来。这个可是要退押金的。

退病号服的时候，玄敏顺便跟护士借了一把轮椅。老太太能走，但经过上次出走事件之后，让她坐在轮椅上被推着走才是让大家最放心的。

直到护士把轮椅推过来，老太太才想起问玄敏："这是要干啥啊？"

玄梁一边收拾着一边回答："妈，咱们要回家了啊。"

老太太又问："咱们可以回去了吗？"

玄敏把轮椅推到床边："大夫说您可以出院了，回家躺着比在这里躺着舒服。"

老人家没有不恋家的。一听说能回家了，老太太就开始不停地催促玄敏。好在玄梁这个时候也回来了，帮着玄敏一起赶紧收拾。

护士跟着玄敏和玄梁一起，推着老太太出了医院大门，玄梁正准备叫一辆出租车，可刚走出两步，整个人就僵在了那里。玄敏顺着他的目光看过去，反应也跟他相同。

老太太看他不走了，又忍不住催促："快去啊，咋不动了，你看啥呢？"

说了几句他们都没有反应，老太太这才像他俩一样看向对面。

老太太脱口而出："玄珠！"

在老太太开口之前，玄梁和玄敏兄妹都还不敢确定。虽然眼前这个拖着行李箱的女人让他们感觉非常非常熟悉。但毕竟已经十几年没见了。

玄珠缓缓走上前："妈。"

老太太的目光落在玄珠的身上，上下仔细地打量："真的是玄珠。"

玄珠说："是我。"

老太太问："你怎么就一个人回来了呢，玄珍呢，我的玄珍呢？"

玄珠的眼神瞬间黯淡了下去了，随即自嘲式地笑了笑。这么多年过去了，她以为早已经物是人非，可这一句话就让她明白，其实什么都没变。

"玄珍，她已经……"

在玄珠说出那个死字之前，玄梁赶忙打断她："走，快先回家吧。"

玄梁坐在出租车的副驾驶座上，玄敏、玄珠与母亲坐在后排。玄珠的目光一直望着窗外，母亲则不时盯向玄珠。

驶近八角亭时，母亲突然指着窗外："那个亭子，看着怎么这么眼熟啊？"

玄珠盯着破旧的八角亭片刻，随即将目光转回前方。

出租车停在院外，玄梁把母亲搀了下来，秀媛从院内迎出来想要帮忙却被玄梁挡开。

秀媛尴尬地站在门口，一时也不知该如何反应。

玄敏看了秀媛一眼，轻轻叹了口气："嫂子，过来帮我拿行李。"

秀媛赶紧应了一声，小跑着来到后备厢旁。看到玄珠，秀媛先是愣了一下，但很快就从她与玄梁和玄敏相似的眉眼中猜出了她的身份。

秀媛略带惊讶地问："你是玄珠吧。"

玄珠淡淡地笑了笑："嫂子，你好。"

秀媛也立刻进入长嫂的角色："哟，真是你啊，回来了怎么也不提前说一声？"

说着秀媛就热情地拿过玄珠的行李箱往里走，同时还不忘回头招呼玄珠跟上。

玄珠缓缓地走进这个熟悉而又陌生的院子，无数的回忆从脑中各个角落渐渐浮现。她表面上看起来很平静，但只有她自己知道，再次走进这个院子的心情有多么复杂。

在过去很多年中，玄珠都相信自己不会再回到这里。因为她找不到任何回到这里的理由。在这个家里，玄珠从来都是可有可无的，只有玄珍才是最重要的那个。即便她已经死去十几年，在这个家里还是比她这个活着的玄珠更重要。

但此时此刻她就站在这里。

第25章　归　来

玄珠走入客厅环视着周围，果然找不到一丁点熟悉的痕迹。

回来之前玄敏给秀媛打过电话了，老太太的床铺秀媛早就已经收拾好。玄梁直接把老太太扶到床上，而秀媛则走到念玫的房门前。

秀媛敲了敲门："念玫，奶奶回来了，还有你……玄珠姑姑。"

很快念玫便开门走了出来，目光立刻便锁定了客厅里唯一的陌生人。

玄珠闻声转过身，在看到念玫的瞬间，仿佛被电击般退后了几步。这么大的反应也让念玫有些不知所措地站在原地，不知该如何反应。

秀媛此时走过来："念玫，叫小姑了吗？"

玄珠避开念玫的直视，转身从行李箱里掏出一个没有开封的笔记本电脑，递给了秀媛："这是送给念玫的。"

秀媛的脸上顿时露出光彩："哎呀，这么贵重的礼物，她一个小孩家！不过念玫一直念叨着想要一个笔记本呢……真是让你破费了，念玫，还不快谢谢小姑。"

"谢谢……小姑。"

重案组的会议室，案情例会正在进行。齐宏伟站在黑板前："根据袁队指示，我们从两个侧面对田海鹏进行了一些了解。学校宿管那里说是知道田海鹏 4 月 17 日当晚去他的父母家吃饭的事，但是没注意他什么时候回来的，同事、同学都很肯定他的业务和为人，在学校属于优秀典型，连续三年的市级优秀教师，老师同学们都很喜欢他。"

齐宏伟顿一下继续说道："但是我们同样没有找到田海鹏任何不在场的证据，所以并不能排除田海鹏就是那个棒球帽男人的嫌疑。"

袁飞点点说道："田海鹏是不是棒球帽男人，还需要继续调查取证。但可以肯定的是，这个人是需要更深入调查的。能让同事和同学都异口同声地说好，这本身就说明他这个人不简单。"

葛菲提出问题："如果这个棒球帽确实是田海鹏，他的行为动机是什么？"

小军说道："我看是时候直接面对田海鹏了！"

葛菲看向袁飞："袁队？"

袁飞点头："的确是时候了。"

葛菲又问："去学校还是到我们这儿？"

这个细节还真的是需要考虑的，思索了片刻，袁飞说道："在案件没有查清之前，还要注意保护田老师的声誉，打电话约到他家。"

电话立刻就打了过去，田海鹏正好在父母的家中。可当小军和大力来到田家的时候，却被田海鹏的母亲告知，田海鹏因为发烧刚刚吃了很多药现在已经睡着了。

吃了药睡着了，而且是在警察约好上门以后，这应该就是"此地无银三百两"的现实版。来之前，对田海鹏的怀疑有六成，现在已经到了八成。

田海鹏的妈妈并不知道警察上门的事情，问两人："你们找海鹏有什么事吗？"

小军说道："那个……阿姨，麻烦您看看他怎么样，我们有点事情想问问。"

田母担忧地点头，卧室的门虚掩着，从门缝里可以看到田海鹏捂着被子躺在床上。

田母走到床边，轻轻拍了拍蜷缩在被子里沉沉睡着的田海鹏。

"海鹏，醒醒！"

田海鹏一动不动。

"海鹏……"

田母走了出来，轻轻关上房门，略带歉意地说："不好意思，可能药劲比较大，叫不醒哟……两位有什么要紧的事吗，等他起来我转达给他？"

小军问："阿姨……他这是怎么了？"

田母担忧地说道："海鹏从小身体就不好，最近一直说胸口不舒服，催他去医院检查，一拖再拖……他一个人住在宿舍不怎么回家，每次回来不是头疼就是脑热，这么大人了也没个伴儿照顾他真是急人……这不，今天一回来就说不舒服。我看他直冒冷汗，肯定就是发烧了，给他找了几种退烧药吃上就睡着了。"

小军和大力面对唠叨的田母面面相觑，这药劲儿还是真挺大的。

田母："小伙子，你们要不就在家里等一会儿……"

小军刚想说不用，大力却在背后悄悄拉了他一下。

小军的反应也是真快，立刻改口："不……会太打扰你们休息吧。"

田母可能也没想到小军会答应，稍稍愣了一下才说道："不会，我们老两口也不那么早睡。"

一旁的大力注视着挂在客厅墙面上的一幅幅摄影照片："这些照片拍得不错啊！"

田母略带骄傲地说："都是海鹏拍的，他平时除了上课也没什么爱好，就喜欢拍拍照。"

大力继续称赞道："田老师真是才子，专业摄影师也未必有他拍得好。"

田母笑道："我不懂有这么好吗，您可真是太夸奖了。"

小军此时趁热打铁："田老师的摄影作品就只有这些吗？"

田母立刻说道："可不止这些，客厅和他的卧室里都还有。"

小军和大力交换了个眼神，大力立刻说道："其实不瞒您说，我也是个摄影爱好者，可得让我好好学习学习。"

这个要求田母当然不会拒绝，大力的长相还是很有"欺骗性"的，很容易让人以为他还是个学生，加上察言观色也有一手，很快就让田母放下了本就不多的戒心。甚至暂时忘记了大力警察的身份。带着他参观起这个房子的各个房间。

而与此同时，小军借着机会，可以在没有干扰的状态下进行仔细的观察。在田母带着大力参观厨房的时候，小军甚至悄悄推开田海鹏卧室的房门。可惜时间太短，他没有时间走进去，只能在门口多看了几眼。

房子参观完了，但田海鹏还是没有醒的意思，小军和大力也真就没有再留下的理由。

小军掏出名片递给田海鹏的母亲："那阿姨，我们先不打扰了，等他醒了联系我们，这是我的名片您收好。"

外面防盗门刚刚关上，田海鹏就立刻睁开眼睛。他慌忙起身，却又怕弄出动静。在床上紧张地听了几秒钟，确认没有外人的声音之后才小心翼翼地下床。他连拖鞋都不穿就赤着脚走到摆放书桌的墙壁前，将挂在墙面上的几幅人物小照迅速取了下来。

即便是朦胧写意，依然能够看出里面的人物是念玫。

这几张照片都是他最得意的作品，所以才会放在自己的卧室里，他甚至能记起这些照片从拍摄到冲洗的每一个细节。

尤其是照片里的念玫，她举手投足间带着柔媚，令田海鹏沉醉其中难以自拔。然而一想到刚刚那个警察有可能已经看到这几张念玫的照片，冷汗瞬间就浸透了田海鹏的睡衣。

……

玄家饭厅，一家人默然不语地围坐在饭桌前。秀媛端着一盆汤从厨房走过来，放在餐桌的中央。秀媛一边环视几人，一边解着围裙："玄珠呢？"

玄敏抬手指了指念玫的卧室，示意玄珠就在那里。

秀媛把解下的围裙搭在椅背上说道："早知道她回来，我就再多买点菜了。念玫，去叫你小姑吃饭了。"

念玫有些不情愿地问："她在我屋里干吗？"

玄敏对她说："在没有你之前，那是她和小小姑的屋。"

念玫闻言一愣。

玄梁摆了摆手："不用去喊她，饿了自然会出来，让她自己待会儿吧。"

玄珠静静地站在曾经非常熟悉，同时也非常想要逃离的小屋里，记忆和现实不断地重叠又分离。

尤其是当她看到桌上念玫的照片时，记忆中关于这里的一切都不受控制地浮现在她眼前。

那个时候这里是她们姐妹两人的房间，她们睡的是一张上下铺的双人铁床，屋里只有一张老旧的书桌却要她们姐妹三个共用，上面总是堆满了各种杂七杂八的东西，其中大多数都是玄珍收到的小礼物，洋娃娃、发卡之类的尤其多，但玄珍从来都只会喜欢一小会儿然后就丢在一边不闻不问。磁带和各种港台明星的周边产品，包括杂志和海报之类都是玄敏的。

只有书和本子才属于玄珠，但在这个家庭中，唯一用功读书的玄珠每天都只能用棉花塞住耳朵学习。从很小的时候开始，玄珠就清楚地知道想要摆脱现在这种生活，就只能努力学习。

玄家人正在吃饭的时候，大门门铃突然响起。秀媛起身去开门，却看到门口站着两个她不认识的陌生男女。

这些天来，发生了这么多的事情。秀媛对陌生人多少有些戒心。但从两人的穿着气质上来看，好像与她担心的那几类人都靠不上边。这让秀媛多少放心了一点儿。

秀媛问二人："你们找谁？"

周亚梅开口道："请问，这是玄梁家吧？"

秀媛点头："是啊，你们是？"

丁桡烈微笑着说道："我们是昆剧团的。"

第26章　冒昧的邀请

周亚梅和丁桡烈坐在客厅的沙发上。

玄梁看到他们就立刻想到了朱文生，当然不会给他们好脸色看，没有立刻撵人就已经算是他今天对自己的脾气有所克制了。

至于秀媛，和他们都不认识，所以此时好奇地看着他们。

对于玄梁的冷脸周亚梅也不算太意外，毕竟他都是上了小报新闻的人，跟朱文生的恩怨也算是尽人皆知了。

周亚梅歉意地笑了笑："不知道家里的电话就冒昧上门了，事出有因还请见谅。"

玄梁语气冷硬地问："有什么事儿？"

周亚梅微笑着说道："是这样，前段时间，我们看到你们的女儿……剧团刚好也在发展，想挖掘一些人才推动昆剧的发展和传承。"

玄梁冷冷打断她的话："有话就直接说吧。"

周亚梅拿捏着措辞："我们觉得念玫，觉得她是个难得的好苗子，今天专程来拜访就是想跟她谈谈，看她有没有兴趣……"

玄梁站起身再次打断，做出送客的手势："这个事儿没什么好说的，你们走吧。"

秀媛见状连忙打圆场："不好意思，最近家里事多，玄梁他……"

这话说得没错，如果不是这段时间发生的事多，玄梁这个时候应该已经开始骂人了。

丁桡烈没有打算放弃："没关系的，如果方便，我能跟念玫谈谈吗？"

玄梁冷哼一声："谈什么，还嫌我家不乱吗！"

丁桡烈还在坚持："我们是一定会尊重家长的意见，不过还是想跟她本人聊一聊。"

他口中的本人，还在饭厅里闷头吃着饭。

丁桡烈的眼神中有隐藏不住的情绪，而这恰恰是玄梁最讨厌的。

玄梁再也压不住情绪："聊什么聊，谁都不跟你们聊，你们走不走！"

周亚梅站起身，用手拽了丁桡烈一把："那好吧，打扰你们吃饭了。"

昆剧团算是正经单位，团长亲自上门这算是非常重视。事关孩子的前途，秀媛其实是想要再听听的。

"玄梁……"秀媛才说了两个字，就被玄梁恶狠狠的眼神制止。

秀媛只能亲自送两个人出门，周亚梅和丁桡烈刚走到门口，玄珠正好从卧室里走了出来。

看到两人，玄珠竟一眼就认出了他们，脱口而出："亚梅姐，丁团长。"

周亚梅闻声看向玄珠，眼神中透着疑惑。

玄珠微笑着说道："怎么，不认识了？"

这个笑容勾起了周亚梅的某段记忆，那段记忆中的一张脸与面前这张漂亮的脸逐渐重合。

周亚梅难掩惊讶："玄珠，你变化太大了，这一下子真是不敢认……你什么时候回来的？"

玄珠说道："刚刚到……你们这是？"

周亚梅说道："啊，没事，正好路过。你回来太好了，哪天来家里坐坐。"

早已经不是当年那个小姑娘的玄珠，自然感受到了空气中不寻常的气氛。周亚梅当然不可能是很随意路过。就这片刻工夫，玄珠就已经判断出，他们是特意上门而且无功而返。

玄珠点了点头："当然好，肯定会去打扰。"

丁桄烈礼貌性地点了点头之后，就和周亚梅一起离开了玄家。

玄珠看着两人的背影若有所思，刚刚这段接触中她有种十分古怪的感觉，但到底是什么，她却一时也说不出来。

仔细琢磨了片刻，玄珠突然想到了。

丁桄烈刚刚看她的眼神为什么会那么陌生，当年他可还亲自教过玄珠戏，怎么今天却像是从来都不认识的陌生人？

找到古怪的点之后，玄珠并没有就此深究，这是她这些年养成的习惯只对事不对人。况且，玄珠对这个家庭中发生的所有事都不好奇。

送走周亚梅和丁桄烈之后，秀媛就招呼玄珠赶紧去吃饭，但玄珠却从屋子里拖出了行李箱。

秀媛不解地望着玄珠这一副要走的态势："玄珠，你这是干啥？"

玄珠说道："我先走了，明天再过来。"

秀媛赶忙拦住："不行，床我都给你收拾出来了，你跟念玫住一屋。"

玄珠说道："不用了，宾馆我已经订好了。"

秀媛说道："那怎么成，好不容易回来一趟怎么能住宾馆呢？再说，念玫整天念叨你这个姑姑，姑侄俩到现在还没说上话怎么就走呢？"

秀媛边说边走过去，准备拎起玄珠的行李箱。玄珠刚想拒绝秀媛，玄梁从里屋走了出来。

"好歹回来了，就住下吧，前几天妈一直念叨你……"

玄珠抬头看向玄梁，没有说话，却也没有拦住秀媛拎起她的行李箱。

就在这时玄敏从母亲的屋里探出头："玄珠既然回来了，那妈也有人照顾了，我就可以回去了。"

玄梁突然吼道："你们这是干什么，要走你们都走？"说完就气呼呼地走出屋子。

几人都被他突然吼的这嗓子吓到了，都不明白玄梁为什么突然就这么激动。但大家也都没有太拿这当回事儿，玄梁糟糕的脾气跟玄珍的美丽一样尽人皆知。

而在离家十几年的玄珠看来，玄梁这个人虽然看起来从青年变成了中年，还有了个十几岁的女儿，但他那副皮囊里"玄梁"，这十几年来丝毫没有变化。还是那个冲动易怒，总是把一切错误都归罪在他人身上的玄梁。

玄梁没有变，玄敏的变化也不大，母亲就算脑子出了问题也还是只想着玄珍，这依然没有变，而现在的秀媛就像过去的母亲。

这个家里唯一的变化，就是多了一个念玫，然而她却有一张跟玄珍那么相似的脸。玄珠看到念玫照片的时候，真的被吓了一跳，她们看起来太像了。

但在看到念玫本人之后，玄珠立刻就知道她不是玄珍，除了脸之外都跟玄珍不一样。

秀媛从玄珠的手里拿走行李箱，送进念玫的房间。

玄珠没有再坚持要去住宾馆，她走到院子里，给自己点上一根烟。

原本是想要离开的玄敏，在玄梁离开之后想了想还是留了下来。最先吃完饭的她，端着盘子走出来准备去给老太太喂饭，看到院子里玄珠的背影，玄敏不由停下了脚步。

十几年毫无音讯的妹妹就这么突然出现，玄敏有种不真实的感觉，好像下一刻这个人就又会突然消失。

老人家的问题是记忆方面，吃喝上都还可以，但今天老人家似乎没有什么胃口。

只吃了几口就停了下来，望着窗口的方向发起呆。

玄敏劝了几次，老太太都没有再吃点的意思。

"妈，您看什么呢？"

"刚才做了一个梦，梦见一个大胖小子追着我叫姥姥。我寻思，这是谁家的孩子，怎么会叫我姥姥呢？后来就看见玄珍跑了过来，逗那个大胖小子玩，还让他叫姨妈……玄敏，那是你的孩子吧。"

玄敏拿着勺子的手僵在半空，只有袁飞知道她曾经流产过一个四个月大的胎儿，她不知道那个胎儿的性别，但感觉像是一个男孩儿。

从窗口看出去，正好能看到那棵老玉兰花树，玄珠此时就站在树下。

玄敏的思绪一瞬间回到十九年前的那个下午。

天空乌云密布，眼看大雨就要来了。玄敏乘坐的公交车正从妹妹们上学的中学门口开过，透过车窗玄敏看到玄珍独自站在学校门口。只看了一眼，玄敏就转向了另一边。

玄珍在其他人眼中是美丽的，甚至是耀眼的。但这种美丽对于她的姐妹来说，却是一种有形也有质的压力。

只要可以，玄敏也很想要远离那个美丽的压力。但无论如何她也不会想到，那一眼就是自己看到玄珍的最后一眼。

第27章　心　结

孩子，是玄敏心中最大的心结。十几年来玄敏几乎是用遍了所有能想到的办法，这结在她心里已经几乎变成了死结。几乎完全失去希望的玄敏甚至去看了所谓的大仙儿，而那位神婆也让玄敏想起了那个十多年前就已经死去的妹妹。在尝试过所有方式之后，她只能寄希望于这最后一种可能，而今天突然回家的玄珠，也让玄敏更加相信神婆的说法。

连玄珠都回来了，那最近发生的一切肯定都与玄珍有关。

秀媛把玄珠的行李拎进念玫的房间，看到这个行李箱，躺在床上的念玫没有说话，只是翻了个身把背后留给秀媛。

放好行李箱之后，秀媛斜身坐在床沿上，对念玫低声说着话："你不是一直想离开这儿吗，好好跟你小姑相处，懂事一点儿，将来让小姑带你去大城市……"

念玫明显是不喜欢这个安排："她睡我这儿，我怎么学习啊？"

秀媛说道："应该时间不会长，听话，啊？自己亲姑姑回来了，总不能让她再花钱住旅店是吧。"

母女俩正说着，玄敏走了进来。

玄敏对念玫说道："念玫，起来吧，不生气了，大姑带你去买东西。"

念玫听到了，但还是一动不动。

秀媛推了推念玫："这家里，就数你大姑疼你，想要啥大姑都给你买，你看你大姑都发话了，快起来吧。"

念玫依旧一动不动。

玄敏走上前，不管不顾地将念玫拉坐了起来："你上次不是说想要一管口红吗？走，大姑带你去买，顺便再看场电影。"

念玫挣脱玄敏的手，垂着头站在床边。

秀媛也站了起来："听话跟着大姑好好玩玩，玄敏，咱们在外面等她，正好有件事情问你。"

念玫这才不情不愿地去换衣服。

秀媛拉着玄敏走到大门口才开口："中午那个什么剧团的人，怎么会找上咱们家，还说让念玫学戏呢？"

玄敏说道："那还不是因为玄珍、玄珠以前跟他学过昆剧。"

秀媛完全没有听说过这件事，继续问道："是吗？那是什么时候的事儿？"

玄敏说道："好多年前的事了。"

秀媛又问："那后来为什么不学了？"

玄敏想了想："小孩子学什么都这样，三天热乎劲儿，一时高兴过几天就没兴趣了……她们还学过乒乓球，我哥还学了几天手风琴呢！嫂子你到底想问什么？"

秀媛犹豫了片刻才开口："那……韩雪萍和你哥到底……"

玄敏略有些不耐烦地直接打断道："什么到底不到底的，你不是都知道了嘛，八百年前的事儿了，我哥恼她还来不及呢，你吃哪门子的冤枉醋啊？"

秀媛讪讪地不知道该说什么，也就在这时念玫走了出来。

秀媛赶紧岔开话题："念玫跟大姑好好玩啊。"说完便自己走进院子。

玄珠站在院子里专注地看着院子里的那棵玉兰花树。

秀媛走过来站在玄珠边上，突然问："还记得它吧，是你们和爸爸妈妈一起种下的。"

玄珠轻轻点头："是啊，没想到它还活着。"

街上，玄敏一只手拎着包一只手拉着念玫向前走着。

念玫问玄敏："玄珠姑姑为什么突然回来了？"

玄敏推测："可能是你妈跟她说了奶奶身体的事吧。"

念玫又问："她为什么一直不回来呢，她不喜欢我们吗？"

玄敏脚步慢了几分："每个人心里都藏着什么秘密吧，这个秘密可能就怕最亲的人知道，所以要躲得远远的。"

念玫又问："我们家变成这样，都是因为玄珍姑姑吧，这个家里的所有人都在避讳她的名字。大姑，对吗？"

玄敏没有明确地回答念玫的这个问题。没错，即便是外人也能很容易看出来，玄家的所有问题都源自当年玄珍的死。但所有的问题，都只是因为玄珍吗？玄敏没办法果断地肯定这个结论。

父母也好，玄梁也好，包括她自己和玄珠，真的就一点儿责任都没有吗？

玄敏不愿意去思考这个问题。

这时她们姑侄俩到了八角亭边上，玄敏停下脚步，眼神中掠过一丝哀伤。

玄敏拉住念玫："念玫，帮大姑一个忙好吗？"

念玫略带防备地问："要干什么？"

玄敏没有回答，用力揽住念玫的肩膀来到八角亭旁。

念玫的脸上露出惊恐的神情，想要挣开玄敏的手臂："大姑，你要干什么？"

玄敏双手抓住念玫的肩膀："念玫……你看，咱们家最近出了多少事情……这是当年你玄珍姑姑出事的地方，今天趁着没事儿，咱们就给她烧个纸点个香，让她的冤魂早点安息，咱们家就能太太平平，大姑就能怀上孩子了……"

念玫被吓到了，惊恐地看着大姑那张突然变得极度陌生的脸。

玄敏抓住念玫的手劲逐渐变大："念玫，就算大姑求你了。"

念玫挣扎地喊道："你自己想烧干吗要拉上我？"

玄敏语气中开始多了几分癫狂："必须是你，只有你，你跟玄珍那么像，连你奶奶都分不清你们……"

完全被吓到的念玫用尽全力撞开玄敏："大姑！你疯了……"

撞开玄敏，念玫便头也不回地逃走。

被撞倒在地的玄敏愣了好一会儿，才从刚刚那种癫狂的状态中恢复过来，这时她才突然意识到自己刚刚干了什么。

玄敏赶忙回头寻找念玫，却看到她已经跑出去很远。

眼看念玫的身影消失在街角，玄敏喃喃自语："念玫……大姑只是想让这个家……都好起来，大姑只是想要个孩子，只是想要正常的生活，正常的……"

玄敏突然站起来冲进八角亭，神经质地大喊："玄珍，玄珍，都是我不好你原谅姐吧。"

玄敏跪在地上，泪如雨下泣不成声。

玄梁默默收拾货架。

刚刚把货物归置好，秀媛走了进来。玄梁看了一眼秀媛没说话，拎起地上一大袋垃圾往外走。秀媛过去把垃圾袋夺过来："你就不能等会儿，我有话跟你说。"

玄梁顿了顿，最后还是没有再走开，问她："念玫呢？"

秀媛回道："玄敏带她出去玩了。"

听到秀媛这么说，玄梁皱了皱眉头，他总感觉最近玄敏很古怪，让她带着念玫他并不是非常放心。

秀媛注意到玄梁的表情："她大姑带着你还不放心？"

玄梁没有接这个话头又问："妈呢？"

秀媛耐着性子回答："玄珠不是在家吗？"

玄梁顿了顿，才正视秀媛的脸："……你来什么事儿？"

秀媛走近玄梁，脸上的表情逐渐变得温和："上次我说把念玫送她姥姥家，当时说的是气话，你别往心里去。"

听到秀媛的话，玄梁的脸色也缓和下来："那个木格妈……"

秀媛轻声说道："你别说了，我都知道了。"

秀媛上前一步帮玄梁整理衣服："玄梁，玄珠回来了，我寻思着不如让念玫跟着玄珠去大城市上学……"

玄梁一听，就像被电到了般马上退后一步，脸上的表情瞬间由晴转阴。

秀媛赶忙说道："你先别急听我把话说完，玄珠在的地方是一线城市，教学条件怎么都比咱们这小地方强，光看玄珠现在的样子这就错不了的。再说，最近这左一出右一出的，你妈一看见念玫又玄珍、玄珍地叫，孩子才16岁，这乱七八糟的事情哪能受得了？你看你要不要跟玄珠好好说说……"

玄梁强压着自己情绪，一字一句地说道："秀媛，你要想把咱们的日子往下过，就把这个念头断了。"

秀媛脸上的温柔也不见了："往下过，这日子能往下过吗，你守着念玫心里是踏实了，你想过孩子的感受吗？那个是咱们的孩子，不是你养的猫狗。"

玄梁闷声说道："18岁之前，她的感受不重要。"

秀媛盯着玄梁半晌，拎起垃圾袋走了出去。

玄珠走进卧室坐在床沿上，注视着已经沉沉睡去的母亲。她伸出手指，想要触摸母亲花白的头发，快要触到时又慢慢收了回来。

母亲似乎有所感觉，睁开了眼睛，一眨不眨地盯着玄珠。

玄珠见状起身想要离开。

老太太突然开口："玄珠……"

玄珠一愣，转过身望着母亲，她的确没有想到会听到自己的名字。

老太太看着玄珠："妈看你心里苦，有什么话，跟妈好好说说。"

玄珠努力挤出一丝笑容，摇了摇头。

老太太说："别瞒着妈。"

玄珠轻轻摇头："没有。"

老太太说："玄珠，你是不是还记恨玄珍啊？"

玄珠身体一僵，片刻后她慢慢直起身体，轻轻叹了口气，转身一言不发地走出了母亲的卧室。

这时，从念玫的房间里传出压抑的抽泣声。玄珠循着哭声，面无表情地走入念玫的房间。随着玄珠的走近，从一个陈旧的老式大衣柜里传出的哭声愈加清晰。

玄珠缓缓走过去，伸出手打开柜门。打开老旧的衣柜门，她看到了那个只有

15 岁的玄珠蜷缩在柜子里，将头深深地埋进自己的身体里，瘦弱的双肩剧烈地抖动着，继而抬起被泪水浸湿的脸颊，眼中透出深切的恨意。

15 岁的玄珠恶狠狠地看向她："玄珍，我诅咒你，不得好死！"

玄珠猛地关上柜门。玄珠刚想要出去走走，一转身就看到念玫推门进来。她喘着粗气，一头钻到床上，用被子盖住自己。

玄珠愣了一下，轻轻地坐过去："怎么了念玫，怎么刚出去就回来了？"

念玫的声音从被子里面传出来："不用你管。"

玄珠轻轻点头，心说的确是轮不到自己管。然后她便起身，出去，关上门。

念玫踢掉鞋子，把自己全身都缩进被子里面。

第28章　胸　针

包子铺今天没什么客人。玄梁独自坐在柜台后面打起了盹儿。

突然，玄梁猛地被惊醒。他坐在椅子上，发了片刻呆，为了能确定自己到底是醒了还是在梦里。

因为惊醒他的是一个声音，一个在记忆中尘封了十几年的声音。

"哥，我冷。"

玄梁猛地扇了自己一个嘴巴，剧烈的疼痛让玄梁清楚地知道现在是现实中。

下一刻，他便起身跑向门口拉上卷闸门，匆匆离开包子铺。

出租车上玄梁眉头紧皱，摸了摸身上的口袋，发现除了手机就只有几张早上进货剩下的零钱。跟司机要了一根烟，玄梁看着窗外陷入回忆中。

十九年前的那个下午，玄梁骑着自行车，飞快地到达诚益高中的校外，学校大门已经关闭，透过栏杆可以看到校内空无一人。

天际滑过一道闪电，雷声隆隆，映着玄梁苍白的脸色。

飞快骑回家中，刚进院子玄梁的母亲就迎了出来："玄珍怎么还没回来呢？"

玄梁抹了一把脸上的汗说道："她没在学校，路上也没看见玄珍，还以为她回来了呢。"

玄梁母亲有些不安地在房间里来回走动着。

这时玄珠出现在门口，玄梁立刻问她："你看见玄珍了吗？"

玄珠板着脸回道："她不是在校门口等你去接她吗？"

玄梁忍不住埋怨她道："你这个当姐姐的也不知道关心一下妹妹。"

玄珠脸色一变喊道："明明是你没有去接她为什么来怪我？"

玄珠冲进屋子里，甩上门。一旁的母亲今天并没有骂她，而是捂着胸口对玄梁说："也不知道怎么了，我这眼皮一直跳，跳得我心慌。"

"妈，我再去找找。"玄梁转身出门。

出租车驶进墓园，玄梁付钱下车。

今天不是什么特殊的日子，墓园里安静异常。

行走在大雨中的玄梁突然感到一丝寒意，四周除了一座座墓碑被密急的雨水敲打发出的声响，再无任何声音。

玄梁艰难咽下一口唾沫，擦了擦脸上的雨水继续朝着前方走去。

透过雨雾，玄梁远远看到一个打着伞的身影伫立在两排墓碑之间。

那人发觉玄梁正朝这边走来，急忙转身欲速速离去。玄梁远远地看着心中有所疑惑脚下不由加快了许多，随后渐行渐近，玄梁走到玄珍墓前，赫然发现一枝被雨水打湿的玫瑰花，看花朵的新鲜程度，应该是刚刚放在这里的。玄梁顿感十分惊愕，这肯定是刚才那人放在这里的。

除了自家人，根本就没有几个人知道玄珍葬在这里，就更不要说专门来墓前祭奠。这人是谁？玄珍认识的人，他都认识。没有人会在这个时候，到这里来！

玄梁能想到的答案就一个，跟玄珍的死有关系的人！

人应该还没有走远，隐约看着就在远处。玄梁呼吸急促拔腿便追，那个人也察觉到玄梁在追，于是也加速逃离。玄梁加快步伐紧追不舍，奈何脚下突然踩空猛地从山坡上滑了下去。

玄梁的身体顺着山坡迅速滑落，他双手本能地握紧蒿草，下滑的身体骤然悬停，继而双脚艰难地蹬住山体一点一点重新爬上山路，再看时那人早已远去不见踪影。

满身泥泞的玄梁不死心，又跑到高处眺望，四周再无打伞人的迹象。玄梁狠狠地捶打地面，释放心中的怒火。半晌，稍微冷静下来一些之后，才掏出手机拨通了袁飞的电话。

满身泥浆的玄梁走在前面带路，袁飞、大力、齐宏伟跟着他踩着泥泞的山路来到玄珍的墓地前。

他们停在墓前。齐宏伟戴上手套，将泡在雨水里的玫瑰花小心翼翼地放入证物袋。

袁飞环视墓地的周围，大雨已经冲掉了所有痕迹。

三人顺着道路前行，烂泥一片，袁飞突然停下脚步，目光望向道路一侧塌陷的植物，继而蹲下身仔细观察，突然目光一定，只见烂泥中躺着一枚精致的胸针。

齐宏伟驾驶着吉普车，大力坐在副驾，玄梁和袁飞坐在后排。

袁飞拿出一包纸巾递给玄梁："怎么突然去了西山公墓？"

玄梁接过纸巾："今天中午梦见玄珍了，她被大雨淋着，就想过去看看。"

袁飞问："能看出来那个人是男是女吗？"

玄梁说："那人打着伞，挡住了半个身子看不出来。"

大力突然插口："我一直有个问题想要问玄梁师傅，可以吗？"

袁飞看了看大力，又看了看玄梁："说吧。"

大力问玄梁："有没有什么特别的因素，让你感觉到了危险临近？"

玄梁沉默了片刻才开口："……就是觉得心里发慌，玄珍出事的那会儿……也是慌慌的。"

大力又问："那您再仔细想想，这个发慌的源头来自哪里，我是指念玫。"

玄梁说道："玄珍 16 岁出的事，念玫也 16 岁了，而且……这种事情一句两句话怎么能说得清楚？"说到后面，玄梁已经隐隐有了情绪上的波动。

大力却还是继续问道："那最近您见过什么让您觉得不舒服的人吗？"

玄梁两眼一瞪："我看谁都不舒服，行了吧。"

袁飞轻轻拍了一下大力："可以了。"

玄梁冷哼了一声转头看向窗外，显然没有想要继续跟他们说话的意思。

大力倒是靠向袁飞说："师傅，我有一个直觉。"

袁飞点了点头："说吧，我看你靠直觉到底能走多久。"

大力整理好思路之后开口说道："朱胜辉案发现场的视频里出现一个女人，来看现在玄珍墓前发现的这枚胸针和刚刚玄梁师傅看见的那个人，就胸针的受损程度显然是刚掉的，也就是说，很有可能就是属于那个人，也是一个女人，然后，我从八角亭的卷宗里看到当年的那个目击证人看到的也是一个女人。"

袁飞越听眉头皱得越深："行了。"

玄梁此时突然兴奋起来，激动地说："小兄弟你说得没错，凶手应该就是同一个人，当年杀害了玄珍，现在又瞄准了念玫。"

袁飞叹了口气，揉着额头盯着车窗外。

回到重案队，齐宏伟小心地提出建议："这，太戏剧性了吧，头儿，申请并案吧？"

袁飞坐在白板前，出神地盯着白板上画着两个案件的线索，中间一个大大的女人，边上是玄珍和念玫。

电话响，袁飞接起："……是，明白。"

警局会议室里，葛菲、大力、齐宏伟、小军都在等着袁飞。

但袁飞并没有给他们带回好消息："我们的证据不足，并案调查的申请没有被批准，局里要求我们集中精力侦破'4·17案'。"

玄珠与秀媛在厨房里忙碌着。秀媛望着切菜的玄珠，没话找话地凑了过去："玄珠，差不多也该成个家了，你哥可挂念你了，说你一个人在外打拼，挺不容易的。"

玄珠没有接话。

秀媛接着又问："在那边买房了吗？"

玄珠淡淡回道："没有。"

秀媛又问："……哦，那儿租房贵吗？"

玄珠淡淡回道："还行。"

秀媛努力寻找话题："那边的工作忙吗？"

玄珠依旧淡淡地回应："分季节，忙的时候特别忙。"

正说着，念玫站到门口，竟然主动开口叫人："玄珠姑姑。"

玄珠略微有些意外地回头，应了一声："哎……"

念玫说："我们能不睡一张床吗？"

玄珠愣了一下："可以，我打地铺。"

念玫回头离去。

玄珠回过头，继续切菜。

玄家包子铺内，袁飞走来，玄梁正在给货架上货，袁飞看见，过去帮忙，

他们一趟趟地把酒、油、烟等等摆在货架上，两人都不说话。

所有的活儿干完了，两人就各搬了一把凳子坐在门口抽起烟。

几天前，类似的场景也曾经出现过。那天，他们也像现在这样坐在小铺里的凳子上，一个小灯亮着，小巷子里人员走动

玄梁焦急抽着烟："那就没有希望了，凶手明明就在那里。"

袁飞皱着眉解释："扩大调查需要很多手续，眼前的朱胜辉案还没有头绪。"

玄梁激动地站了起来："我不管什么朱胜辉案，我要的是杀害玄珍的凶手，19年了，袁飞，你觉得对得起这个家，对得起你自己吗？"

袁飞说道："我知道，我对不起你们家，当初在办案和玄敏之间我选择了玄敏，退出了专案组，这么多年来，我也一直不知道这个选择是对还是错。就算我当时选择了留在专案组，规避了亲属关系，那么案子就能破了吗？毕竟我那时只是一个小警察。"

玄梁把手一摆："用不着找借口了，生活没有借口。"

袁飞说道："你说得对，不找借口，这点我要感谢你妹妹，她从来没有对我有过抱怨。"

玄梁很不屑地说："她，她有什么资格抱怨。"

袁飞脸色一变站了起来，表情变得严肃起来："哥，你这么说你妹妹我很遗憾。她现在是我的老婆，有什么事儿你都冲我来。"

玄梁冷哼一声没有说话。

袁飞说道："玄梁，你怨气太重，不管凶手能不能落网，你真的要一辈子这么下去？"

玄梁沉默不语。

袁飞深吸一口气，换了个话题："不说这些了。听说玄珠回来了？"

玄梁点点头。

袁飞说："我想找她聊聊。"

玄梁问："聊什么？"

袁飞说："当年的事，总觉得漏过了什么。"

这时袁飞的手机突然响起，接通之后那边的齐宏伟说："头儿，你最好来一趟。"

第29章　旧相识

接到电话之后，袁飞立刻就赶到了田海鹏父母家。小军他们在楼下门口等着，袁飞过来之后，他立刻汇报了现在的情况。

"是田海鹏的母亲主动给我们打了电话，说是收拾他屋子的时候，发现了一些不认识的药片。又听说学校里最近有些对她儿子不利传言，担心会不会是儿子有什么不好的想法。我们来了之后，却听说田海鹏住院了，我们就进了他的卧室看了看。"

袁飞点头："了解，上楼看看。"

他们上楼，齐宏伟和田父在门口。

齐宏伟介绍："这是田老师的父亲，这是我们袁队长。"

田父点点头。

袁飞："您好，我们再进卧室看看。"

田父点头："可以，可以。"

齐宏伟推开田海鹏的卧室，袁飞进去，

他们环顾四周。齐宏伟径直拉开床头的书桌抽屉："袁队你来看看这个。"

袁飞他们看过来，抽屉里面是几个装有念玫艺术照的相框。袁飞立刻把大力喊了进来。

袁飞指着抽屉问大力："你那天看到的就是这个几个相框？"

大力蹲下来检查了一下："差不多，但好像是少了一个。"

袁飞立刻命令："找。"

很快他们在垃圾桶里发现了一个空的相框，从痕迹可以看出里面的相片应该才刚刚被取出来。

袁飞问大力："这一张，你有印象吗？"

大力点头："少了其他的我可能会拿不准，但这一张我的印象非常深，是人像，玄念玫的人像。"

玄珠在铺着地铺，念玫坐在桌边做作业，玄珠铺完坐下，定定地看着念玫。

念玫被看得不自在了，也回看着玄珠。念玫说："你那么好看，为什么说你不好看？"

玄珠撇撇嘴："好不好看有标准吗？你也不只是好看，对吗？"

念玫不明白："什么意思？"

玄珠说道："好不好看只是外表，内心的样子才是一个人真正的样子。还有，每个人看人的标准不一样，有些时候，你喜欢一个人就是喜欢，哪怕别人不喜欢。"

念玫仔细琢磨了一下，点了点头："我也这么想。"

玄珠一笑："好，不打扰你做作业了。"

玄珠站起来，拿上外套，走向门口。

念玫下意识地问："你去哪儿？"

玄珠说："出去走走。"

念玫看着她的背影，若有所思。或许这个姑姑真的和他们说的不一样。至少她的看法是念玫认同的，喜不喜欢一个人，是要你自己判断的，而不是由别人来告诉你。

第二天中午，秀媛和玄敏正在摆饭桌，看到玄珠出来，秀媛自然地问："这是要去哪儿？吃饭了。"

玄珠淡淡地说："我不饿。"

秀媛说："饿不饿，都得吃饭啊。"

玄珠依然坚持："你们吃吧，我出去走走。"

玄珠刚走两步，念玫追出来喊道："我跟你去。"

大家愣住了。

秀媛立刻喊住念玫："吃饭了瞎跑啥？"

却没想到念玫回了一句："是你说的要和玄珠姑姑搞好关系。"

秀媛一时语塞，没错，这话的确是她说的。

玄珠也有些蒙，自己好像错过了什么重要的信息。

走到院子里，玄珠对念玫说："我就随便逛逛。"

念玫说道："这里我比你熟悉，应该是我带你逛。"

秀媛也追到院子里："也好，你许久没回了，让念玫带你逛逛。"说着把几张红色钞票塞进到念玫手里。

念玫和玄珠一同出门，玄敏傻傻地看着这一幕，心里满是问号，这一个屋子睡了才两天，关系就能变得这么好吗？

从田海鹏父母家离开之后，袁飞就带着大力直奔医院，同行的还有田海鹏的母亲。

袁飞在值班护士那边问清楚了田海鹏的病房之后，就带着几人直奔田海鹏的病房。

小心地靠近门口，确认里面只有田海鹏一人。

袁飞给大力使了个眼色，便突然推开病房的房门，看到田海鹏躺在病床上输液，一边输液一边拿着手机像是在输入文字的样子，看到袁飞和大力时赶紧放下手机，脸色显得更加苍白。

站在门口，袁飞就开口问："田老师，这是怎么了？"

虽然隔着一段距离，但袁飞还是注意到田海鹏的一只手，将手机悄悄塞入被子里。

袁飞刚要走过去，田海鹏突然开口："真的……我真的什么都不知道。"

田母担心地看着儿子："也不知道是怎么了，最近不是发烧就是说胡话，半夜一惊一乍的……"

袁飞问："说什么胡话？"

田母苦着脸说道："也听不清，好像受了什么刺激，问他也不说。警察同志，我们海鹏可是一个老实人，从小就胆小，他是不会做什么坏事的呀。"

袁飞示意大力，大力马上会意。

大力走过去搀住田母："伯母，您能先出去一下吗，我们来问问田老师。"

田母愣了片刻，还是跟大力一起走出了病房。

袁飞拉了一把椅子坐在田海鹏的旁边："我都没问你，你怎么就说你什么都不知道啊？"

田海鹏舔了舔干瘪的嘴唇，避开袁飞的目光，身体往一侧缩了缩。

袁飞问道："田老师，正式地介绍一下，我是'4·17'专案组组长袁飞。接下来的谈话中，有些问题我问你你要直接回答我，那个跟踪念玫的人是你吗？"

田海鹏虚弱地说道："我没想，我……有人跟踪我！他要杀了我！"

袁飞有些意外地看着田海鹏，以他的专业判断，田海鹏并不像是在撒谎。有人跟踪他，而他又跟踪了念玫，这可比他们推测的情况还要复杂。

袁飞问田海鹏："你知道是谁跟踪你吗，你看清楚了吗，是男是女？"

田海鹏摇摇头，痛苦地闭上眼睛。

袁飞继续追问："还有木格，你知道她在哪儿是吗？"

田海鹏缓缓睁开眼睛，慢慢地摇摇头："我觉得不太舒服……我能不能……"

袁飞从椅子上站了起来，走到门口对大力说："我去跟大夫聊一下，你陪田妈妈在这里待一会儿。不需要提问，只需要看着就行。"

大力点头："明白。"

田母此时也在值班医生办公室，询问田海鹏的身体情况。大力搀着田母回病房。

袁飞亮明警察身份之后，向大夫着重了解田海鹏的精神状况。

玄珠跟念玫都没有吃饭就出来溜达，秀媛临走时给念玫塞钱的意思，就是让她饿了就买东西吃。但玄珠怎么会让念玫掏钱呢，出来没多久就找了一家看着还可以的西餐吧坐下。

玄珠与念玫面对面坐在靠窗的位置，远处吧台旁站着一个妆容精致的女服务员。

念玫面前摆放着汉堡、薯条和大杯的可乐，玄珠的面前只放了一杯果汁。

念玫捏起一根薯条说："我爸我妈总说这些都是垃圾食品。"

玄珠笑了笑，念玫把薯条塞进嘴里："你也这样认为吗？"

玄珠说："当然不，吃了能长胖的食物都不是垃圾。"

念玫反问："那你为什么不吃？"

玄珠很坦然地说："因为我不喜欢。"

念玫看了玄珠片刻，把目光移向窗外。

手机在包里振动，玄珠拿出一看，显示是晨铭的来电，玄珠思忖片刻起身朝卫生间走去。

玄珠走入卫生间接起电话："喂……"

良久才传来晨铭的声音："玄珠，能告诉我为什么吗？"

玄珠很冷淡地说："我说得够清楚了。"

晨铭说："你是故意的，你想把我推开…"

玄珠冷淡地说："你想多了。"

晨铭说："我不相信你是这样的人……为什么不让我了解你呢？我知道你在惧怕亲密的关系，但你可以相信我，我不会像他们一样伤……"

玄珠直接挂断电话怔怔地盯着一处，随后走到水池边打开水龙头洗了洗手，擦干后转身走了出去。

刚拐到餐厅，玄珠顿然呆住。只见两个年轻男子正将可乐和薯条一边往念玫身上泼洒一边不停地用脏话辱骂念玫，所有人都惊愕地看着眼前的一幕，却并没有人阻止。

玄珠立刻冲过去大喊："你们在干什么？！"

眼看玄珠冲上前去，服务员也跟着跑过去。

两名男子见状立刻撞开玄珠跑出餐厅。

玄珠看向念玫，念玫一动不动地坐着，头上、身上挂着薯条和可乐的汁渍。

玄珠走过去，拿起餐巾纸快速给念玫擦拭着。

服务员连忙说："我来我来。"却被玄珠一个眼神吓得缩回了手。

玄珠问念玫："他们是谁？你认识吗？"

念玫低着头没有说话。

玄珠抬头四下张望，看到墙角的监控，直接掏出手机："报警吧！"

念玫立刻抬头说："不用了吧……我没事。"

玄珠已经拨通了110："不行，一定要报警。"

几分钟后，西餐厅办公室内，接到报警赶来的110巡警正在和他们一起观看刚刚的视频监控录像。

监控视频里出现两个痞子泼洒念玫的影像，刘警官按下了暂停键。

刘警官问这里的几个工作人员："之前见过他们吗？"

几人都表示完全没有印象。刘警官转头看玄珠和念玫："你们呢，见过吗？"

玄珠和念玫摇头。刘警官让他们把录像拷贝下来，然后对她们说："那还要麻烦两位跟我去一趟派出所。"

玄珠拦住念玫："好的。"

第30章　冲　动

念玫和玄珠在巡警队的长椅上坐着，念玫闭着眼睛，头仰着靠在墙壁上。

玄珠觉察到念玫睡着了，把她的头放到自己肩膀上。念玫没有睁眼，稍微挪动了一下找了个舒服的位置继续睡。

办公室里，两个刚刚袭击念玟的痞子被手铐各铐一只手，刘警官在问话。

刘片警用笔敲着桌子："监控都拍到了，你们抵赖有什么用啊？！"

其中一人继续抵赖："真的是她先泼我的！"

刘警官反问："你干什么了人家要泼你？"

他一斜眼，梗着脖子不说话。

这时远处传来嘈杂声，只见玄梁急急走了进来，后面跟着袁飞。

玄梁经过睡着的女儿，看到她被弄脏的衣服和疲倦的容颜气不打一处来，他二话不说朝两个小痞子冲上去，但早就预见到他会有这种反应的袁飞从后面死死拉住他。

玄梁冲袁飞吼道："你们拦着我干什么？这几个兔崽子砸了我店我还没找他们算账呢，现在又来欺负念玟！"

袁飞当然不会松手："玄梁你要冷静！"

玄梁吼道："冷静个头，你们管不管？！"

袁飞劝道："这不正管着吗，你先回去，这事有派出所处理。"

玄梁咬牙切齿地："我跟姓朱的一家没完！"

说完，玄梁冲出派出所。

念玟被吵醒，她看着爸爸的身影，不由自主地想要站起身，但还是没有动。从刚刚进门到玄梁冲出去，一共也只看了她一眼。

玄珠见此情景，眼中露出深深的悲哀。或许她之前的看法并不对，玄梁并不是没有变而是变得更加不成熟。

玄梁可以说跑就跑，但袁飞需要留下来处理一些手续上的事情。

袁飞大小也是个队长，面子怎么说也是有一点的。很快就把几个手续都处理完，这才来到玄珠和念玟面前。

袁飞看着这个跟念玟靠在一起的女人，问："你是玄珠吧？"

玄珠拉着念玟站起来："袁哥你好。"

袁飞点头："你好，听你姐说，你回来了。"袁飞停顿片刻，没有继续往下问，嘘出一口气："这边已经处理好了，我送你们回去。"

念玫突然开口："不用了，我跟小姑一起回。"

袁飞愣了下，却也没有再坚持。

念玫拉起玄珠的手："小姑，咱们走吧。"

玄珠看了袁飞一眼，与念玫一同向前走去。

袁飞望着两人的身影走远若有所思。

大力跟两人打了照面，看着离开的玄珠和念玫，同样难掩惊讶的表情。

俩人离开之后，大力才跑到袁飞面前："师傅！"

袁飞看着大力问："你怎么来了？"

大力挠了挠头："我听说念玫被袭击，就立刻跑过来看看。"

袁飞没给他好脸色："瞎凑什么热闹！"

大力立刻搬出早已经准备好的说辞："念玫可是'4·17'案的核心人物，她身上发生的任何事都要关注，那怎么能算是凑热闹呢。念玫身边那女的是谁啊？"

袁飞摇了摇头，他算是拿这个大力也没什么办法："我小姑子，玄珍的双胞胎姐姐。"

大力恍然大悟："啊，怪不得。"

袁飞不解："什么呀就怪不得？"

大力赶忙解释："没什么，听说她很多年不回家，这家人真挺奇怪的……"说到这里，大力突然意识到自己说错话了连忙闭嘴。

袁飞却并没有生气："你没说错，这家人是挺奇怪的。"

大力有些不信："您别吓唬我……错了就是错了！"

袁飞也懒得跟他在这个问题上纠缠，问道："你天天研究田海鹏，研究出什么结果了吗？"

袁飞边说边往外走，大力赶紧跟上："如果当时玄梁看到的那个跟踪者就是田老师，那他就不可能同时出现在案发现场，那他在担心什么呢？难道他和念玫……"

袁飞不接话，消失在派出所门口。

"师傅，等等我。"

冲出派出所的玄梁，骑上电动车一路直奔朱文生居住的小区。

玄梁冲进小区大门，保安边喊边追。玄梁不管不顾地往前骑，保安用步话机叫人。

"有人要往小区里闯，快过来两个人！"

玄梁冲到别墅区朱文生的家门口，刚刚下车就被两个保安抱住，后面还有增援的保安陆续跑来。

玄梁一边跟保安撕扯一边冲别墅里喊："姓朱的你出来，出来！"

朱文生披着睡衣出来站在门口，邱文静也被惊动了，小跑出来。

相邻别墅的邻居有的出来，有的在窗口看。

邱文静冲保安喊道："谁让他进来的啊？"

保安赶紧解释："他骑着车就往里冲，我们拦不住他！"

玄梁看到朱文生两口子，吼得更大声："我警告你朱文生，你要是再敢让人骚扰念玫，我玄梁的这个命不要了也不放过你们全家！"

邱文静叉着腰站在门口："你这条贱命还敢来威胁我们？我们没去找你偿命你还闯到我们这儿来了？来，你们放开他，看他敢踏上我们这台阶一步！"

玄梁一听，当即怒从胸中来，冲上台阶。

保安见状立即冲了上来，朱家的管家跑出来。

拉来搡去的几下，有个保安脚下使了个绊子，玄梁立刻就从台阶上栽了下来。

几个保安立刻扑上去按住了他。正在闹腾间，闪着警灯的车开过来。警察下车，简单询问情况之后，把玄梁和几个保安一起带走。

第二天清晨，玄梁一瘸一拐地走了出来，袁飞在后面跟所长打完招呼追出来。

袁飞追上玄梁，忍不住说道："你说你这是闹的什么吗？这是什么时候你知道吗？你再把我这个刑警队长的位置给闹没了案子还破不破了？"

玄梁破口大骂："爱破不破，他们活该！你跟他们都一样，没一个好东西。"

袁飞也是有脾气的："玄梁，你脑袋是不是进水了？"

玄梁吼道："我脑袋进水了，你脑袋还进糨糊了呢。"

袁飞冷笑："对，我脑子是进糨糊了才一大清早来这儿把你捞出来，那我就应该公事公办，让他们拘留你几天，就应该让你在里面多待几天，好好想想自己这都是干了些什么破事儿。"

玄梁伸出两只手，送到袁飞面前："你别光说，有本事现在就给我送回去。"

袁飞不屑地摇了摇头："玄梁，你个人的事儿我以后都不会再管。你，不值得。"

秀媛搀扶着玄梁进屋，玄梁表情痛苦而扭曲，忍不住惨叫。玄梁轻轻躺在床上趴下。

念玫和玄珠听见动静跑出来，念玫远远地站在卧室门口，眼神中有担心却没有靠过来。

玄梁看到门口的念玫，立刻喊道："你回屋，我没事。"

念玫没有说话，也没有动。

玄梁立刻提高声音："让你回屋！"

念玫看着父亲的样子，轻轻叹了口气，转身回屋。

这时袁飞走了进来，把手里刚买的红花油交给秀媛。

玄珠小声问袁飞："玄梁他这到底怎么回事？"

袁飞解释道："你哥认为那两个小流氓就是朱文生指使的，从派出所出来就去他们家了，结果，跟保安和他们家的人打起来了……"

玄珠看着玄梁，跟念玫一样，轻轻叹了口气。

袁飞对秀媛说："嫂子，人我给你送回来了，你们早点休息。"

然后又轻声对玄珠说："玄珠，我们聊聊？"

上午九点，鑫源集团的前台刚刚打开门上班，正在整理工位的时候。两名警察突然出现，亮明身份之后，要求立刻去见她们的老板朱文生。

前台小姐带领他们走入朱文生的办公室。

朱文生见到他们好像并不意外，甚至调侃道："哟，这是不是抓到杀死我儿子的凶手来报喜了？"

小军板着脸亮出手续："朱文生，你涉嫌指使他人故意伤害诚益高中高一（2）

班的学生玄念玫，麻烦跟我们回警局协助调查。"

朱文生皮笑肉不笑："哦，这事你们查得快，作为一名守法公民一定协助，现在就走吧。"

朱文生说罢站起身。小军愣了愣，与警员对视一眼，都感觉朱文生的反应有些蹊跷。他们让到一边，朱文生主动朝门外走去。

第31章　师父老林

袁飞和玄珠并排走在路上，袁飞对玄珠说："这要不是知道是你，大街上碰到可真认不出来。"

玄珠笑着点头："是啊，很多年了，都成中年妇女了，你倒是没变。"

袁飞笑着摇头："怎么可能。"

玄珠问他："跟我姐还好吧？"

袁飞的笑容变得勉强："就这么过吧。"

玄珠很直接地问："我姐还没放弃？"

袁飞叹了口气："哎，医生说理论上还行，但毕竟年龄大了，我倒是没事，你姐还不服气。"

玄珠劝慰道："是，毕竟家里就念玫一个孩子。可以试试人工试管，现在技术很成熟。"

袁飞摇了摇头："试过几次，没成功。你呢，结婚了吗？"

玄珠很干脆地回答："没有。"

袁飞问："这次回来，待几天？"

玄珠说："没定，看老太太身体吧。"

袁飞说："那好，可能有几个问题还想问问你。"

玄珠问他："关于什么？"

袁飞正色道："玄珍的事。"

玄珠停下脚步："还在调查吗？"

袁飞摸了摸口袋，拿出烟盒："也不算，本来想着把手头这起案子和玄珍的一起并案调查，但线索和证据还不充分，算是私下问问。"

摸出了烟却发现又没有带火，刚想把烟揣回去，却没想到玄珠递过来一个打火机。

玄珠问："朱胜辉的案子和这个有关系吗？"

袁飞接过打火机："你已经知道朱胜辉的事了？"

玄珠点头："都上新闻了。"

袁飞把打火机还给玄珠："还不能确定有关系。"

玄珠也给自己点了一根："就怕我帮不上什么，毕竟都这么多年过去了。"

袁飞说："今天晚了，改天再约个时间。"

玄珠点头："好，那我回去了？"

袁飞独自坐在办公室内，屋外大雨瓢泼，这个城市四月份已经很多年没有这么多雨水了。

屋内依旧烟雾腾腾，烟灰缸里的烟蒂已经堆成了小山。袁飞双眼布满血丝神情严肃，他看着对面的白板，除了原来的样子，玄珍边上又多了玄珠两个字。

随着敲门声响起，门开了。

大力端着一碗热气腾腾的方便面探进头来，小心地端到袁飞的办公桌前稳稳地放在了袁飞的面前。

"袁队，他们让我……"

"把门关上，你坐下。"

大力忙关上门，然后立刻回到桌子前。他大气都不敢出地坐在那里，一时间屋内只能听到雨声和雷声。

半响，袁飞终于开口："如果把十九年前的八角亭案和现在的案子放在一起，如果凶手真的是同一个人，那么你认为最关键的地方是什么？"

大力的答案是："玄珍。"

但袁飞摇头："不,是动机,只能是动机。十九年,只有动机才能延续这么久。"

大力的大脑迅速运转,很快就跟上了袁飞的思路。没错,只有动机才能贯穿这么长的时间。

但接下来又产生了一个新问题:"隐藏了十九年,不惜再次暴露,动机到底是什么?"

这次袁飞给出的答案是："玄珍和念玫。"

一家人围坐在桌前包包子,气氛压抑。玄梁低头抽烟,闷闷不乐。念玫挨着玄珠而坐,玄珠拿起一个馒头掰开一半随手递给念玫,念玫自然而然地接了过来。

玄梁沉默半晌突然开口:"以后上学,我都来接送。"

念玫几乎想都没想,直接发出抗议:"不要!"

玄梁啪的一声把筷子拍在桌上。

然而这一次,念玫也啪的一声放下筷子,然后更是抬头直面父亲玄梁的目光,她十分坚定地说:"我不需要你接送,我要小姑送我。"

所有人都陷入了沉默,这部分沉默甚至让玄梁刚刚蹿起的怒意都被压了回去。

这几天来大家都感觉到了姑侄两个的关系越来越好,但他们都想不到念玫会因此直面对抗玄梁的"权威"。

就在这个沉默中,玄珠直接开口:"我去送,我保证不会再出任何事。"

表态之后玄珠便直接站了起来回屋换衣服,既然说了要送念玫上学那就是要从今天就开始。

几分钟后,秀媛把她们两个送到门外,有些担心地望着玄珠骑着自行车载着念玫朝前方驶去,至于玄梁当然是在屋里生着闷气。

十几分钟后,玄珠载着念玫安全地到达了诚益高中的门前,下车后玄珠把自行车交还给念玫。

"中午我来接你回去吃饭!"

"好……"

玄珠看着念玫走进校门后,突然发现自己今天并没有什么计划。在校门站了好一会儿，玄珠决定回去自己当年上学的地方看看。

玄珠独自走在街道上努力地寻找着熟悉的景物，十几年的时间肯定物是人非但总归还是剩下了那么几样旧时物事。

循着记忆中的方向玄珠找到了自己当年的学校，路上也有很多穿着校服的学生，玄珠仿佛看到了当年的自己还有同学们。离开那个家远离玄珍的时候，她也会有开心的时光，她也曾经跟普通的少女一样跟同学笑着闹着一同走进学校。但美好的时光总是转瞬即逝。

拐过一个岔路口玄珠上了一座小桥，在桥的那头，是一家看起来还不错的茶餐厅。玄珠走进去要了一个靠窗的座位，点上一支香烟，盯着窗外的河景若有所思。

这根烟才抽了一半，周亚梅的身影出现在茶餐厅门口。玄珠冲她招了招手，周亚梅径直走到了玄珠面前。

周亚梅很自然地坐到玄珠对面："等久了吧？"

玄珠笑着摇头："没有，一根烟都没有抽完。"说着就把烟头按在了烟灰缸里。

周亚梅看着她的动作，轻轻叹了口气："其实没关系，我已经很久不上台唱了。"

玄珠闻言十分意外，十几年前她就知道，昆剧团就是周亚梅的命，她是真的没有想到周亚梅已经不亲自上台了。

玄珠问她："你的身体还好吧？"

周亚梅说道："大毛病没有，小毛病不少，主要是嗓子不如以前了。倒是你，什么时候学会抽烟的，你那个嗓子可惜了？"

玄珠又从烟盒里拿出一根烟："没什么可惜的。"

周亚梅伸出手："给我也来一根。"

玄珠愣了一下，把烟盒和打火机都递了过去。

袁飞拎着两袋水果，走进一座老式居民楼。他停在了二楼，按下了203的门铃。

里面传出一声："谁啊？"

袁飞回应："师父，是我。"

片刻之后，一个精神头儿不错的老人家打开了防盗门，他就是袁飞当刑警时带他的师父林岳善。

老人家看着袁飞的双手，忍不住埋怨："来就来呗，怎么又带东西。"

袁飞很自然地说道："空手上门，那多失礼数。"

老林很干脆地白了他一眼："哟，当了队长之后果然长出息了，还知道讲礼数了。"

这调侃袁飞是觍着脸照单全收，跟着老林一起走进屋子。

水果往桌上一放，袁飞就在桌上看到一份已经不多见的报纸，上面最醒目的版面就是"4·17特大杀人案"的报道。

老林走过来顺手把这些东西收起来："闹得挺热闹的啊。"

袁飞苦笑："咱们刑警查案最怕的就是热闹。"

老林坐到茶台后面烧水沏茶，看动作就知道退休之后在这方面没少下功夫，退休前的老林可是个连速溶咖啡都懒得冲的人。

老林把茶杯推到袁飞面前："你小子运气好，我这刚到手的明前茶。"

袁飞端起功夫茶杯一口喝尽。

老林一脸嫌弃看着袁飞："茶要慢慢品，这么好的茶你这能喝出啥来。"

袁飞苦笑："我也知道茶要品，但现在真没这心情。"

老林嘴上嫌弃，手上却还是给袁飞续上了茶汤："听说你申请'八角亭案'和'4·17案'并案了？"

袁飞这第二杯倒是没有一口喝光："您都知道了，不过最后局里还是没通过。"

老林说道："我知道，所以掐准了你得来。"

袁飞点头："是啊师父，得来你这理一理思路。"

老林放下公道杯："说说吧，想并案的理由。"

袁飞也放下茶杯："目前为止，虽然两起案件致人死亡的手法完全不同，也不像一个人所为，但我们在'4·17'案的监控视频中锁定的嫌犯也是一个女人，您肯定记得八角亭案的目击证人提到的那个女人吧，难道会有那么巧吗？！"

老林分析道："相隔19年，是同一个人的概率很低，作案手法也没有明显的雷同之处，局里没有批准并案的理由还是充分的。"

袁飞点头："是，我也知道表面看起来条件好像还不成熟，但往深一点看，相隔19年发生的两起案件都与玄家有密切关联，而且是女儿，是长相非常相似的女儿，还有都是 16 岁的年纪，跟踪她们的人又都是女人，我没办法忽视这些巧合。"

老林反问袁飞："巧合是很多，如果是我也会往并案的方向走，但还是需要确实的证据，你准备从哪个角度入手？"

袁飞说道："就是一时理不清头绪才到您这儿来的。"

老林又给袁飞续上茶水："想听听我的意见？"

袁飞立刻点头："当然！"

第32章　小　酌

老林思考了片刻才开口："假设是同一个凶手，目标是同一个家庭的女儿，那逻辑上应该有相同或相似的动机。"

袁飞微微叹气："作案动机是个好的切入口，但就是卡在了这里。"

林岳善说道："有很多时候正着看不透就反着看，换个角度就有可能会有新收获。"

袁飞听了这句话之后便陷入了沉思，他眼前的迷雾好像淡了那么一点儿。

就在这时师母走了进来，看到袁飞师母显得很开心："袁飞来了啊。"

一直在低头沉思的袁飞这时才发现师母赶紧站起来行礼："师母好，您最近身体还好吧？"

师母笑着说道："我还行，只要你师父不气我，我哪儿哪儿都挺好的。"

师父林岳善背对着师母撇了撇嘴，但还是没有敢出声反驳。

师母又说道："袁飞好不容易才来一趟，留下来吃个饭再走。"

袁飞赶紧拒绝："不了不了，我……"

林岳善摆了摆手："别我了。听你师母的，吃了饭再走，正好陪我喝一杯。"

袁飞苦着脸："我……"

林岳善拍了拍袁飞的肩膀："就这么决定了。"

都已经定了，袁飞还能再说什么……只能撸起袖子去厨房帮忙，然后再被师母强行赶了出来。

很快饭菜上桌都是很清淡的家常菜，但特别合袁飞的胃口。这些饭菜没有令人惊艳的味道，却能让他感到踏实。

林岳善给袁飞和自己都倒满酒："听说你有个小实习生徒弟？"

袁飞双手接过酒杯："算不上徒弟吧，人手不够，让他跑跑腿而已！"

林岳善又问："人怎么样？"

袁飞放下酒杯，想了一下说道："人很机灵，开始还有点掉书袋的架势，说的做的都是书本上的东西……"

林岳善说道："喏，也不要再小看书本上的东西，我们就是吃了这个亏！"

袁飞点头："确实，这个孩子有他独特的视角。在调查中，也的确提供了一些比较有想法的建议。他要是能像师父那样从基层干起，积累经验和实干的能耐，未来肯定比我强。"

林岳善叹了口气："像我，最后还不是栽在八角亭上了？"

袁飞正色道："如果这次我的预感没错的话，一定把那个凶手揪出来替师父雪耻。"

林岳善说道："这两天我也在想呀，当年一定是我们忽略了什么，或是走错了方向，所以一直在迷宫里打转！惭愧啊，这么多年，每次经过玄家，都要绕着走……你这个女婿更不好当吧！"

袁飞面现苦色："能好当吗？没大事我都不敢去。"

林岳善跟袁飞碰了一杯又问："听说，那个玄珍的双胞胎姐姐玄珠回来了？"

袁飞带着几分狐疑地看向自己的师父："您这可不像退休的，什么都知道……"

林岳善没接他这个茬："应该有……可不止十年，她都没回来了吧，怎么这时候突然回来了？"

袁飞说道："我岳母前一阵脑出血住院，下了一次病危通知，我嫂子就联系了她。"

林岳善轻轻点头："总觉得当年我好像漏过了什么，小孩子之间的事情，有时候不是我们看上去的那么简单。"

袁飞愣了片刻也点头："是啊！小孩子的世界比咱们成年人想象得更复杂。"

师徒两个这顿饭吃了很久，话其实说了很多，但酒并没有喝多少。

离开师父家的时候，袁飞也只是微醺而已。刚刚和师父聊当年的案情，结合"4·17"案现在掌握的情况，袁飞脑子里有了一些新的想法，于是他决定步行回家，整理思路顺便也醒醒酒。

袁飞回家的路线选得很随意，只是大约瞄准了方向就慢悠悠地往那边走。

大约过了一个小时，眼看离家已经不远，袁飞突然停下了脚步。他转过身，沿着刚刚走过的路往回走，循着一个模糊的感觉，回到了一座小桥旁边。

在那里有家两层的茶舍，他刚刚路过的时候只是随意地看了一眼。走出了很远之后他才突然反应过来，楼上靠窗的位置坐着两个他认识的人。

一个是玄珠，一个是周亚梅。在这之前，袁飞知道她们是认识的，但他并不知道她们的关系这么好。当年因为玄珍的案子，警方也跟周亚梅聊过她们姐妹的事。

当时周亚梅的说法是玄珠先来学的昆剧，后来玄珍也来学了，学了也就两个月两人就都不来了。周亚梅当年询问过姐妹的父母，得到的答复是他们不想孩子过早地离开学校。

在那之后不久玄珍就遭遇了意外，而玄珠也离开了这座城市，并且十几年再没有回来过。

这十几年玄珠不仅没有再回过家，甚至连电话联系都非常非常少。按照玄敏的说法，最近这几年只有在春节玄珠才会给母亲打电话，而且时间也都非常短。除此之外，跟他们这些兄弟姐妹都没有任何联系。

就是这么一个明显想要跟过去所有的生活割裂的人，现在却跟周亚梅聊得非常愉快。

看玄珠跟周亚梅聊天的这种轻松状态，真的不像是两个十几年不见的普通朋友。

袁飞看到玄珠在笑，而且笑得很开心。他从没有见过这种状态的玄珠，而在观察了一会儿之后，袁飞甚至认为她们之间不只是愉快，甚至有一点儿亲昵。

袁飞怔怔地看着这个场景，他脑中刚刚捋顺的思路，可能需要再进行一些调整了。

　　医院，田海鹏的病房外，大力坐在走廊的长椅上翻看着自己做的笔记。

　　小军拎着两瓶水走来，对他说："你歇会儿去吧。"

　　大力接过水，笑着说道："年轻，不累。"

　　小军笑着摇了摇头，拍了拍这个组里最小的兄弟："工作要劳逸结合。"

　　大力起身伸了个懒腰，又走到病房门口，探头从小窗口往里面看了一眼。

　　病床上，田海鹏还在躺着，闭着眼睛像是在睡觉，他保持这个姿势已经很长时间了。

　　小军问大力："他怎么样了？"

　　大力转过头："还是老样子，没有要醒的意思。"

　　已经完全醒酒的袁飞第一时间赶回了队里。

　　警局走廊，袁飞边走边跟葛菲聊："田海鹏怎么样了？"

　　葛菲说："好像也没什么大问题，就是老睡。"

　　袁飞微微皱眉，思考如何应对这个小子。

　　葛菲又补充道："基本可以肯定，他是装的。"

　　袁飞思考片刻："心虚是肯定的，你还是先去趟学校，现在就去！重点是田海鹏的宿舍，直接进行搜查，手续啥我立刻给你们出。"

　　葛菲点头："明白。"

　　袁飞则转向了档案室方向，葛菲朝办公室方向走去。

　　半个小时后，葛菲和齐宏伟在学校教务组长的带领下来到了学校教师宿舍楼下。

　　教师宿舍位置离教学楼很远，是操场的另一边，独栋四层小楼。葛菲特别观察了周围的环境，相对来说这边比较安静一点儿。

　　上楼之前，葛菲还特别让教务组长带着他们在楼周围转了一圈，有监控设备但拍的是墙外。教务组长的说法是，考虑到教职工的隐私，楼内没有监控设备，而这里不光没有监控还有个后门。

　　田海鹏的宿舍在三楼，教务组长用备用钥匙打开了门，葛菲带着几人开始对这个房间进行调查。

很快他们就有了收获，齐宏伟在冲水马桶的水箱里发现了装着照片的自封袋。几人立刻把照片取出来铺在桌面上，其中绝大部分照片的主角都是玄念玫。

葛菲说道："有了这些，就可以找田海鹏好好聊聊了。"

齐宏伟看着照片说："有一说一，田海鹏这些照片拍得还真不错。"

说起来，大力上次说自己懂摄影那是装的，齐宏伟才是这方面的资深爱好者，拍照方面他的意见还是比较有专业性的。

既然齐宏伟都说好，那说明田海鹏的确有点水平，葛菲也对照片多看了几眼，也就是这几眼让她有了新的发现。

葛菲问齐宏伟："这些照片都是一个……系列吗？"

齐宏伟不解反问："系列是啥意思？"

葛菲捋了一下思路："就是说是一次拍的，还是拍了很多次？"

齐宏伟带着问题重新审视这些照片，然后做出了他的判断："应该是多次，而且这里不只有玄念玫。这张……还有这几张……"

边说，齐宏伟边从照片中挑出了四张照片放在了旁边。

齐宏伟说："这些跟玄念玫那些照片不是一个风格的。"

对这四张照片看了半天，葛菲却并没有发现什么特别之处，这几张上面甚至都没有人。

葛菲有些疑惑地问："你确定？"

齐宏伟毫不犹豫："非常确定，从风格到构图，还有曝光、光圈设置、快门、平衡……"

葛菲赶紧打断他："行，你能确定就行。那接下来的问题就是，为什么这四张照片会出现在玄念玫的照片里。"

齐宏伟琢磨了半晌："按理说自己拍的照片不应该会弄混才对，除非他收拾得非常……慌张。"

葛菲说道："还说明，他要藏的照片不只玄念玫一个人的。继续找，可能还会有发现。"

第33章 交　代

袁飞几人走进了病房。病床上的田海鹏还在装。但他那些小伎俩，怎么可能逃得过袁飞他们的眼睛。他们径直来到病床前，袁飞说道："田老师，我们又来了，起来聊聊吧，再睡下去想要醒可就难了。"

脸色憔悴的田海鹏睁开了眼睛，声音沙哑地说道："我该说的都说了！"

袁飞拉了把椅子坐到床边："我们感觉在朱胜辉案里，还是有一些细节需要再请你想一想。"

田海鹏缓缓坐起身来，紧张地看着袁飞。

袁飞翻开本子："当天念玫和木格离开学校是几点，她们是一起走的吗？"

田海鹏说："我不太记得了。"

袁飞看了他一眼："请你仔细回忆。"

田海鹏努力回忆了一下说："好像不是一起。"

袁飞又问："你是几点离开学校的？"

田海鹏略显紧张地说："……我那天六点半走的，这个你们问过了。"

袁飞语气生硬地说："再问一遍，你也确认清楚。"

田海鹏鼻尖已经开始冒汗，就差把紧张俩字写在脑门上了。

袁飞继续提问："那天念玫走的时候，有人来接她吗？她当天在学校跟木格或者其他同学之间发生过争执或者是特别值得注意的事件吗？"

田海鹏脸色煞白，沉默地思考了好一会儿才开口："我……我……我承认，4 月 17 号晚上，跟着念玫的人就是我。"

大力迅速看了袁飞一眼，在他的脸上看不到任何变化。这个结果在意料之中，但田海鹏现在的供述他并不太满意，袁飞还想要更多的细节。

田海鹏倚靠在床头整个人都蜷缩着："那天，我在我的父母家吃晚饭，接到念玫父亲打来的电话……念玫的父亲从来没给我打过电话，他问我要和念玫玩得好的同学电话的时候，我就猜念玫一定是出什么事了。"

袁飞问："你是怎么做的？"

田海鹏说道："我告诉他，最近和玄念玫走得比较近的同学是木格，但我找了个理由说学校有关于学生隐私的规定，所以并不能告诉他木格的联络方式。玄念玫的父亲没等我说完就挂断了电话，然后我马上给木格打电话但一直没人接，我有点放心不下，平时念玫爸爸看得紧念玫都是早早回家的，我就决定出去找找，然后我换了身衣服戴上棒球帽就出门了。"

袁飞继续问道："你是直接就想到了去迪厅吗？"

田海鹏摇头："……我知道念玫那阵子跟木格比较要好，这也是我一直很担心的事情。"

袁飞立刻追问："担心什么？"

田海鹏说道："木格……并不是一个表面看起来那么简单的女孩，刚上高一我就发现她的社会关系比较复杂。她父亲基本不在家，母亲一味溺爱疏于管教。念玫呢，虽然已经是高中生了，但父母保护得非常好心智还不成熟，我担心她会受到木格的影响，并且……木格接近念玫，感觉并不是出于友谊，更像是女孩子之间的一种游戏。"

听到田海鹏的话，袁飞很自然地想到了之前跟师傅老林的谈话，这些孩子之间的关系，其实是很复杂的。

袁飞继续提问："你指的哪个层面？"

田海鹏说道："木格在班里算是漂亮的女孩，但是和玄念玫比起来就……简单说，木格接近玄念玫，有一部分是出于妒忌之心。"

袁飞略带调侃地说道："看来你还懂心理学。"

田海鹏说道："作为一名班主任，接触的又是这个年龄段的孩子，需要了解一些心理学的基础知识。"

袁飞盯着田海鹏的脸："你怎么知道玄念玫和木格去了迪厅？"

田海鹏被他这目光看得发慌，眼神躲闪着说道："之前因为木格去迪厅的事情，我找她谈过话，她嘴上答应说不会再去了，其实还是该干吗干吗。虽然我是老师但毕竟不是家长，放学以后的时间也不方便过于约束，所以我就想先去迪厅找找看。"

袁飞提出疑问："我们调看了当晚大门的监控，没有看见你进去。"

田海鹏说："我……我是走的后门。"

袁飞继续质疑："后门虽然没有监控，迪厅方面很肯定没有见过你进出。"

田海鹏说道："其实那里有两个后门。"

此话一出，袁飞几人虽然脸上还很平静，但内心中多少都受了点冲击。这个情况，他们竟然都没有掌握，往小了说是工作不仔细，往大了说甚至可以说是工作上的失误。

袁飞问道："你为什么会知道有两个后门？"

田海鹏迟疑了一下才说道："……我父母家就在附近，每次从学校回家都会经过后面的巷子所以比较熟悉那个地方，知道除了正常的后门之外，还有一个卸货的小门。我那天就是趁着有人装货，从那个小门进去的。"

袁飞问："你为什么会想到要从后门进去？"

田海鹏说道："走后门的原因是……我不想让别人看到我去了迪厅，毕竟我是一名老师……"

大力突然开口问："你不是第一次去迷幻吧？"

田海鹏点点头："去过几次……都是为了学生，真的，相信我！"

袁飞几人交换了一下眼神，都认为田海鹏这段话没有什么大问题。

于是袁飞继续提问："那你把 4 月 17 日当晚，你在迷幻慢摇吧里发生的事情详细说一下。"

时间回到案发当晚，田海鹏穿过弯弯曲曲的过道走入迪厅里面，巨大的声浪让他感到心脏都在跟着震动，在昏暗混乱的环境中找人很不容易，他只能努力集中注意力试图从人群中找到他想找的人。

田海鹏的目光先是看向了吧台的方向，因为那里的灯光是最亮也是最稳定的，确认那里没有之后他才看向舞池，但那边人头攒动男女有时候都很难分得清，田海鹏只能再靠近些。

田海鹏靠近舞池，站在角落仔细查看了半天，才在人群中发现了木格和念玟，她们在舞池开心地跳着，而木格还怂恿玄念玟做出更放松大胆的动作。

田海鹏想过去劝她们早点离开，但还没等有所动作朱胜辉就走了进来。

朱胜辉一进入舞池，就贴在了玄念玟的背后，继而做出各种下流的动作。

木格上前想要拉出玄念玟被其他几个人推开，念玟用力想要冲出几人的钳制却被朱胜辉一把拉入怀里，他不顾念玟的挣扎继而做出更无耻的动作。

念玟发出一声尖叫，却被巨大的音乐声淹没。

田海鹏露出难以置信的愕然，他没想到那个小流氓竟然会这么过分。在田海鹏看来，他已经是在犯罪了！

田海鹏努力挤进人群但他们的距离实在太远了，挣扎着冲出几米的玄念玟已经挣脱了朱胜辉的拉扯，她突然回过头狠狠地咬住了朱胜辉的胳膊，朱胜辉发出的惨叫同样被周围的音乐所淹没。

玄念玟转身挤出了人群，木格随着念玟的方向挤出人群。

田海鹏来不及挤过去，只能立刻转身飞快地退出人群，从他进来的那个后门跑出去。田海鹏担心念玟离开后会再遇到什么麻烦，就赶紧追向了她们俩离开的方向。

等田海鹏追上玄念玟和木格时，两人正好在三岔口分开。

念玟一个人朝着八角亭的方向走去。田海鹏看就剩下玄念玟一个人就想过去跟她说，今后不要再跟木格去迪厅，所以就加快脚步……

玄念玟听到响动，转身冲着田海鹏大喊："我受够你了，你能不能别再跟着我了？！"然后回过身大步向前跑去，没跑几步就摔倒在了地上。

田海鹏看玄念玟摔倒了，可能受了惊吓就想跑过去跟她解释，结果就在这个时候她的父亲突然出现了。

袁飞问田海鹏："你是玄念玟的老师，你没有对玄念玟做任何不利的事情，而且你还是为了保护玄念玟才跟踪她的，所以你为什么要跑？"

田海鹏低着头说道："我……我也不知道，可能是出于本能，而且半夜三更的，作为她的老师……我怕误会解释不清楚。"

袁飞又问："然后呢，你又去了哪儿？"

田海鹏说："我又回到迪厅，想去警告一下朱胜辉，但是他已经不在了，我就回了宿舍。"

袁飞问："几点回的宿舍？"

田海鹏说："差不多十点钟的样子。"

袁飞问："有人证明吗？"

田海鹏摇摇头："教师宿舍没有门禁，你们不会是怀疑我杀了朱胜辉吧？"

大力拿出一沓照片放在了田海鹏面前。

袁飞问："你宿舍里玄念玫的照片是怎么回事？"

田海鹏的表情立刻变得慌乱下意识地想要去抓那些照片，但手指碰到照片的瞬间他的动作却停了下来。

田海鹏叹了口气，整个人都垮了下来："这些照片……你们别误会，我对念玫什么都没做过，保存那些照片只是……只是……出于对念玫的欣赏，或者说是对美好事物的钦慕之情……"

袁飞敏锐地注意到，田海鹏刚刚说的是"念玫"而不是之前的全名"玄念玫"。

第34章　拍　照

袁飞问田海鹏："你是在什么情况下拍摄念玫的照片，念玫为什么会同意你给她拍照？"

田海鹏说道："嗯……我喜欢摄影，闲暇的时候就拿着相机去周边拍摄一些风景照片，挑一些自己喜欢的就发到微博上。有一天念玫突然去办公室找我……

我那个时候正在办公室里批阅试卷，念玫走了进来。"

玄念玫走到办公桌前："田老师……"

田海鹏抬起头看到念玫，显得有些意外："念玫，有事吗？"

玄念玫说："田老师，我在您的微博上看到了您拍的照片，我觉得很美……"

田海鹏还是有些不明所以："……谢谢你这样认为。"

念玫直截了当地说出目的："您能帮我拍些照片吗？"

田海鹏感到更加意外了，他下意识观察四周，果然此时已经有很多老师都看向了他这里，在这个学校里还真没有不认识玄念玫的老师。

田海鹏犹豫了一下说道："……可能不太合适，我只是业余爱好，随便拍些风景……"

听到他这么说，玄念玫似乎有些失望，眼神也黯淡了下来。

"明白了，那好，田老师打扰了。"玄念玫行了个礼，然后转身走出了办公室。

田海鹏迟疑了片刻，但接下来一股冲动涌上心头，促使他起身走到门外，叫住了念玫。

玄念玫转过身看着田海鹏。

田海鹏走过去低声问："为什么突然想拍照片，有什么特殊的原因吗？"

念玫摇了摇头没有说话，再次转身要走。

田海鹏冲口而出："那就明天中午吃过午饭，你到我的宿舍找我吧。"

玄念玫看着田海鹏，眼中闪过一丝亮光，点了点头，然后走开了。

病房里，田海鹏对袁飞几人说："虽然我答应了念玫，但是心里还是有些犹豫，因为……"

田海鹏露出欲言又止的神情。

袁飞问："因为什么？"

田海鹏犹豫再三还是说道："年轻女孩，是挺不好捉摸的。我有个师范的同学，因为女生主动接近他结果流言传得沸沸扬扬，后来搞得他身败名裂……我不知道念玫为什么突然找我拍照片，我有点担心……虽然我非常欣赏念玫……甚至可以说……她是我做老师以来最喜爱的学生之一……只要一想到她的眼神，似乎无法抗拒……所以还是按原来说好的做了安排……"

田海鹏在自己的宿舍里架好三脚架，又在不大的空间里布上一盏灯，抬起手腕看了看手表，这时传来敲门声，田海鹏打开房门，玄念玫穿着校服站在门外。

尽管已经有心理准备，但看到玄念玫那一刻，田海鹏的心还是忍不住猛跳了两下。

"哦……进来吧。"

玄念玫走入房间后，田海鹏下意识地探头在走廊里左右看了一下，才把房门关上。

转过身，田海鹏努力收束自己的思绪，才看向玄念玫："你想拍什么样的照片？"

玄念玫没有说话直接拉开了校服的拉锁，田海鹏见状略带紧张地侧了侧身，甚至有些想要后退，直到他眼睛余光看到念玫脱去校服整齐地搭在椅背上。

玄念玫说："田老师，可以了。"

田海鹏回过头，玄念玫明显是有备而来，她里头穿着一件淡蓝色的雪纺鸡心领衬衣戴了一条挂着蝴蝶吊坠的纯银项链，衬着她长长脖颈以及似隐似现的锁骨，清纯中又有一分难以形容的美好。

深呼吸几次之后，田海鹏指了指窗前的椅子："你就坐那儿吧。"

玄念玫走过去，端端正正地坐在了椅子上。田海鹏走到相机前调整着焦距，从取景框里端详着念玫。

这是田海鹏第一次真正意义上打量念玫，她的眼睛清澈透明没有任何的杂质，但是她的眼神深处又有一分不该属于她这个年龄的忧郁，就像心里积郁着什么东西，放了太久，变成了很暗很重的物质。

田海鹏按下了快门。

拍摄的过程非常顺利，田海鹏的感觉非常好，最后甚至有些意犹未尽的感觉，但理智告诉他不能跟女学生单独待太久。

田海鹏放下相机："可以了，等照片洗出来再给你。"

玄念玫站起身，穿上校服，默默地看着田海鹏："谢谢田老师！"

眼看玄念玫就要离开，田海鹏终于还是忍不住好奇："念玫，为什么突然想要拍照？"

让田海鹏意外的是，玄念玫非常坦然地说出了理由："我有一个小姑，很多人都说我们长得一样，可是我却从来没有见过她的照片。"

田海鹏问："为什么？"

玄念玫说："……因为她在我这个年纪就被人杀害了，凶手至今还没抓到，家里人太伤心，就把她所有的照片都烧了。"

这个答案让田海鹏非常意外且吃惊，这个理由是他完全没有想到的。

不仅是他，袁飞和大力他们几个人也都完全没有想到，玄念玫会因为这个理由找田海鹏拍照片。尤其是袁飞，作为玄念玫的姑父，竟然对这个孩子的内心中的真正想法丝毫没有了解。

田海鹏继续说道："过了几天，照片洗了出来，但我发现并没有达到预期的效果。我应该可以拍得更好，所以就跟念玫说，第二天中午再拍一次，念玫答应了。"

那天的阳光很好，书桌上摆放着几本摄影杂志，玄念玫随意地翻看着。

田海鹏手拿相机，趁着念玫不注意的时候快速按下快门，念玫听到动静抬头看时，被田海鹏捕捉到最真实的瞬间，念玫垂下眼帘露出了羞赧的浅笑，均被田海鹏收录到镜头之中。

田海鹏放下相机略有斟酌，拉开椅子远远地坐了下来："念玫，我像你这么大的时候，身边有两个敌人，你猜猜是谁？"

念玫转过身，无声地看着田海鹏。

田海鹏说道："我的父母。"

念玫的脸上快速闪过一丝落寞的神情，但很快就被她掩盖起来。

田海鹏继续说道："我想每个孩子在自我意识形成之后，都会把自己的父母当成……"

玄念玫站起身："田老师，我该回去了。"说完就径直朝门外走去。

病房内，田海鹏对袁飞几人说道："从那以后，念玫就再也没有来找过我，给她拍的照片，她好像也不再关心，那些照片我很满意，就把它们装裱了一下挂在自己卧室里了……我知道念玫有超出常人的敏感也过于纯粹，我那些说教的话成了一道墙。正因为这个事情，我耿耿于怀，本来我可以引导念玫，起码她有个人可以说说心里的积郁，但是我……从那时候开始，我就更加关注念玫，关注她越多就越发现她的美好和可贵……"

袁飞看他的眼神中，已经多出了几分耐人寻味的意思，但田海鹏自己并没有注意到这些。

田海鹏继续说道："平时就是觉得念玫心里藏着很重的心事，她是一个内向的女孩，我不知道该怎么打开她的心扉，也不敢过多走近。这个事情之后我布置了一份作业，让同学们写出自己的故事，把自己最想说的话写出来，你们想知道念玫写了什么吗？"

袁飞点头："当然。"

他们都以为田海鹏会简单地复述玄念玫的作业内容，却没想到田海鹏竟然能够全部背下来。

"每一天的早上，妈妈都会给我准备好一切，穿什么样的衣服，两颗白煮蛋，大米红枣粥或是小米青菜粥，一碟开胃小菜，然后就像监狱里的警察一样盯着我吃完，不管我到底能不能吃得下。其实我很想对她说，这样的早餐，我早就吃腻了。而爸爸也是数年如一日，早早等候在院子里推着自行车，远远地看我把早餐吃完，他就可以送我去学校了，这是雷打不动的规矩，就像我是一个不会走路的婴儿。其实我很想对他说，请给我自由，即便是我死了，只要生命之花开得绚烂，我并不在乎长短。但是，我发出过的呐喊，就像晴空下的风，只要你稍不留意，它就仿佛从来不曾存在过。我唯有沉默不语。我是那么爱他们，我又那么恨他们。"

如果说玄念玫拍照的理由，对袁飞来说是意外，但这篇短文对他来说就是震撼了。他实在是没有想到，这个孩子的内心中竟然背负了这么大的压力。这一刻，袁飞对玄念玫除了同情之外更多了一分心疼，那样的家庭环境中，她生活得太辛苦了。

袁飞问田海鹏："你刚刚说，我想每个孩子在自我意识形成之后，都会把自己的父母当成什么？"

田海鹏愣了一下，他没想到袁飞会问这个。

"……会把父母当成敌人。"

第35章　木　格

"说说你跟踪玄念玫的事。"

"以前下课晚，特别是晚自习之后玄梁通常都会来学校接她，为此念玫觉得在同学面前很没面子，我还劝过她爸，说孩子大了应该让她独立一些，但是她父亲真的不再来接她了，我反而担心起来，特别是出了那天的事之后，我就开始悄悄地跟着她，直到她安全到家。"

"这个过程持续了多久？"

"几周，直到有一次我跟着念玫拐进巷子，没想到念玫站在那里等着他，吓了我一跳。"

玄念玫质问田海鹏："你跟踪我？"

田海鹏有些惊慌："啊，不是，我没有，我只是，不放心你。"

念玫大喊："你们怎么都这样啊！"

田海鹏上前两步想要解释，但玄念玫根本不听。

玄念玫退后两步大喊："我不听，别跟着我了。"

说完她转身就跑，只留下田海鹏尴尬地站在原地。

说到这里田海鹏突然抬头看向袁飞："那天晚上，念玫走了之后，我往回走，发现有人跟着我。"

袁飞立刻意识到这就是个关键点："看清人了吗？"

田海鹏摇头："看不太清，当时我吓坏了……要不是因为念玫，我都不敢走那条路。"

袁飞问："你觉得那个人是男的还是女的，年龄多大？"

田海鹏努力回忆却并没有什么结果："说不上来。那天晚上我做了一个很可怕的梦，梦见一个黑影潜进我的宿舍，我被这个噩梦惊醒了，早上就开始发烧。"

袁飞和大力意味深长地对视一眼。

大力貌似小声地嘀咕："没有做见不得人的事，为什么那么害怕？"

田海鹏苦笑："现在的老师和学生的关系一旦处理不好……哎……学校里一直有流言蜚语，说我对念玫怎么着了……被人指指点点，心里有点承受不了。"

袁飞突然开口问："那木格呢？"

田海鹏的脸色微变："她经常不来上课，学校一直很头疼。"

袁飞继续问："那学校都不管？"

田海鹏说："我找她和她妈妈谈过很多次话，也没起到什么作用。"

袁飞点点头问："关于木格的失踪，你有什么线索吗？"

田海鹏说："好多学生反映有社会上的小青年在学校门口等她……"

袁飞问："那她失踪之前跟你说过什么吗？"

田海鹏躲开袁飞的目光，摇摇头。

袁飞问大力："木格那边还没消息吧？"

大力说："其实我们有了一点发现。"

袁飞和大力都注意到田海鹏立刻又变得紧张起来。

大力问田海鹏："田老师你最后一次见到木格是什么时候？在哪里？"

田海鹏眼神有些闪烁："就是她最后一次来学校上课，放学之后就没有再见过。"

大力用眼神询问袁飞，后者微微点头。得到领导的同意之后，大力拿出一个证物袋，放到了田海鹏面前。

"我们刚刚从你的教师宿舍回来，除了找到你藏在马桶水箱里的照片之外，还发现了这个。"

证物袋里是一条黑色的头绳，头绳的挂坠比较有特点，是两个银色的骷髅，但整体看起来很廉价。

大力看着田海鹏说："我想这条头绳不是玄念玫的东西吧。"

田海鹏张了几次嘴，却一个字也说不出。

大力把证物袋收走："你最后一次见木格是什么时候？"

田海鹏突然抓住大力的手："木格失踪真的跟我没关系。"

大力下意识地缩手却发现他握得很用力，大力没有再挣脱："她为什么也去了你的宿舍？"

田海鹏说道："她……她……木格有心事总是会跟我说，家里的事，学校的事，除了社会上那些，她都会跟我说，就像是把我当成了……"

大力说道："爸爸？"

田海鹏愣一下说道："可能说是长辈更合适，从小木格的父亲就不太管她们母女，除了给钱基本也没什么交流。长大一点之后，木格跟她母亲也没什么话说，但孩子总还是会有心事，我可能就是她倾诉的对象吧。"

袁飞问："作为木格的老师，你们有这样的关系也没有什么问题，你为什么要隐瞒？"

田海鹏说："木格失踪前，我对她说了一些……一些'重话'，她失踪有可能会跟这个有关系。"

大力问："和玄念玫有关系？"

田海鹏沉默点头。

吉普车停在迪厅外，葛菲和小军相继下车。

等候在门口的老板忙不迭地迎上去，边走边掏着烟。

"各位辛苦、辛苦……"

"进去说吧。"

空荡荡的迪厅内散发着沉年积郁的复合气息。迪厅老板十分殷勤地说："那天，我已经把当晚发生的经过都跟这位警官同志说了，一字不落。"

葛菲却是很不客气地问："迪厅后门怎么没说？"

迪厅老板愣了一下："说了呀，后门没有监控，但是有员……员工看着，没有看到你们说的人出入。"

葛菲说："卸货的那个门呢？"

迪厅老板一副恍然大悟的样子："那个门平时关着，就进货搬酒什么的才开，也没有摄像头。"

葛菲说："带我们过去看看。"

迪厅老板点头："好嘞，这边。"

几人站在这扇门前，看着上面残存的摄像头痕迹。

迪厅老板一脸苦相："真的没法弄，每安一次没几天就被酒鬼给砸了，再说迪厅里乌漆麻黑的，就是安了也没啥大用……"

小军很不客气地说："你还有理了，安个分辨率高的能亏死你吗？"

迪厅老板哪敢顶嘴："呃……行行，回头马上就安。"

迪厅老板带着两人七拐八拐，又绕过操作间，方走到一处紧闭的房门前，掏出钥匙打开门。

一行人走出，发现是一个小巷，顺着小巷一直走到头，便与迪厅正门的路会合。

葛菲观察着小道和迪厅的关系，掏出手机打给袁飞："袁队，确认的后门跟路线跟田海鹏说的情况能对上，但没有监控。"

袁飞刚放下电话，齐宏伟和大力进来。

齐宏伟汇报："袁队，诚益中学的监控已经调过来了。"

袁飞问："怎么说？"

齐宏伟说道："拍到了田海鹏进宿舍的时间是晚上 10 点 32 分，戴着棒球帽，而且后来也没再出来过。"

大力说："杀人的嫌疑是暂时排除了。"

袁飞点点头："行，你们先去忙吧。"

几人出去之后，袁飞拿起桌上翻开的八角亭卷宗继续看。

最上面别着一张玄珠没有表情的照片，就在照片不远处桌上的相框里，还有青年的林岳善和初出茅庐的袁飞。

十九年前，玄珍被杀之后，关于玄珠留下了以下笔录。

玄珠："我跟玄珍一个班，以前放学我们会一起回来，最近没有。"

林岳善："为什么？"

玄珠："她有她的朋友。"

林岳善："当天玄珍跟谁一起？"

玄珠："不知道，我先回来了。"

林岳善："你跟玄珍学过昆剧？"

玄珠："是的。"

林岳善："后来为什么不学了？"

玄珠："没兴趣了。"

林岳善："玄珍为什么也不学了？"

玄珠："不知道。"

……

女班主任："玄珍人漂亮又开朗，在班里人缘非常好，同学们都很喜欢她。"

林岳善："玄珠呢？"

女班主任："玄珠……跟她妹妹很不一样，非常安静，成绩也很优异，但如果不是因为和玄珍是双胞胎姐妹，可能很少有人会注意到她。"

林岳善："玄珍的学习成绩怎样？"

女班主任："和玄珠那是没法比，但是其他方面，比如文体方面很擅长。"

林岳善："昨天玄珍是什么时候离开班里的？"

女班主任："那天晚自习之后我就回办公室了，没有留意这个。"

……

女同学："我跟玄珍一起出的教室，当时还没下雨，我说咱们快走能在下雨前赶回家，玄珍说她哥哥会来接她，她要等她哥哥，我就先走了。"

林岳善："你们分开前，她在哪儿等她哥哥？"

女同学："就在学校门口，学校大门六点是要关的。"

林岳善："以前都是玄珍和玄珠一起回，为什么那天没有。"

女同学："不知道，那几天听玄珍说她们吵架了。"

林岳善："为什么吵架？"

女同学："不知道。"

......

玄梁："昨天傍晚，我去接玄珍和玄珠…去晚了……平时玄珠和玄珍会一起回来，那天玄珠自己回来的……玄珍一直没回。"

林岳善："她们都十六岁了，你还要去学校接她们？"

玄梁："不是每天都接，一般是工厂没班的时候才会去接她们，那天早上听天气预报说傍晚有暴雨，玄珍专门交代让我去接她，因为她穿了新鞋子怕被雨淋了。"

......

周亚梅："两个多月以前就不学了。一直没再来过。"

丁桡烈："不知道为什么就突然不来了。没再见过，都是好苗子，非常遗憾。"

周亚梅："一般我都会晚上自己唱唱，功夫不可以丢的。"

丁桡烈："我一直在办公室，门房老刘可以做证的"

老刘："那天晚上跟平常一样，我给丁团长送完开水就回来了。十二点再去送水，丁团长还在，周老师在宿舍唱戏。周老师经常晚上唱唱，因为晚上团里没人了也不影响别人，我们倒是蛮享受的可以免费听戏。"

放下手中的卷宗，袁飞站起身来走到白板前，把丁桡烈和周亚梅的照片贴在了玄珠下面。

第36章　这个问题，我们问过

玄珠站在院子中央，抬着头望着玉兰树。

玄梁走过来："没想到还活着吧？"

玄珠轻声说道："那么多年，我唯一惦记的就是这棵玉兰树。"

玄梁陷入了回忆中："是我们和爸爸妈妈一起栽的，那时候我们是多让人羡慕的一家人啊。"

　　他想起的是当年那个六口之家的快乐生活，脸上甚至露出了很少会在他脸上看到的那种温柔，但玄珠似乎并没有相同的回忆。

　　沉默了片刻之后，玄珠说："生活，快乐吗？"

　　玄梁脸色一变："玄珠……你在记恨什么？"

　　玄珠轻轻地说："我没有记恨什么。"

　　玄梁看着玄珠问："那到底是为什么，一走十五年不愿回来不愿联系，冷得像一个冰窟窿，我怎么想都想不明白？"

　　玄珠反问："这重要吗？"

　　玄梁的语气变得低沉："你什么意思？"

　　玄珠直视着玄梁："你认真地想一想，在你那个回忆中的快乐生活里，真的有我吗？"

　　玄梁被玄珠这句话问得哑口无言，这是他从来都没有想过的问题，当他突然之间需要面对这个问题的时候，那个显而易见的答案却让玄梁不敢直视。

　　就在这时，院门口传来的敲门声。玄梁从来都没有发现，原来敲门声竟然这么"好听"。

　　玄梁几乎是冲向门口去开了门。

　　打开院门，门外站的是袁飞和大力。

　　看到他们俩，玄梁当然不会有什么好脸色，沉声问："你来干什么？"

　　袁飞看向玄梁身后的玄珠："我要跟玄珠聊几句。"

　　玄梁侧身看向玄珠，哼了一声转身走向屋子。

　　袁飞对玄珠说："我们出去聊吧。"

　　玄珠点点头："好。"

　　两人走到河岸边，袁飞抽出一支烟递给玄珠，玄珠没有接而是拿出自己的。

　　袁飞开口说道："我就开门见山了，上午你送完念玫，跟周亚梅见面了？"

　　玄珠很平静地反问："你们跟踪我？"

袁飞说道："别误会，我正好从茶社经过。"

玄珠不置可否地笑了笑。

袁飞问："你跟周亚梅学了多久的戏？"

玄珠轻吐烟雾："这个早就说过了。"

袁飞说道："我只想再梳理一下。"

玄珠反问："并案调查通过了？"

袁飞很坦白："还是没有。"

玄珠丢下烟头："差不多两个多月吧。"

袁飞问："这么喜欢昆曲，当初怎么突然就不学了呢？"

玄珠抬脚踩灭烟头："没兴趣了，这话我当年也跟你师父说过的，你也在场忘了吗？"

袁飞继续说道："对，是，我记得。我就是想，请你再帮我回忆一下当年你和玄珍在昆剧团学戏的细节。"

玄珠又抽出一根烟夹在手指间："太久的事了，我不太记得了。"

袁飞依然在提问："案发的时候，你有多久没有见过周亚梅了？"

玄珠转头看向袁飞："你怀疑周老师，当年你不是自己跟我哥我姐都说她和丁团长有充分的不在场证明吗？"

袁飞对玄珠这么敏锐的反问并没有太多准备："是……"

玄珠转头继续看向河面："我约周姐出来，是因为在这个小城，真正能聊天的就是她了。"

袁飞问："才学了两个月，感情就那么深？"

玄珠略带自嘲地说："奇怪吗？那个家里的人，我跟他们生活了十几年不还是没有什么感情吗？"

袁飞愣了一下才说道："是不奇怪，人和人之间的关系有时候不在于相处了多长，你恨玄珍吗？"

玄珠又转头看向袁飞，眼神中透着一丝古怪："你这是什么问题？如果我说我恨她那么凶手就有可能是我了？"

袁飞赶紧否认："不，不。"

玄珠摇了摇头，毫不掩饰语气中的讥讽："我现在认为领导没有批你并案调查是正确的，要不然这么下去连朱胜辉案都破不了。"

袁飞诚恳地道歉："对不起，惹你生气了。"

玄珠并没有打算就此结束："一个花季少女，美得全城人都知道，在一个放学的傍晚没有等到来接她的哥哥，天又要下雨了，着急的她决定在下雨之前自己回家，为了快她抄了小路，那条小路少有人走，结果她碰上了一个流氓，这个结论在十九年前就是你们下的，这和我恨不恨她有任何关系吗？"

袁飞问："如果是小流氓，为了美色，为什么没有侵犯她？"

玄珠嗤笑："为什么，当年这个问题我的家人也问过你们，想一想你们是怎么回答的。我是回来看我母亲的，不是来配合你办案的，而且是一桩陈年旧案。如果还是说这些，我想以后我们就没有必要再聊了，再见。"

看着玄珠离开的背影，袁飞多少感到有些无奈。他预想过跟玄珠的谈话不会太容易，但眼下这个结果却是比预料中更糟，而且这个糟糕的局面还源自自己这边。

刚刚那个关于流氓的问题，并没有体现在案卷上。所以袁飞也没有能第一时间想起当年玄家人也的确提出过这个疑问，而当年警方给出的回应是，获得性满足不仅只有一种方式。

一直躲在不远处的大力从拐角处走了出来："师父，这怎么办？"

袁飞叹了口气："能怎么办，换个角度继续调查。你去和念玫聊聊，我看她对你倒是比较放松。"

这个安排让大力多少有点措手不及："现在？"

袁飞反问："你有急事？"

几分钟后，大力走到玄念玫的卧室门口敲了敲门。

卧室门开了，隔着老远袁飞也听不到他们说了什么，念玫终于把大力让进了门，门关上。

其实大力只说了一句："我们去医院找田老师了。"

走进玄念玫卧室之后，大力显得有些拘谨，只是站在门口没有再往里走。

而在屋外，不放心的袁飞和更加不放心的玄梁都已经悄悄地凑到了门边，他把耳朵贴在门上偷听里面的对话。

稍微整理了一下思路，大力说："4月17号晚上，是田老师跟踪你到了八角亭，他是出于对你的关心，才做了合情合理但是又不怎么恰当的行为，你能理解或者说愿意原谅他的行为吗？"

玄念玫的反应很平静："他是一个负责任的老师，如果非要说有什么问题，那就怪他倒霉遇到我这样的学生。"

大力很意外："干吗这样讲？"

玄念玫平静说道："出过凶杀案的家庭，并且是长年未破的凶杀案，在这样的家庭中成长的孩子的人格可能健全吗？田老师才三十出头，他怎么可能有这个能力处理好我这样的学生的心理问题？"

少女的声音很轻，语气也很平静，但这段话却如同巨锤狠狠地砸在了玄梁的心上。

玄梁痛楚地闭上眼睛，而袁飞看他的眼神中则是充满了同情和无奈。

对门外偷听一无所知的两人继续着他们的对话。大力拿出笔记本："能核实一件事情吗？"

玄念玫轻轻点头。

大力问："田老师给你拍照，是你提出来的吗？"

玄念玫点头："是的。"

大力问："为什么要让田老师给你拍照？"

玄念玫说："田老师很单纯，我信任他，并且他拍的照片很美，我想让他帮我留下一些照片，万一我死了起码有人会记住我的样子，而不是像玄珍姑姑那样，她在这个世界上有过十六年的生命，最后却像从来没有存在过。"

大力一时间不知道该说什么，一个只有十六岁的少女，竟然会因为想要留下自己存在过的证据而去拍照片。这是在什么样的家庭环境下，才能产生的心态。

黄昏时分，丁桄烈回到家里，关好门后将钥匙放在鞋柜上。他站在玄关嗅了嗅，然后径直朝卧室的方向走去，推开半掩的房门丁桄烈看到周亚梅面朝着窗外正在抽烟。

听到响动，周亚梅转过身看到丁桡烈，她有些慌乱地将半支烟蒂按灭在烟灰缸里。

丁桡烈蹙紧了眉头："你这是干吗？怎么又抽起烟了。"

周亚梅拢了拢头发解释道："最近感觉压力大，有点吃不消。"

丁桡烈皱着眉头从她手里拿走了烟盒："医生嘱咐绝对不能抽烟，是绝对！你这样做，是在作死！"

周亚梅像个做错事的孩子："……离演出没多少日子了，我觉得雯雯还不到位。"

丁桡烈吁了一口气，走到周亚梅的面前："到底怎么了？"

周亚梅摇了摇头，避开丁桡烈的目光。

丁桡烈轻轻握住周亚梅的手："上午你接完电话去见谁了？"

周亚梅躲避着他的目光："……衣服洗好了，我去晾衣服。"

周亚梅转身要走，丁桡烈突然开口："你是不是去见了玄珠？"

周亚梅停顿片刻背对着丁桡烈说道："你不要再去找玄念玫了，我告诉你，那是玄念玫！当年的玄珍还不够吗？"

说完周亚梅就走向门口，自始至终都没有回头。

练习厅内的窗帘都拉得死死的，屋里黑压压的一片。死寂，沉静，只有一束顶光映在地板上。

一个女子，身穿戏服，迈着婀娜的步子入台，她背对着我们，轻轻地吟唱着。

"甚西风吹梦无踪，人去难逢……"

待她转过脸来，竟然是周亚梅。

她眼神直直地盯着前方，轻声唱道。

"……须不是神挑鬼弄。在眉峰，心坎里别是一般疼痛。"

第37章　噩　梦

玄家，念玫的卧室里，玄珠躺在地铺上看着电脑。

念玫突然传来一声惊叫，下一刻便从床上弹坐起来，不等玄珠起身查看，念玫已飞快地跳到玄珠的地铺上，挤着玄珠钻进被窝，头紧紧埋进了玄珠的怀里。

玄珠抱着念玫问："怎么了？"

念玫不语，玄珠能够清楚地感受到她的身体在抑制不住地颤抖着。

玄珠柔声问："是做噩梦了吗？"

念玫点了点头。

玄珠往旁边挪了挪，腾出更多的空间给念玫。而此时她的笔记本电脑上显示的，就是朱胜辉被杀以及木格失踪的相关文章和照片，玄珠合上笔记本轻柔地抱住了念玫。

念玫埋在玄珠怀里，怯生生地问："小姑，你说人死的时候会疼吗？"

玄珠认真思考了一下才回答："要看怎么个死法，但人最大的恐惧其实并不是死亡而是与希望有关的各种未知。比如，不知道自己最终会怎么离开这个世界。"

念玫小声地说："我害怕。"

玄珠轻轻拍着念玫说："我知道，我明白，小姑像你这么小的时候也害怕。"

念玫问："那你现在就不怕了吗？"

玄珠笑着说："也怕。"

念玫沉默了好一会儿："小姑，你能不走吗？"

玄珠说："不走，睡吧。"

念玫依偎着玄珠睡着了。

玄珠重新翻开笔记本电脑，继续浏览"4·17"案相关的信息。

清晨，袁飞行走在古玩市场，看上去像是逛街般悠闲。

市场上，无论是橱窗还是地摊上都摆放着各种真真假假的老物件。逛了一会儿，袁飞走向一名上了年纪的人。

一看到袁飞，这位摊主立刻热情地打起了招呼："袁队！今儿怎么有工夫来这儿啊。"

袁飞笑呵呵地说："我听说有一家做古董首饰饰物的，是哪个铺子呀？"

摊主老王往东边的一个铺子指了指。

袁飞走近一步问："老板姓什么？"

老王说："姓方！"

照着老王指引的位置，袁飞走进了这家专做古董首饰的铺子。店铺里挂满了各种老珠宝、配饰，以及旧旗袍，看起来好像的确有些门道。

走到柜台前看见一个年轻男子正低头打着游戏，袁飞敲了敲玻璃柜台。年轻男子抬起头，却没有招呼人。

袁飞只能主动开口问："方老板在吗？"

年轻男子上下打量了一下袁飞，似乎是感觉袁飞不像普通人说道："他在里屋，我去叫他。"

这个男子说走就走，搞得袁飞也有些蒙，此时就只能在店里四处溜达。走了几步，就看到墙面上挂着一些老照片，较高的地方有几组戏剧表演的照片，袁飞不觉停下了脚步。

只见相框中，一名旦角装扮的女子身材婀娜多姿双目顾盼生情，袁飞刚想踮起脚尖凑近看，这时那个小伙子随着一名中年人走了出来。

中年人："先生……我就是此间老板。"

袁飞回身走了过去掏出胸针，放在铺好的绒布上。

"方老板，能给看一眼估个价吗？"

玩古玩玉器之类的东西，行内都有个"不过手"的默契。东西拿出来不直接交到对方手里，而是放在桌上再由对方自己拿起。这就能避免有人故意使坏，诬蔑对方失手摔坏自己的宝贝。

这个"不过手"的动作虽小，但足以让对方明白自己并不是啥也不懂的外行。

方老板拿起胸针，打开聚光灯仔细端详了一会儿。

"您想开什么价？"

"您什么价收？"

方老板思量片刻："我们是老店，不敢说童叟无欺但也是诚信为本。这样吧，为了咱们双方都不吃亏您过几天再来，我父亲下乡去收货了，等他回来了咱们再聊？"

案子不等人，袁飞直接掏出警察证亮了亮："抱歉，我是绍武市刑警大队的，这枚胸针是我们的物证，我只是想了解这枚胸针的出处。"

方老板："哦，明白了，要这样说，那您更得等一等了，从这枚胸针的宝石上能看出这是个好东西，这种形状的胸针我是没见过所以不敢瞎说，还是等我父亲回来吧。"

袁飞可不想等："那你能介绍其他人看看吗？"

方老板带着几分自傲："要是连我都不认识，那除了我父亲，没人能给你个说法了。"

袁飞微微皱眉："我们需要尽快联系上老先生。"

方老板一脸爱莫能助："这个真不好说，我尽力吧，今年还真给他配了个老年手机，他拿着基本也是个摆设，说实话，我这两天都联系不上他，他闲云野鹤，习惯了。"

袁飞递给他一张名片，方老板接过去。

"那就多费心了，有任何消息第一时间联系我们。"

"家父一回来，就立刻与您联系。"

"谢谢。"

袁飞收好胸针，快步出门。

回到警队，袁飞又开始重看卷宗。他已经记不得自己到底看了多少遍，但总有种不踏实的感觉缠绕在他心头，他总感觉自己忽略了什么重要的东西但就是找不到。

袁飞闭上眼睛靠在沙发上，深深吸了一口烟再缓缓吐出。

一旁的大力凑了过来，手里的本子和笔已经准备好，显然是准备做记录了。

玄珍的案子大力之前也研究过，连着几天的通宵人都差点魔怔了，还是袁飞带着早餐才把他从案卷里拽了出来。

在那之后大力就加入了正常的调查工作中，但私下里他还是在继续研究玄珍案的内容。就在昨天大力整理了一份材料交给了袁飞，除了对于这个案子的看法心得之外，他还重点提出了一些疑问。

袁飞的声音显得极为干涩："你提到的一些疑问，当时也都提出过，但是当时你提到的几个人全部都有不在场的证据，尤其和玄珍有来往的所有女性，周亚梅当时也在重点调查范围内，确实没有找到疑点所以就搁置了下来。关于目击证人，我们是半年后才知道他突发心脏病死亡，那时候他人早就化成尘烟了。"

大力边在本子上做记录边说："师父，我还有一个问题，"

袁飞揉着额头："什么？"

大力说："念玫是不是真的像大家传的那样，跟玄珍长得非常非常像？"

袁飞眯缝着眼看着天花板："有这么一说，但是我没办法确定告诉你。玄珍还活着的时候我没见过她。"

大力说："你不是那时候和师母已经……"

袁飞坐直身体，伸手去摸烟盒："那时候我刚跟你师母谈恋爱，她家里一直都不怎么同意，出事的时候我都没进过他们家的家门。"

大力十分贴心地拿出打火机候着同时说道："我是这么想的，出事那天玄梁本来要去接玄珍的，但是因为什么事耽搁没有去成……"

袁飞说道："那时候他和那个木格的妈谈着恋爱，那天两人约会，忘了接人的事。"

大力顺着这个逻辑继续分析："所以他一直有强烈的负罪感，念玫长得越像他妹妹，对他的刺激就越大。"

袁飞表示赞同："是啊，这个我是理解的，但是这两者能有什么关联呢？朱胜辉案一碰就是念玫，一到念玫又不得不联想到玄珍，就在这打转了。"

大力说："凭直觉，我觉得师父你的思路是对的，还是要从当年的关系重新理起来，可惜啊……"

袁飞抽出一根烟："什么？"

大力看了眼案卷："玄珍没有留下照片啊。"

下班之后，袁飞来到玄家包子铺门口。玄梁正忙着给客人递包子，客人走了，玄梁看着袁飞没有什么欢迎的意思，却也不像往日那般拒人千里。

袁飞走进去在小桌旁边坐下，桌上摆了小菜和酒。看起来玄梁显然正喝了一半，袁飞拿起酒给自己倒了一杯，两人碰了杯一口干下。

放下酒杯玄梁先开了口："你来得正好，有件事情我觉得蹊跷。"

袁飞问："怎么了？"

玄梁说道："前几天，昆剧团的丁桡烈和周亚梅来到家里说是想让念玫学昆剧，不知道他们唱的是哪一出。"

袁飞微微一怔："他们还说什么？"

玄梁提起酒瓶，给两人续上："没往下说，直接让我挡回去了。"

袁飞端起酒杯若有所思。

玄梁问："你来这有事？"

袁飞说："哦，想问你有没有玄珍的照片。"

玄梁抿了一小口："你不问，真的想不起来了。那天，我看见老太太偷偷地在看，我以为是念玫，但老太太叨叨着玄珍，我夺过来仔细一看确实是玄珍，不知道她是怎么藏到现在的。"

袁飞眼神一亮："照片在哪儿呢？"

玄梁一口喝光杯中酒："你给我看着铺子，那儿有价格表。你饿了就吃包子，免费。"

说完玄梁就起身走了出去。

看着玄梁离开的背影，袁飞感觉他今天似乎有什么不一样了。放在以前，能够心平气和说几句话都很难，今天不仅坐在一起喝酒，连配合调查都这么积极。

为什么会有这种变化，袁飞思索了片刻，唯一可能的理由就是跟他的女儿念玫有关。

昨天两人一起偷听的那段话，真的很戳人。袁飞都感觉心疼，更不要说他这个做父亲的。

袁飞起身，打开热气腾腾的笼屉，用手抓起包子，烫得直龇牙。挑了两个素馅的吃着，有人来买包子，袁飞手忙脚乱地应付着。客人拿着包子走后，袁飞看着自己手里客人给的零钱，不由得笑着摇了摇头。

玄梁回来得很快。他把一个相框递给了袁飞。袁飞看着相框里的照片，沉默了许久。

第38章　青春期

重案队办公室内，大家正在传阅着两张照片。一张是念玫，另一张则是袁飞从玄梁那里得到的玄珍的照片。几人看过照片之后，都难掩自己的惊讶。

袁飞坐在一边沉思，大力也在一边发呆。

半晌小军咋呼地喊道："这何止是像啊，简直就是克隆了。"

齐宏伟拿着照片仔细端详："……是不是玄珍的眼睛这个间距更大一点呀？"

葛菲拿过照片说："拍摄角度问题吧？！"

齐宏伟摇头感叹："嗯……要不是活脱脱地摆在面前，打死我也不信啊。"

葛菲说道："这才应该是双胞胎呢，玄珠虽然也很漂亮但跟玄珍长得真不像。"

小军半开玩笑地说："转世，绝对是转世。"

齐宏伟也半真半假地分析："说不过去，转世那得是人刚走，在差不多的时候哪里又新生一个？"

葛菲也忍不住参与进来："我看过一个报道，有人把世界上不同的地方长得很像的两个人放到一起还真的几乎一样。"

齐宏伟说："你说的那个就是失散多年的双胞胎吧？"

葛菲说道："你以为拍电影吗？哪儿来那么多戏剧故事！"

齐宏伟十分做作地感叹："生活呀，比电影可戏剧多了。"

"你们听说过平行宇宙吗？"

"那也得是平行，我们现在手里的这个它不平行啊。"

袁飞听他们越扯越远，出言制止："平行宇宙不归咱们管，现在都给我回到唯物主义的框架下分析案情。"

葛菲拿着照片反复看："其实仔细看还是有一些不一样的，你们看耳朵这块，还有眉毛……"

大力举手说道："我想给大家讲个故事。"

袁飞说："只要不是转世、平行宇宙之类的都可以。"

大力说道："我父亲和一个大学同学以前关系非常好，但后来因为工作上的矛盾不再来往，后来那个人去世了，几年后，有一回他在一次会议上看到一个人，跟他的那个大学同学长相酷似，他当时冷汗都冒出来了，他故意没有介绍自己，想看看那个人的反应，结果整个会议中那个人和我父亲的交流都没有表现出异样。我父亲知道那不是一个人，但是当时那一刻对我父亲的刺激太大了，回来他就跟我们说了这个事，他说，他真的希望那个人就是他同学，真的希望这个世界有奇迹，这样他就可以好好跟他解释解释当初的矛盾，弥补他们之间的裂痕，让一切重新开始……"

故事听着稍微有点啰唆，但大家作为专业人士，都已经听出了大力说这故事的意思。

袁飞的表情逐渐严肃："如果，你父亲是这个凶手，突然看到了那个人……"

小军激动地喊道："我的天。"

袁飞立刻命令大力："从现在开始你负责暗中保护念玫，葛菲你们去排查一下朱胜辉被杀前后念玫有没有接触什么奇怪的人。"

葛菲和大力同时："好！"

袁飞刚要散会，办公室的门口却出现了一个完全意料之外的熟人。

"嫂子来了。"

"嫂子好。"

"袁队我们先走了。"

大家纷纷离去，玄敏待所有人都离开之后才走进办公室。

袁飞在短暂的错愕之后，立刻满脸堆笑地迎上去："你怎么来了。"

玄敏把提兜往桌上一放："两天没回家了，我给你弄点吃的来。"

袁飞搓着手上前："正好饿着呢，上我那屋一块儿吃吧。"

两人来到袁飞的办公室，玄敏打开饭盒，里面有汤有鸡有菜，很是丰盛。

袁飞禁不住乐了，狼吞虎咽地吃起来。

玄敏环顾四周，办公室里档案、纸笔、公文包、纸巾盒，还有袁飞的外衣、衬衣甚至拖鞋袜子，都混杂在一起，跟个狗窝似的。

一个字概括就是个乱。

玄敏挽起袖子："我帮你收拾一下。"

袁飞赶紧出声阻拦："你别动，气场不能乱喽。你来得正好，本来还想回家再问你呢。"

被袁飞拉着坐了下来的玄敏不由得问："什么事？"

袁飞抽了张纸擦了擦嘴："你对玄珠有这么大的成见，除了她走了十五年都不回家之外，还有其他原因吗？"

玄敏不解："你突然问这个干吗？"

袁飞耍赖似的回答："那你先别管，你就说为什么不喜欢这个妹妹。"

玄敏当然赖不过他，只能说道："你想，两个妹妹，一个活泼漂亮，一个……丑倒谈不上但性格孤僻又不合群。记得小时候，我们一家人吃饭，大家有说有笑的，就玄珠一个人闷着，不管菜多菜少，就只顾着吃自己眼前那盘，说她两句后还不上桌吃饭了，一到吃饭的点儿，自己盛了饭躲到屋里吃。这样的妹妹，你会喜欢吗？"

袁飞很难把玄敏描述的女孩跟现在玄珠重合在一起："这点事也不至于吧。"

玄敏又接着说道："你不明白！哦对了，还有一次，应该是十九年前……"

玄敏睁开眼睛，房间亮着灯，玄珠的床却是空的。

书桌上的闹钟指向凌晨两点。

玄敏起身下床，趿着拖鞋，睡眼惺忪地朝门外走去。

穿过客厅，玄敏走到卫生间，发现里面亮着灯并传来低低的啜泣声。

玄敏愣了愣继而放轻脚步，轻轻推开卫生间的房门，露出一指多宽的缝隙，赫然看到玄珠坐在马桶上，手中拿着水果刀，对着自己的小臂。

玄敏惊呆了，她猛地推开房门上前抢过玄珠手中的水果刀。

"玄珠，你疯了！"

水果刀被抢走的玄珠，抬头死死盯着玄敏，眼神令人不寒而栗。

即便过去十几年，如今玄敏再想起当年玄珠依然心有余悸："那一刻呀，玄珠看着我的眼神，现在想起来还一身鸡皮疙瘩。"

袁飞轻轻揽着自己媳妇："这是什么时候的事情？"

玄敏靠在丈夫怀里："好像……玄珍出事后没多久……"

袁飞惊讶："啊……"

玄敏说道："对啊，我记得当时还穿着单衣，夏天刚过的样子。以前没有多想，以为她难过，不管怎么说是同胞姐妹。再后来，她不顾我们百般反对，死活非要跑出去，开始说去北方，后来又到了南方，这一走就是十五年，跟我们的联系越来越少。我琢磨着，她没准知道什么。"

袁飞低头问玄敏："这些事情，当初问讯的时候你为什么不说？"

玄敏仰着头："问讯的时候还没有发生这些事儿，再说，要不是她走了十五年，谁会往这方面想呢？"

袁飞哭笑不得地追问道："还有吗？有没有别的什么漏了的？"

这本是随意的一问，却没想到玄敏还真的回答："嗯……还有一件事情，我不知道有没有关系。"

袁飞一脸的崩溃："好歹我也是你男人，好歹我也是……"

玄敏立马不乐意了："好歹个啥，当初因为咱俩谈恋爱，你们局里不让你参与这个案子了，我跟你说这些不是添堵吗？再说，这不都是后来才琢磨出来的吗？"

袁飞赶紧告饶："行行行，你赶紧说。"

玄敏一脸不跟你一般见识的样子："那是玄珍出事之前……"

玄敏端着碗筷来到餐桌边，隐隐听到从玄珍卧室传出的争吵声。

"玄珍，玄珠，出来吃饭了。"

过了一会儿，玄珠从卧室走了出来，玄珍一脸恼怒地跟在玄珠的身后。

玄珍跟在后面口中依然说个不停："你也不照照镜子，他怎么会看得上你？"

玄珠不语，快步朝着卫生间走去。

玄敏问："你们这是怎么了？"

玄珍冷着脸："真蠢！"

玄敏问："你说谁啊？"

玄珍冲着卫生间的方向努努嘴："还能有谁，当然说她了！"

玄敏好奇心立刻被勾起："她怎么了？"

玄珍白了她一眼："你别管！"

袁飞听完连忙问："还记得这事发生的确切时间吗？"

玄敏努力思考了片刻："太具体的时间想不起来了。我只记得……院子里的玉兰花刚开，应该是春天。"

袁飞问："玄珍说的那个他，你知道是谁吗？"

玄敏摇头："玄珠一向很闷，基本上没什么朋友，那段时间确实有个男生经常打电话找她，也不知道是不是经常了，反正我就接到过一两次。当初还觉得挺奇怪，怎么会有男生找玄珠，一般都是找玄珍的。"

袁飞问："打电话的人你见过吗？"

玄敏微微耸肩："没有。"

袁飞问："能听出多大年龄吗？"

玄敏想了一下说道："电话里说是她同学，听声音也是学生吧。"

袁飞抱着媳妇长叹了一口气："唉，忽视了太多东西了！当年要是……"

玄敏安慰道："这不能怪你，你当时不能办案，我又吓坏了。林队来问我，我也不知道哪些重要哪些不重要，加上这些事都是她们姐妹两个之间鸡毛蒜皮的事就没说，你今天不问我也不会去想这些，都过去那么多年了，怎么真的跟玄珠有关系？”

袁飞轻轻拍了拍玄敏的胳膊："还不能确定！你以后，对玄珠也别太那个，不管是因为什么，玄珍的事一定对她的打击最大，毕竟是双胞胎姐妹，她们俩的感情就算是你这个姐姐也不一定能真的理解。"

玄敏轻轻点头。

袁飞探身从旁边的桌上拿过两张照片："还有，你看看这个。"

玄敏接过一看，满脸的惊讶："啊，这是？"

袁飞问："你觉得哪个是念玫，哪个是玄珍？"

玄敏很意外："玄珍，她的照片不是都烧了吗？"

袁飞解释道："这一张是老太太偷偷留下的，后来被你哥发现之后交给我的，要不是老太太脑袋……可能这张照片还是不会被发现。"

玄敏又端详起照片，很快就指着一张说："这个，这个应该是玄珍，确实跟念玫太像了，也难怪我妈天天叫错。"

袁飞说道："所以，也不能怪你哥成天神经兮兮的。"

玄敏问袁飞："这个和案子有关系吗？"

袁飞回答："还不好说。"

第39章　往事如烟

念玫缓缓走出校门会集在放晚自习的同学中，其他同学都是结伴而行只有她是独自一人。

她远远看到门口的玄珠，脸上露出笑容，连忙朝玄珠跑过来。

两人默契地并肩前行。

在她们身后不远的地方，大力也悄悄地跟了上去。

一路上，姑侄俩并没有聊天，但就连大力都能看得出来念玫看起来很放松。

玄珠和念玫停在一间小门脸的手工冰激凌店前，念玫很兴奋的少女模样表露无遗。

大力远远地看着她们，心里想，那个冰激凌应该很好吃。

念玫站在柜台前双眼放光："小姑，你喜欢什么口味的？"

玄珠笑着说："我喜欢抹茶的。"

念玫立刻附和："我也喜欢抹茶的。"

念玫目不转睛等做冰激凌，玄珠偷偷地注视着她，脸上悄悄挂上一丝微笑。

念玫回头，看见玄珠在看她，冲玄珠甜甜一笑。

这才是一个十六岁的少女该有的样子。

玄珠和念玫各拿着一支抹茶冰激凌，走在石板路的小巷里，笑容荡漾在她们的脸上，有一种既怪异又和谐的效果。

石板路的不远处，大力默默地跟着，心里默默决定，一会儿自己也要去买支冰激凌吃，也要抹茶味儿的。

玄珠很随意地问念玫："你在学校跟谁比较好？"

念玫耸了耸肩："我没有什么朋友。"

玄珠略带调侃地问："男同学呢？没有喜欢的吗？"

念玫夸张地拉着长音回答："没……有……"

玄珠调笑道："为什么？没人追吗？"

念玫撇了撇嘴："你不觉得那些男生都傻乎乎的吗？"

玄珠笑着说："是因为你太漂亮了，没人敢追吧？"

念玫害羞得抿嘴一笑："那什么叫漂亮呢？漂亮有标准吗？"

玄珠歪着头做出思考状："是啊，漂亮好像没有标准答案。"

念玫跑到了玄珠前面："小姑都回答不上来吧……你呢，那个时候在学校里有男朋友吗？"

玄珠没有说话，似乎是陷入了某种回忆之中。

念玫倒退着走着："啊，你不说，那就是有了。"

玄珠轻轻摇头："其实我也不知道，那个木格……你们不是关系挺好的吗？"

念玫长长地叹气："哎，都是假的……"

玄珠问："哦，为什么呢？"

念玫跑回玄珠身边，肩并肩地走着："她和我一样，都恨自己的家庭。"

玄珠有些意外地看着念玫："你恨自己的家庭？"

念玫反而显得更加意外："你不是也恨这个家才不回来的吗？"

玄珠摇头："那不一样，你爸妈都那么爱你啊。"

念玫反问："那爷爷奶奶不爱你吗？"

玄珠顿了顿才说道："爱……也爱。只是……但都不重要，还是说说木格吧。"

念玫低头小口吃起冰激凌："她有什么好说的…"

玄珠说："她失踪那么多天，她父母多着急啊。"

念玫："他们怎么会着急，反正他们家从来不管她。你都不能想象她有多自由，她早就说过早晚有一天她会离家出走的。"

玄珠："是吗？"

念玫却说："她在外面有很多朋友，说不定就是和什么人远走高飞了，其实我挺羡慕她的，虽然她伤害了我。"

玄珠有些担心地提醒道："你可别学她。"

念玫似乎并没有听进去："……等我长大……长大了要像你一样，去很远很远的地方，离这里远远的。"

玄珠有些担心地看着念玫想要劝她，却发现自己根本没有那个立场，自己不就远远地逃走了吗？

不知不觉两人走到了八角亭。念玫慢了下来，站在八角亭脚下："小姑你知道吗？每次经过这个地方，我心里都很害怕。"

一阵微风吹过，沙沙声响起。念玫下意识地回头看了看，玄珠也跟着回头看了看。

大力躲在树后，大气都不敢出。刚刚就差一点儿，他就被看到了。

确认这四下无人，玄珠放松下来："是啊，没想到哪儿都变了，就是这里一点儿也没变，以前我也经常一个人走这里就觉得怕怕的。但是每次我都假装不害怕还大声地唱歌，实际上脚底下呀都跑起来了！"

玄珠说的自己笑起来，念玫也被逗乐了。

念玫跃跃欲试："我也是啊！那咱们跑吧！"

"好！"

"一，二，三，啊啊啊啊啊……"

她们拉着手飞快地跑起来。

玄珠还唱起了歌，念玫跟着唱，身后甩下一串欢乐的音符和笑声。

大力看着她们，也不由自主地跟着笑了起来。可笑归笑任务还是要继续执行，眼看这条路上是追不上她们了，大力只能换一条路线。好在之前功课做得足，对周围的小路有充分的了解。

看着时间等在家门口的玄梁和秀媛，隔着很远就听见女人的笑哈哈的声音，他们正奇怪就看见念玫和玄珠跑了过来。

两人都跑得上气不接下气却还是在笑，一直跑到了门口，念玫和玄珠好像保守什么秘密似的同时停下来，大口大口地喘着粗气。

玄梁和秀媛奇怪地看着她们俩。

回到自己屋里，秀媛对玄梁说："难得看到念玫笑啊。"

玄梁低着头抽着烟没有说话。

秀媛也习惯玄梁这种性子，收拾了一下杂物就出去做晚饭。

她并不知道此时玄梁想的是，他也很久没有见玄珠这么开心地笑过了。上一次，想想还是玄珍出事之前。

目送玄珠和念玫走进院子之后，大力也算结束了今天的任务。

就在大力带着下班的心态走在巷子里时，突然有了一种异样的感觉，他越走越感觉不对，猛地扭转身子回头看去，但身后除了黑漆漆的深巷空无一物。

他继续朝前走还是感觉不对，再度忍不住猛地回头看，只见远处拐角的路灯处拉出一道影子，大力疾步朝那里走去，影子迅速缩短消失。

大力冲到拐角张望，却已经看不到任何人了……

入夜不久，天空开始飘起小雨。念玫睡着了，玄珠起身帮她掖了掖被子，披件外套出了门，玄珠打着伞缓缓地走进了八角亭。

点上一根烟，往事一幕幕地出现在玄珠眼前。

第二天一上班，大力就在早会上，给大家讲他昨晚的经历。

小军提出疑问："你怎么能确认那个黑影就是跟着你的呢？"

大力说："如果不是，为什么我一过去，他就离开……等一下，不是离开，是逃走，我全力冲刺都没有能看到他的背影。"

袁飞说道："不管怎么说，这是好事，说明嫌疑人还在活动，目标还是念玫。大力你的任务继续，葛菲你安排人在暗中观察，重点在玄珠和昆剧团。"

葛菲点头："好。"

与此同时，一辆面包车驶入了昆剧团大门，停在了排练厅的门外。周亚梅和丁桡烈已经等在那里了。

一个个包装箱被搬进排练厅，演员们立刻就围了上来。

包装箱被打开，露出一件件精美的戏服，围在四周的演员们一哄而上，他们刚要动手去取却被周亚梅拦住。

周亚梅严肃地对他们说："这些戏服是来自省城的名家缝制的，如果没有市领导的支持，咱们也没有这个条件享用，大家要以虔诚之心对待而不是随随便便就取了。"

"晓得了，亚梅姐，我去焚香沐浴后再来试穿。"雯雯边说边冲大家做了一个鬼脸。

丁桡烈站到了周亚梅身旁："亚梅说得对，传统戏剧在经济浪潮的推动下已经被时代推到了角落里，如果大家没有笃实的虔诚之心怎么能耐得住这份寂寞？虔诚之心，不仅仅只是对待戏剧本身，还包含了每件衣物、饰品，甚至是起心动念时的状态，时时刻刻提醒自己不仅是一名昆剧表演者，更是传统文化的守护者。"

本是嬉笑玩闹的众人渐渐变得严肃，周亚梅注视着丁桡烈，目光里充斥着深切的敬慕之情。

眼看自己说这段话的目的达到了，丁桡烈一拍手："好了，大家也不用这么严肃，去试戏服吧。"

雯雯第一个走上前，郑重其事地拿出戏服小心翼翼地打开，周亚梅见状不觉露出笑意，上前帮着雯雯穿着戏服，再打开首饰盒取出一件件精美的头饰。

当目光落到一枚胸针上时，周亚梅突然一凛，呆怔片刻，转身拿起放在桌子上的坤包急匆匆地朝着门外走去。

丁桄烈喊道："亚梅，你去哪儿？"

周亚梅停下脚步，故作平静："没事，我回家一趟，找个东西。"

丁桄烈问："这么急吗？"

周亚梅避开丁桄烈探究的目光，点了点头，然后快步走了出去。

丁桄烈来到落地窗前，看到周亚梅一路小跑着出了排练厅，步伐匆忙地朝着大门走去。

周亚梅推开房门，径直走入卧室，打开衣柜寻找着什么，再来到化妆桌前，挨个拉开抽屉不停地翻找着。

半晌，周亚梅停止了寻找，退回到双人床前，坐在床沿上，一副努力追思的神色，下一刻她猛然站起身，脸色大变。

第40章　胸　针

周亚梅匆匆来到街口，站在路边朝着一辆出租车招了招手。

"师傅，去墓园我有急事。"

出租车在陵园门口停下，周亚梅从车上走下来，她慌慌张张跑进陵园。

行色匆匆的她在玄珍墓前停下前后查看，然后又在土坡处查看，最终却没有任何收获。周亚梅站在墓园的台阶上，脸色苍白毫无血色。

丁桄烈将饭菜摆在餐桌上，看了一眼墙壁上的石英钟，时针已经指向了7点。

走到沙发前，丁桄烈刚拿起话筒，就听到门外传来声响。随着脚步声渐近，一脸疲态的周亚梅推开房门走了进来。她拔出钥匙挂在衣钩上，再将沾满泥土的鞋子换下放进鞋柜。

做完这些，周亚梅瘫坐在鞋凳上，哪怕一根手指头也不想再动。

丁桄烈有些担心地问她："你这是去哪儿了，鞋上沾了这么多的土？"

周亚梅没有回答，挣扎着起身朝卫生间走去。

丁桄烈跟了过去站在门边望着周亚梅打开水龙头，一言不发地清洗着手上污渍，然后散下盘在脑后的发髻，拿起牛角梳子不停地梳着披肩的长发。

丁桄烈又问："出了什么事吗？"

周亚梅依旧不语，放回梳子，重新把长发绾在脑后，然后走出卫生间。

丁桄烈望着周亚梅僵硬的背影："亚梅，有什么话你可以直接跟我讲的。"

周亚梅突然停下脚步，转身盯着丁桄烈的双眼。她的眼神让丁桄烈本能地避开，不敢接触她此时锋利如刀的眼神。

"你想让我说什么，说作为女人我有多失败，还是说作为一个妻子我有多可悲。"说完，周亚梅剧烈地咳嗽起来。

丁桄烈慌乱起来，赶忙扶住周亚梅："不要激动不要激动，我说不让你去剧团了，你不听，我不想你……"

这是发自他内心的慌张，丁桄烈眼中竟然闪动着泪光："亚梅，我不能没有你……"

一辆灰色本田轿车停在昆剧团的不远处。

齐宏伟与某警员坐在车内，注视着昆剧团进入的行人。

突然齐宏伟坐直了身体，两眼直直地盯向前方，一旁的警员顺着齐宏伟的目光望去，只见玄珠从远处走来走入了昆剧团的大门。

两人对视一眼，齐宏伟拿出对讲机："头儿，玄珠进昆剧团了。"

玄珠停下脚步，望着昆剧团古色古香的建筑。

恍惚间她好像看到十几年前，那个还是少年时的玄珠。她背着一个泛黄的帆布书包，步伐轻快地朝着排练厅的方向走去。

玄珠缓缓跟在了十几年那个自己的身后，走进通向排练厅的那条长长的回廊里。她一边走一边轻唱着昆剧的唱腔，比画着手势与动作。

玄珠望着少年时的自己，目光中透出些许的悲哀。小玄珠停在了排练厅的门外捋了捋头发，推开了房门。

周亚梅转过身，看到玄珠走入排练厅，一时间愣住。

玄珠微笑着远远朝周亚梅招了招手。

周亚梅向正在排练的雯雯等人说了几句，朝玄珠走了过去。玄珠面带着微笑，注视着周亚梅走近："丁团长没在吗？"

周亚梅说道："他去宣传部了……还以为你早走了。"

玄珠笑着说："本来是要走的，可想了想最近发生的这些事情，就决定还是留下来了。"

周亚梅故作不在意地问："……什么事情？"

玄珠发出邀请："咱们出去走走好吗？"

周亚梅点头："当然。"

两人顺着青石板铺就的小径缓缓前行。

周亚梅问："还住在你哥哥家吗？"

玄珠点头："是啊，跟我侄女住一个屋。"

周亚梅说："……是应该跟他们好好聚聚，走了这么多年，他们一定很挂念你。"

玄珠笑了笑没有说话。

周亚梅犹豫片刻还是主动问："你说吧，有什么事？"

玄珠停下脚步，直视着周亚梅："上次我们见面以后，我姐夫来问咱们见面的事。"

周亚梅脸色微变："问你什么？"

玄珠看着她的眼睛说："关于你和丁团长，关于我，还有玄珍。"

周亚梅表现得十分疑惑："这个和那个朱胜辉有什么关系呢？"

玄珠说："我也是这么觉得的。但是……"

周亚梅问："什么？"

玄珠说道："我回来的时候，第一眼看见念玫，还以为玄珍重生了……我想，袁飞也可能因为这个联想到了玄珍。"

此时玄珠很想看看周亚梅有什么反应，但周亚梅转向另一侧，回避了玄珠的注视。

玄珠继续说道："我这些天，天天接送念玫……太多记忆一点一滴回到了我的脑子里……你知道吗？虽然她样子像玄珍，可是她的性格居然跟我小时候一样，挺不可思议的。"

周亚梅的语气生硬了几分："你说这些是什么意思？"

玄珠说："他们在视频里看到的嫌疑人是个女人，和十九年前一样。"

周亚梅脸色一变："玄珠，你怀疑我？"

玄珠看着周亚梅良久："我只是在说这件事情，跟怀疑不怀疑没有关系。"

周亚梅避开玄珠的直视，望向远处："其实这么多年了，我一直都想问你……玄珠，你恨玄珍吗？"

这些天，有太多人问过玄珠相似的问题。恨玄珍吗？恨这个家吗？恨这个城市吗？恨自己的童年吗？

玄珠很平静地反问："亚梅姐，你为什么会这么想？"

正在这时，丁桡烈向她们俩走来："玄珠，你看你，终于来了，你们站在这干吗？进去坐啊？"

玄珠笑着拒绝："不了，我就是顺便来看看，我还有事，下回再来看你们。"

丁桡烈面露遗憾："太可惜了，我今天正好到文化局办事。那你随时过来啊，对了，玄珍还好吗？"

玄珠一惊，心中莫名升起一股寒意。

周亚梅立刻替他解释："哦，他问的是念玫……人老了，记忆力出了问题。"说完他还无奈地摇了摇头。

玄珠看了一眼目光略显涣散的丁桡烈，勉强笑了笑转身走开。

周亚梅和丁桡烈看着玄珠的背影消失在拐角处。

重案队办公室，齐宏伟正在做汇报："玄珠是上午十点进的剧团，丁团长是十点二十回来的，他刚进去一会儿，玄珠就出来了。"

葛菲问袁飞："要不要再去问问玄珠？"

袁飞摆摆手："不用了，朱文生是剧团的赞助人，对于朱家丁团长应该会了解更多情况，还有件事情也得问问他，咱们一起去见见这位丁团长。"

一辆警车驶进昆剧团院子，袁飞和大力下车，奔着丁桡烈办公室走了过来。

丁桡烈热情地迎上去："袁队长你好。"

袁飞伸出手："听说丁团长最近很忙。"

丁桡烈脸上挂着微笑："实不相瞒，朱文生因为儿子的事不再给剧团赞助了，好在得到了上级领导的大力支持，所有手续都办妥了。"

袁飞关心道："平时演出多吗？"

丁桡烈略有些感慨地说："不多，商演根本卖不上座儿，我们这个小地方，能欣赏昆曲的毕竟是少数，愿意掏钱买票的更是少之又少。还好这几年人们渐渐知道昆曲是个好东西，即便是依然不太懂，但一些企业搞活动的时候也愿意请我们去了，虽然也还是杯水车薪，但总算是一点点在往好里走。"

说着话，丁桡烈把几人带进自己的办公室。

刚一坐下，袁飞就问他："你能不能再说说 4 月 17 号晚上九点以后，你在干什么？"

丁桡烈回忆了片刻说道："……真的想不起来了，你们不是问过老刘和亚梅了吗？最近除了跑文化厅和拉赞助，一般都是在团里，你知道这场演出对我们太重要了，唉，偏偏这个时候朱总又那么……"

袁飞又问："丁团长，听说您和周老师去找玄念玫学戏？要说念玫的年龄……学戏恐怕是有点晚了吧。"

丁桡烈的神情立刻沉了下来，扶了扶眼眶："说实话，这跟玄珍有一定的关系……"

正在做笔录的大力抬头看了一眼丁桡烈。

丁桡烈说道："当年玄珍跟我和亚梅学戏的时候，也是这个年龄，虽然没学多久，但是她的天赋真是让人叹为观止。"

袁飞提起了玄珠："当初玄珍和玄珠都跟丁团长学过戏，丁团长好像对玄珠……"

丁桄烈说道："玄珠也很好，但是跟玄珍比起来……外形上差不少。"

袁飞问："她们两个为什么不学了？"

丁桄烈深深叹了一口气："这也是困扰我的事情，为了保住玄珍这个人才，当年我找了她好多次，但是玄珍就是不愿再学了，问她为什么，她就说没兴趣了……这种事情，终究不能勉强的。"

袁飞说道："所以看到玄念玫之后，你们就主动上门？"

丁桄烈两眼发直地盯着某处，没有理会袁飞的提问。

袁飞也发现了他的异样："丁团长？"

叫了几声丁桄烈才回过神，掩饰地扶了扶镜腿："突然想起一件事，走神了，走神了，刚刚说到哪里？"

袁飞说："玄念玫。"

丁桄烈说道："哦……之前孙部长去剧团考察临走前郑重嘱咐我，要我培养、挖掘人才，所以我第一时间就想到了玄念玫，但是去了玄念玫家，话没说完就被玄梁轰出来了，事后我也觉得确实太唐突了。"

"玄珠跟周亚梅老师一直有联系吧？"

"这个我就不太清楚了，不过当初亚梅确实更偏爱玄珠一些。"

"为什么？"

"亚梅认为玄珠对昆剧的理解更深刻一些，我也承认玄珠和玄珍确实是各有千秋。"

这次跟丁桄烈的见面并没持续太久，袁飞就带着大力离开了昆剧团。

车上大力问袁飞："您觉得丁桄烈……"

袁飞说道："他话说得没毛病，但是眼神不对劲，这个人身上有问题，通知大家一个小时之后开会。"

第41章　有个男生

入夜，玄珠独自回到玄家小院，看到玄家老太太坐在树下就走上去说："妈，我回来了。"

老太太没有回应，玄珠也并不意外，给老人家整了整衣服，她就走进屋内。

玄珠关上房门一言不发地走到床边，她斜倚在床头看起来十分疲惫。

坐在书桌前看书的念玫转过身看着玄珠："小姑，你去哪儿了？"

玄珠说："……出去，走了走。"

念玫点点头继续看书。

玄珠微微坐直身体："这两天你不太开心。"

念玫放下书转过身："你知道吗？我们班主任田老师被停课了。"

玄珠问："因为什么原因呢？"

念玫摇了摇头："不知道……可能因为木格失踪，也可能……"

玄珠没有说话，她大约能猜到念玫会说什么。

果然念玫接下来就说："也可能因为我……"

玄珠安慰道："不要乱想。"

念玫轻轻点头："嗯……算了不说了，你好像也不太开心。"

玄珠没有回答。

念玫又说："感觉你这两天很神秘的样子，你在干吗呢？"

玄珠淡淡地说："……没什么特别的。"

念玫突然直直地看着玄珠："小姑……你妒忌过玄珍姑姑吗？"

又是这种问题，玄珠无奈地摇了摇头起身走向了卧室门口。

"我出去抽根烟。"

回到院子里，玄珠发现老太太正在颤颤巍巍地剪着院子里的树枝。玄珠走过去："妈，我来吧！"

老太太没有任何回应，继续自己修剪着树枝。玄珠走到下风的位置，刚想点烟却发现老太太正在看着她。她似乎是在努力回忆什么，好像想起了又好像没有。

突然老太太丢下剪子走向玄珠，一把抓住了玄珠的手。

老太太抓得很用力，但玄珠没有躲更没有挣脱。

重案队办公室中央立着一块白板，上面画着一个关系图，图中央就是"念玫"和"玄珍"四个大字。

袁飞敲着白板说道："就目前所有线索汇总，不管是朱胜辉案还是八角亭案，关键核心就在念玫和玄珍身上。嫌疑人的作案重点就是围绕在她们身上的。虽然上面没有批准并案，但这两个案子的内在联系已经非常明确了，通过这些天的调查，在跨度将近二十年的两起案件中都有出现的重点人物就这两个。"

说着袁飞在白板上写下"丁"和"周"两个字。

"下一步，他们就是我们的调查重点。我想提醒大家的是，接下来的调查将会遇到很多的困难。请大家要做好充分的心理准备。"

……

秦春拎着购物袋，浏览着通道两边的食材。走在前面的葛菲手中的塑料袋突然破裂，水果滚了一地。秦春见状弯腰帮忙捡起，葛菲连忙地道谢，下一刻便惊喜地盯着秦春："您是秦春秦老师吧？"

秦春非常疑惑："……你是？"

葛菲激动地说道："我小时候看过您和亚梅老师的演出实在是太崇拜了，没想到能在这儿碰见您。"

秦春露出矜持的笑意："哟，那可是很多年前的事情了。"

葛菲问："您现在不在剧团了吗？"

秦春感慨道："是呀，剧团老人也就亚梅他们夫妇了，能坚持下来挺不容易。"

葛菲貌似随意地问："您还记得跟亚梅老师学戏的那对长相不一样的双胞胎姐妹吗？"

秦春露出追忆的表情："……哦，记得，那个妹妹可不是一般的漂亮，当初亚梅他们夫妇可是上心了的，没想到后来会发生那样的事情，实在是太可惜了。"

葛菲又问："您知道那对姐妹后来为什么不学昆剧了吗？"

秦春摆了摆手："小姑娘一时兴起嘛……不过虽说当时丁老师着重培养那个漂亮的妹妹，其实要说真正有天分的，还是那个姐姐。"

葛菲问："为什么？"

秦春说道："那个姐姐不仅学得用心，而且小小年龄竟然真能懂得昆剧，妹妹就是像来玩过家家一样的，但个人形象条件非常出色，各有千秋吧。"

葛菲问："那当时有没有因为她们发生过什么特别的事？"

秦春这次没有回答而是上下打量葛菲，脸上露出了异样的神情。

葛菲知道自己问得还是太急了，她笑了笑掏出了警员证。

"不好意思秦老师，其实我是专程来找您询问当年案件的一些细节，只是不想搞得那么正式。"

秦春似懂非懂地点头："……哦。"

葛菲说："那个案子，您之前提供过周亚梅老师不在场的证据，我是想重新问一下经过，主要是细节。"

秦春面有难色："都过去这么多年了，哪会记住什么细节……当时警察问过我，那个妹妹被杀的时间段亚梅在剧团呢，当时我们一起排练这个是错不了的……你们怎么会怀疑她呢，亚梅可是百分之百的好人，出格的事情都没做过，更别说杀人了。"

葛菲赶忙解释："秦老师您别误会，案件重新审理找您询问只是一个流程。"

秦春松口气："哦，我说呢。"

葛菲继续问道："那对姐妹学昆剧的时候，她们之间有没有发生过不愉快或是出现过其他什么人之类的？"

秦春一边追忆一边下意识地摇着头，她突然眼睛一亮："哦，想起来了，来过一个男生好像是姐妹俩的同学，开始我还以为也要来学昆曲呢。那对剧团而言倒是稀缺资源，所以有这个印象。"

葛菲忙追问："之后呢？"

秦春努力回忆："……好像那个男孩子来过之后，那对双胞胎姐妹就没再来了……记不太清了。"

葛菲听罢若有所思。

齐宏伟再次来到昆剧团，但这次并不是来找周亚梅或丁桄烈，而是为了找门房的那位老大爷。他是昆剧团的老人，早在上一辈周团长还在的时候他就在这里看大门，距离现在也已经超过二十年了。

而袁飞和大力则去找了当年玄珠和玄珍的同学。

袁飞和大力走入了一家叫作"琦琦"的美容院，经理赵琦立刻迎了上来。

袁飞拿出证件亮了一下然后才问："您是？"

赵琦说："我是赵琦，刚才就是我接的电话。"

袁飞上前与赵琦握手："打扰了。"

赵琦微微一笑："没事，正好也不忙了，二位请坐吧。"

三人分头坐下。

袁飞开门见山："我们重新调查玄珍的案子，找了一圈才找到玄珍还在本市的同班同学。"

赵琦略有些感慨："是啊，同学们都各奔东西了。"

袁飞问："当年，玄珠跟玄珍的关系怎么样？"

赵琦想了一会儿才说道："怎么说呢，玄珠太内向了，平时根本就不会注意到她，只有公布考试成绩的时候才被大家关注一下，因为她的成绩太好了，其他的就没有什么印象了。要说她们姐妹之间的关系……应该还好吧，平时她们两个在班里好像没有什么交流，就像谁也不认识谁一样……主要是玄珠太内向了。"

袁飞问："当时有男同学追求玄珍吗？"

赵琦呵呵一笑："不是太多哦，不过学校三令五申不准早恋，所以也没有谁真的去谈恋爱，但是十五六岁正是情窦初开的年纪，写个情书什么的也是常有的。"

大力插了一个问题："那玄珍自己有喜欢的男生吗？"

赵琦说道："没听她说喜欢谁，不过一班有一个男孩，用现在的话说，很跩，人也够帅，当时有不少女生暗恋他。玄珍说过这个男生追求过她，不过玄珍没有搭理。不过她说的时候，好像也不是完全没意思的，你懂吧？"

大力问："是玄珍亲口说的吗？"

赵琦十分肯定："是，玄珍是那种……怎么说呢，很骄傲吧。毕竟长得漂亮嘛。对了，当时有同学说见过纪光和玄珠放学后走在一起，都觉得挺意外的，后来纪光转校后就没人再提了。"

大力连忙追问："他的名字叫什么？"

赵琦歪着头想了许久，突然一拍手："纪光。对，就叫这个。"

袁飞重复道："纪光……"

离开美容院，袁飞蹲在路边点上了根烟，他的背影看起来竟然有些沮丧。

大力有点被吓到了："师父，您到底怎么了。这大白天的，您别吓唬我……"

袁飞语音沙哑地说："我错过了一个非常重要的细节……"

"纪光这个名字我有印象，当年在调查的时候玄珍的老师曾经提到过，但当时纪光已经转学半年所以这条线索就放下了。"

袁飞垂下头，不停地揉搓着自己的脸颊。

第42章　就算是吧

十六岁的玄珠坐在旋转木马上，眼睛注视着前方一个男生的背影。木马随着音乐旋转前方的身影时隐时现，突然周围传来嘈杂的声响。

玄珠扭头望去，只见前方的人群中发出阵阵的惊叹。再回过头时，木马上已不见了男生的背影。

音乐消失，木马停转。玄珠四下寻找着什么，穿梭于人群。

玄珠忍不住喊出了那个男孩的名字，纪光……

下一刻纪光突然出现在玄珠的面前，将手中的蓝色茉莉递到玄珠的面前。

玄珠睁开眼睛她知道自己刚刚做了个梦，一个关于他的梦，然而还没等她回味刚刚梦中的情景，就听到了一个此刻她最不想听到的声音。

"玄珠，我听见你喊他的名字了。"

玄珍站在逆光中，让玄珠看不清面容："你说梦话了！"

玄珠一动不动，她不想回应玄珍。

玄珍又重复了一遍："我听见你叫纪光的名字了！"

玄珠翻了一个身背对着玄珍："……没有。"

玄珍提高声音："我明明听见了！"

玄珠弱弱地回应："……你听错了。"

玄珍站在床边居高临下地看着玄珠："玄珠，你别自欺欺人了。"

玄珠转过身盯着玄珍，眼神中写满了不认同。

玄珍扬起下巴："还不信，走着看吧。"

她转身朝门外走去，玄珠强忍着泪水看向窗外。不知何时，院里的玉兰花一夜之间竟全部盛开了。

重案队办公室内葛菲正在做汇报："毕竟隔了19年，让秦春提供更多周亚梅不在场的细节基本上没有可能性了，不过她说当年有个十五六岁的小男生曾经去过排练厅，好像是玄珍、玄珠的同学，不过是不是这个男生去过之后玄珍和玄珠就不再学昆剧了，她有些记不清了，其他就没有更多的信息了。"

袁飞点了点头："小军，玄珠那边呢？"

小军翻开了笔记本："玄珠之前在一家叫新盛远的外贸加工厂做高管，业务能力很强，前段时间刚刚辞职，原因应该是跟厂长有男女关系被发现了。"

大力忍不住啊出声，其他人也都多少有些惊讶，这和玄珠给他们的印象真的有些差距。

小军继续说道："她回家之前，厂长的老婆带了一帮人当着全厂的面把她给打了。据说当时场面极为尴尬，她第二天就辞职了。"

袁飞皱紧了眉头，示意小军继续说。

小军翻了几页说道："在对玄珠这些年在那边的情况进行了多方走访之后，我们发现每个人对玄珠的看法都不太一样。主要是两种标签，一种刁蛮苛刻，那啥和小三。另一种是认真专业、精益求精，总之虽然性格不随和，但是内心还是挺热烈的。为了确保信息的准确性，我特意请咱们在那边的兄弟单位帮忙核实了她的历史情况。"

又翻了几页："首先，玄珠十八岁跟着一个朋友去了那边，白天在外贸加工厂打工晚上上夜校，拿到自考的大专学历还自修了英语，从一个普通打工妹——最底层的打样员变成主管品控的经理。简单说就是既聪明又有上进心，其次在那边的十五年里，她在外贸加工领域名气不小，行业里说到她都知道几个比较有名的故事，算得上是江湖上的一个'传说'，还是好多女孩的偶像呢。同时，因为有魄力树敌也不少，闲言碎语很多。三年前，她被上市公司新盛远的老板高薪挖墙脚过去做副总很受器重，新盛远的那个老板是个富二代，年纪不小了但看着挺年轻，大约算是仪表堂堂。他和玄珠的绯闻一直有在传，直到原配带人到公司抓……"

袁飞问："其他方面，个人生活呢？"

小军说道："个人生活好像就没那么精彩了，有一个男朋友仅此而已。在工厂被打辞职之后就回绍武了，情况基本上就是这样的。"

袁飞又转向齐宏伟："你那边是什么情况？"

齐宏伟说道："月底昆剧团有一场很重要的演出所以近期他们都在集中排练剧目，我从昆剧团的门卫那里打听到，4 月 17 号排练结束是下午 6 点，周亚梅先是去菜场买了菜后来就回剧团了，回家以后再也没出去过。我查了沿街的两个监控，时间跟门卫说的能够对得上。"

袁飞又问："丁桄烈呢？"

"丁桄烈一天都在剧团，门房大爷说他最近在改剧目，几乎每天都要在办公室待到很晚。大爷准备睡觉时丁团长办公室的灯还亮着，那时已经是凌晨一点多了。"

葛菲的手机弹出一条信息，她看过之后说："袁队，纪光找到了，人在航市。"

吉普车行驶在通向航市的高速公路上，开车的小军手扶方向盘，扭头看了看一言不发的袁飞。

"头儿，想啥呢？"

"我在想玄念玫和玄珠的关系，她们两个都被认为是那种冷淡自闭不愿意与人接触交流的人。但仅仅见面几天时间，关系的亲密程度就已经超过了在一起生活了十几年的父母家人。"

小军笑着说道："可能，美女之间都会有惺惺相惜。哈哈哈，这是开玩笑的，但认真地想她们至少是有共同语言的，至少玄念玫是愿意跟玄珠交流的。"

袁飞点头："没错，至少可以交流。我想有两种可能，就像别人给玄珠标注的不同标签，一是，心机太深故意收买、诱导念玫造成假象，扰乱对她在十九年前对玄珍做过什么的猜测。第二种，就是玄珠确实是一个真诚的人，我们都对她外在的冷漠甚至无情产生了误解，你倾向哪种？"

小军认真地思考之后说："念玫那么敏感……我比较倾向第二种，不过话又说回来，双面人格也不少见……但愿找到纪光之后，玄珠的人设要么正本清源，要么原形毕露。"

袁飞笑骂："两头话都让你说了。"

此时吉普车路过一个路牌，显示距离航市还有十公里。

到达航市，当地的同行把他们带到了一座商务大厦的楼下。

袁飞和小军走入某外企公司的前台，小军掏出警员证向接待员亮了亮。

"麻烦，我们找纪光。"

"请稍等。"

几分钟后，他们在接待室见到了纪光，他是一个气质温和的男人，但袁飞和小军在看到他的瞬间都不由得产生了些许的失望。

虽然从他的脸上，还能看到年轻时的些许帅气，但在玄珠和玄珍那么美丽，就他……

纪光并不知道此时二人的想法，一脸疑惑地看着他们："你好，我是纪光，找我有事吗？"

袁飞和小军再次亮出了证件。纪光坐在袁飞和小军的对面脸上挂着礼节性的笑容，但感觉得到他藏在表象之下的戒备。突然毫无征兆地被警察找上门，这也算是正常的反应。

纪光主动倒了两杯水过来，问二人："请问二位警官找我，具体是为了什么事情？"

小军说道："我们这回专程过来一趟，是在重新调查十九年前的八角亭凶杀案。"

听到小军的话，纪光的表情有了轻微的波动。

袁飞开始提问："你和玄珍是同届的同学？"

纪光点头："是的，我是一班，她们是二班。"

袁飞故意问道："她们，你指的还有谁？"

纪光回答："玄珠，还有玄珍。"

袁飞问："听说你追求过玄珍？"

纪光冷冷地笑了笑，他表情中透露出的那种不屑和荒谬的情绪，两人都能清楚地感受到。

不待袁飞继续提问，纪光就自己开口："这话现在听起来还挺搞笑的。"

袁飞问纪光："那我们能不能理解，你确实追求过玄珍？"

纪光的情绪明显有了变化："你们非要是这么认为，那就这么认为吧，我不否认。"

袁飞说道："不是我们要这样认为，当年你追求玄珍的事情，好像人尽皆知。"

纪光冷笑："如果我说我没有追求过玄珍，你们到底是信还是不信呢？"

袁飞脸上表情变得严肃起来："信与不信，需要你说出事件的经过，我们会自行判断。"

纪光反问："这和玄珍的被害有关吗？你们专程跑一趟兴师动众的，是觉得我和这个事情有关吗？"

袁飞说道："我们是在调查相关的人。"

纪光的脸上出现了毫不掩饰厌倦和不耐："过去那么久了，而且发生事情时我已经跟父母离开绍武了，我不可能是你们想要找的人。"

袁飞继续追问："你去昆剧团找过玄珍和玄珠吧，为什么你去过之后，她们两个都不再去学戏了呢？"

纪光身体微微挺直："对不起，时间过去太久了，我什么都想不起来了。"

袁飞掏出一张名片放在桌上，说道："那好，谢谢你，如果什么时候想起一些什么，请随时联系我们。"

袁飞和小军刚刚走出大厦，手机便响了，袁飞看了一眼号码显示是大力打来的，立刻接通。

电话那头传来大力急促的声音："师父，我刚才去医院想看看田海鹏最近的情况，结果他不见了。问过医生护士说是病人自己离开的，现在还不知道他的去向。"

第43章　是初恋吗

镜子前玄珠给念玫编辫子，她看着镜子中的念玫，脸上突然露出了笑容。

念玫好奇地问："小姑，怎么了？"

玄珠笑着回答："像是像的，但是毕竟是两个人。"

念玫知道玄珠说的是谁，对于那个从自己出生就与之捆绑的人，念玫其实内心中也充满了好奇，但这份好奇在这个家里是不被允许的，连一张照片没有留下的人，又怎么可能允许被谈论呢？

或许玄珠就是念玫唯一能够询问的人："小姑，她是怎样一个人呢？"

玄珠几乎脱口而出："骄傲，自信，大胆，认为全世界都在围着她在转。而事实上，大多数时候也的确如此。"

念玫问："因为漂亮吗？"

玄珠说："漂亮或许只是让她变成那样的原因之一，但并不是最重要的那个，有很多漂亮的人并不会像她那样，比如你就不是。"

"我？"

玄珠点头："你不会因为自己的外貌沾沾自喜，更不会把别人对你的好全都当成理所应当，更不会利用他们……总之你们的性格很不一样。"

念玫说："我不觉得自己漂亮，我觉得小姑你是漂亮的。"

玄珠轻抚念玫的头发说："外表有时候是假象，不一样的外表可能会带来不同的命运，但真正决定一个人的是她的内心，无关外表也无关他人。"

念玫注视着玄珠，她好像听懂了又好像没有。

玄珠明白，这些对她这样一个十六岁的少女来说还稍微深奥了一点，似懂非懂其实就刚刚好，这个年纪太通透或者太懵懂都不见得是什么好事。

玄珠拿起两根头绳问："头绳要哪条，红色的还是粉色的。"

念玫选择了红色的："小姑……虽然木格那样对我，可我好像还是有点替她担心……"

玄珠有点奇怪念玫忽然提起这个。

念玫说道："我一直没有什么特别要好的朋友，是不是像你说的我的性格有问题？我很羡慕木格的性格，她就是开心就开心，不开心就不开心，什么事情都不会隐藏的那种。"

玄珠有些好奇："是吗？"

念玫很认真地点头："是，有一次我们在操场上看同学打球，田老师正好路过，几个男生就喊他一起打球，田老师那天就真的加入了，然后木格就很大声地说，你们看田老师多帅。听到她这么喊我都吓死了，那可是老师哦。"

玄珠笑着问念玫："田老师真的很帅吗？"

念玫说道："这个不是重点好吗？重点是这种事只有木格才会大张旗鼓地说出来。我就很羡慕那些能够毫不掩饰地把什么话都说出来的人，只是这样做可能无意中给自己和他人造成伤害，所以我觉得性格不过于极端，平衡一些是最好的。当然这是理想状态，我也做不到。"

玄珠轻轻揽着念玫，有些心疼地看着她，她的心里也压着很多这个年纪本没有必要承受的东西。

念玫握住了玄珠的手："也不知道警察什么时候能够找到木格，希望她没事。"

玄珠安慰道："她会没事的。"

念玫轻轻点头。

玄珠突然问："你还没说呢，那个田老师是不是真的很帅。"

念玫气鼓鼓地喊："哎呀，小姑……"

……

从纪光那里离开之后，袁飞两人就直接开车来到了航市公安局。

袁飞警校时的同学王磊，给他送来了一条非常重要的线索。

王磊一见到袁飞立刻拿起电话："小高，你过来给我看看刚刚破获的传销组织那些嫌疑人的照片。"

袁飞赶紧递烟："磊哥，我们已经找这个女孩不少天了……家长和学校都急疯了，多亏有你啊！"

王磊也不客气："老同学，你跟我还客气什么？"

烟刚点上小高就推门进来，走到电脑前输入用户名密码，打开一个文件夹。

屏幕上出现了一些传销组织宿舍的照片。

王磊说道："这些就是我们专项打击传销组织行动里抓捕的人员。"

袁飞看着屏幕对小高说："我要找的是女性，二十岁以下。"

小高点头，立刻根据这个条件筛选出合适条件的记录。

"就是这个！是木格！"袁飞有些激动。

王磊也凑过来看了一眼说道："这个我有印象，他们那个案子的涉案人员都在提审，要不你们先回去正常办手续。如果只是被骗进传销组织的，很快就能接回去了。"

袁飞激动地抓着王磊的手："太感谢了！今天我就不请你吃饭了！下次，下次来绍武，我让我老婆带着嫂子和小孩好好玩几天！"

王磊笑着说道："好啊！说定了！"

玄梁和秀媛躺在床上，中间隔着不短的距离。

一只蚊子嗡嗡作响地飞了过来，玄梁"啪"地拍了一下肩膀，秀媛赶紧坐起身拉开了灯。

"这么早就有蚊子，得赶紧把蚊帐撑上了。"秀媛边说边拉开抽屉找出一盒风油精。

秀媛问玄梁："咬哪儿了，我给你抹抹。"

玄梁不语。

秀媛又问："咬肩膀了吧？"

秀媛凑到玄梁身边，刚要给玄梁涂抹，玄梁一转身把背朝向秀媛。

秀媛愣了愣把风油精往床头柜上一扔，拉了灯背靠着玄梁躺下。

两人床铺的距离，好像正变得越来越远。

第二天上午，玄敏拎着大包小包的食材走入屋内，秀媛见状忙上前搭把手接了过来。

"哟，怎么买这么多东西，瞧这鸡鸭鱼肉的。"

"去了趟早市，看着哪哪都好，又新鲜又便宜的就多买了。"

玄敏边说边偷偷瞄了一眼正在整理物品的玄珠，然后才和秀媛走进了厨房。

玄敏小声问秀媛："跟我哥还别扭着哪？"

秀媛不语，但脸上的表情已经说明了一切。

玄敏又问："到底咋了？"

秀媛低着头："也说不上来，反正就是……"

玄敏劝道："我哥的脾气你还不知道，他不属牛真是屈了才了，你跟他犟犟得过来吗？"

秀媛闷不吭声，她怎么会不知道，但这次好像不一样。

秀媛拎着保温饭桶走入包子铺，看到玄梁站在收银台上，正准备打开一次性饭盒吃饭，秀媛走过去将饭盒推到一边，从保温桶里取出米饭以及一碗鱼头炖豆腐。

玄梁一言不发，端起旁边的一次性饭盒继续吃着盖浇饭。

秀媛气苦："你给谁摆脸色呢，吃这个吧，玄敏让我带给你的……"

玄梁放下碗筷，沉默了片刻才开口："这个家对不起你……念玫也大了，你如果觉得日子过得不痛快，你想怎么样你自己决定吧。"

秀媛退后一步瞪着玄梁，眼神中满是不可思议。

呆立了半晌秀媛才质问道："你这话是什么意思？"

玄梁低着头闷声说道："我玄梁没本事，让这个家抬不起头，让你也跟着受委屈。你的抱怨我都接受，我知道这个世界已经变成什么样了，人家人到中年事业有成，买房买车，我不行，我就守着这个老破宅子，我就是一个孬种！我没本事！我连自己的妹妹都保护不好，现在又轮到自己的女儿……"

玄梁佝偻着身体，哭泣起来。

这个中年男人的哭声，反而让秀媛从刚刚的冲击中缓了过来，她看向这个男人的眼神逐渐被失望填满："你以为你这样，玄珍就能复活，你以为你这样，女儿就能理解你？你知道吗？你是在用你的自私绑架你的女儿绑架这个家，让所有人为你陪葬。"

秀媛冷静地说完这些，转身出了小铺。

回到家，秀媛拉开柜门拿出行李箱摊在地上，然后又开始从衣柜里一件件往外拿衣服。

玄敏听到动静，赶紧推门跟了进来。一看着场面立刻就蒙了："嫂子，你这是要干什么呢？"

边说还伸手试图拦住秀媛："就送了个饭，这又怎么了？"

秀媛哽咽地说："这个家，我是待下不去了……"

玄敏抓住秀媛的手："嫂子！到底怎么了？"

秀媛的眼圈泛红："你哥，他这是心里没我了……"

玄敏激动地劝道："嫂子，你这是说傻话了……我哥多孝顺一个人，那天吃饭我妈拿话噎你，他能跟我妈急，要是心里没你他能这样？再说，这个家不光是玄梁的也是你的，你那么多年辛辛苦苦，到头来可不能为了这点小事就犯了糊涂，你想想念玫吧。"

秀媛挣开玄敏的手："是你哥要撵我走啊！"

说完秀媛一屁股坐在地上，抑制不住地痛哭起来。

玄敏慌了手脚："……嫂子，你哪儿都别去，等着！"

说罢转身跑出门去。

玄敏气冲冲地冲进包子铺，一掌拍在玄梁肩上："你起来！马上给我回家去，给嫂子道歉，把你刚刚说的话都收回去！人家秀媛怎么你了，你倒好，放着好好的日子不想过了？你要想想清楚，我们家自己的事情是我们家的事，跟人家秀媛可是一点儿关系都没有的，人家跟你过了这么多年，这种话你都说得出口的？"

见玄梁没反应，玄敏声音高了八度："我就告诉你，秀媛真走了，念玫会愿意跟着你吗？这可不好说，反正我是生不出小孩了。玄珠吗？更是指望不上，玄家这么一根独苗，你要放走我可不答应的！"

玄梁傻盯着地板，玄敏狠狠地捶了一把他的肩膀。

第44章　秘　径

昆剧团的围墙外，大力沿着墙体一边走一边打量着周围的环境。

对于上次被人跟踪的事情，大力虽然嘴上不说但心里还是很介意的。那次他可是连对方的影子都没有抓到，是男是女都不知道。

第二天，大力又去那个地方仔细地勘察过，发现那个拐角的旁边有一条很隐蔽的小路。

严格来说，这甚至都不能算是路，只是在两堵墙之间，最多也就是二十多厘米宽的缝隙。成年人只能侧身勉强地挤过去，经年累月缝隙里全都是杂草和蛛网，就算每天从这里路过也不一定能意识到这会是条路。

这个发现说明，跟踪大力的人要比他更加熟悉这里的环境。或者说，是更加用心地了解过这周边的环境。

而这个发现提醒了大力，或许，很多之前认定的不在场证据，可能还存着不确定的因素。

今天他专门来到昆剧团的墙外，就是基于这个想法。

沿着昆剧团的院墙绕了一圈，大力在后巷里看到一个陈旧关闭着的小门，他疑惑地翻出地图，果然没有任何相关记录。

推开这两扇们。大力继续往前走了没多远，眼前竟然出现一扇紧闭的铁门，上面锈迹斑斑，一看就是很多年没有人使用过。

大力走上前推了推，传来沉闷的哐啷声。

左右看了看，大力退后两步，助跑，猛地跳起攀住铁门的上端，两脚踩住门壁，然后跨了过去。

跳下铁门大力放眼望去，四周布满杂草，一幢破旧的老式建筑映入眼帘，门窗布满了尘埃，显然这是一处长久没人来过的废弃之所。

大力走进回廊，透过窗户一间一间地朝里观望，房间均是一目了然的状态，除了废弃的杂物再无其他。

走出回廊，大力环视四周，目光突然锁定在一个地方。

在那一侧的角落里，隐约可以看到被杂草掩盖住的门，像是地下防空洞入口的形状，大力若有所思，拨开杂草走了过去，停在防空洞的门前。

推了推，房门丝毫不动。大力将耳朵贴近房门，一副侧耳倾听状。

四周一片死寂，突然从防空洞中隐约传来一阵呜咽声，像是风声又像是女人的哀鸣。

大力打了个激灵，自我镇定片刻从兜里掏出一串钥匙，单拎起挖耳勺，捡起地上的石块，垫着另一个石块将挖耳勺砸平。

然后插入锁头内，片刻后随着"啪嗒"一声响铁锁被打开了。

推开石门，一股阴气扑面而来，大力打了一个寒战。看着黑洞洞的前路，大力犹豫了片刻还是硬着头皮猫着腰走了进去。

大力顺着漆黑的通道前行。手机的电量剩下不多，他不敢继续使用。好在身上还有一个打火机，说起来大力平时并不怎么抽烟，这打火机随身携带完全是给师父袁飞准备的，袁飞每天都会到处找打火机。

摸出打火机点燃，大力随着微弱的光线继续前行。

前方隐约出现一片开阔的区域，通道的高度也逐渐能让他站直身体，甚至可以把手臂完全举起。大力举高打火机，高灯下亮，可以看出已到了防空洞的周边。

他环视周围，四五米宽的洞穴中空无一物。

打火机突然熄灭，大力一脚绊倒，"啪嗒"一声打火机掉落。

回声在封闭的空间嗡嗡作响，突然夹杂一声女人如哭如泣的呜咽。

吓得大力扭身朝着光亮的地方连滚带爬。

一口气跑到阳光下面，大力才敢停下来，肾上腺素逐渐退去，强烈的无力感袭来。惊魂未定的大力艰难地挪到空地中央坐下，大口大口地喘着粗气。

其实大力也很清楚，刚刚啥也没有发生，基本上就自己吓唬了自己，但积压的全部张力被一下引爆之后，他的手脚就是不听使唤的，带着他跑了出来。

防空洞里面显然还有空间应该再进去一次，但显然大力今天的状态是不足以再支撑他进去一次。

就在大力准备起身的时候，身后突然传来一个苍老的声音："你在这干什么？"

大力被突然出现的人声吓了一激灵，赶忙回头，看到一名年近七十的男子，拎着一把铁锹站在身后的不远处，一脸警惕地盯着他。

"呃……我……"大力本想直接表明警察的身份，但话到嘴边他多了一个心眼，改口说道，"我是……研究城市废弃的防空洞的…爱好者…"

大力那张稚嫩的脸，再一次发挥了作用，老人显然并没有怀疑大力的说法。

老人家把铁锹往地上一杵："快走吧，这个地方一般没人敢来。"

大力立刻好奇地问："为什么？"

老人家没好气地吐出两个字："闹鬼。"

大力猛然打了一个激灵，有点惊恐地看着四周。此时大力害怕的样子，有一半是装给对面这位老人看的，但另一半却是真的。

老人家说罢，拎着铁锹走远了。

大力从地上爬起来，沿着原路返回，还是那扇旧门前，大力看着两边的小巷子，把刚刚探索的路线全都画在纸上。

记录好之后，大力向右手直对的地方走去。他一直走到剧院门口，将这段路线的也补充到了纸上。对照着自己绘制的新地图，大力看着昆剧团的大门，脑中有个想法逐渐成形。

大力回到局里，走到袁飞的办公室门前时，他本想悄悄地溜过去，却正好赶上袁飞取完文件从外面回来，直接把大力叫进了办公室。

袁飞问大力："你跑哪儿去了？"

大力不敢撒谎，只能如实汇报："我，刚才去昆剧团了。"

袁飞立刻训斥道："谁让你私自进去的？"

大力赶忙解释："我没有进去，就在周围转了一下，昆剧团的人一个都没见。"

袁飞问："转出什么了？"

大力想了下的确没有查出什么便说："……噢，没什么。"

袁飞也没有深究："以后不要擅自行动。"

"是。"

就在这时葛菲推门进来："木格接回来了，人在问询室。"

袁飞点头，迅速站起身去往问询室。

在问询室里，他们看到了惊魂未定的木格。看起来失踪这些天她应该吃了点苦头，比上次见她瘦了不少，最重要的是整个人的精气神都萎靡了不少。那双大眼睛里没有了灵动，只剩下了不安。

袁飞坐下身，眯起眼睛看着木格："说吧，这次不要再有任何隐瞒了。"

木格哇的一声哭了出来。

时间回到几天之前，诚益中学的教室中，大家正在周静的带领下，热烈地讨论着玄念玫和田海鹏的"绯闻"。

"都传开了，听说是男女问题，因为吃醋，哎，木格，你不是说念玫跟人好过吗，难道是？"

"哇，这可太无耻了，完全是害人精啊。"

"我们可要离这种人远点。太没有道德了，连老师都……"

木格在旁边欲言又止。犹豫再三，她还是什么都没有说。

"没准是田老师先那个的……多明显啊，平时他看念玫的眼神……"

"是啊，是啊，田老师明显对念玫不一样。"

木格在问询室里哭得稀里哗啦："那天其实我是想跟同学们说，田老师跟念玫什么事情都没有，可是我……什么都没说，任凭同学们去诋毁念玫和田老师……田老师，田老师他是我除了念玫唯一真心愿意跟我说话，关心我的人，可是我……可是我……"

第45章　人言可畏

诚益中学教学楼回廊，周静与几名同学站在回廊里盯着手拿教案的田海鹏从面前走过。

周静故意冲着田海鹏的背影喊了一声："玄念玫同学"。

其他同学捂嘴窃笑。

田海鹏的脚步顿了顿，本是笔直的背影慢慢佝偻了下去，这是他最不想面对的情况，但偏偏还是发生了。

课间铃声响起，玄念玫最后一个走入教室，同学们齐刷刷盯着玄念玫回到座位，这一刻玄念玫清楚地感受到了目光是有重量的，而且很重。

走到自己的座位前，玄念玫看到课桌上用粉笔画着一幅猥琐不堪的图案。

玄念玫怔住了，不是因为图案的内容而是想不到这些看起来正常的同学，内心中竟然如此地肮脏龌龊。

不少同学看见她的样子，以为他们的捉弄奏效了便开始哄堂大笑。

这些刺耳的笑声惊醒了玄念玫，让她清楚明白了这些人对她的看法。

念玫的脸色煞白，她拎起刚刚放下的书包，不顾走入教室代课老师的追问直接冲出了教室。与此同时这个时候本应该走进课堂的田海鹏，却走进了校长的办公室。

一番不长的交流之后，田海鹏从校长办公室出来，他失魂落魄地走在校园里，迎面而来的教师员工纷纷避让，待田海鹏走开又聚在一起指指点点议论纷纷。

田海鹏佝偻的身体显得更加萎缩，这一刻，他清楚地体会到了人言可畏这四个字的分量。

站在远处观望的木格，把这一幕看在眼里，难过地垂下头去。

木格哭着对袁飞他们说："我没有想到事情会变成这样，看同学们那样对待田老师和念玫，我心里越来越难受，所以那天我去教师宿舍找了田海鹏老师……"

"田老师……"

田海鹏转身看向木格。

木格没有了平时的流气，显得心事重重。

田海鹏强打起精神，笑了笑："木格，有什么事儿吗？"

木格说："我想跟你说几句话，可以吗？"

田海鹏下意识地看了看左右，犹豫了片刻还是将身体让到一旁。

木格走入宿舍，低着头搓着衣角。

田海鹏关好门便问木格："你想说什么？"

木格抬起头，看向田海鹏眼眶泛红："田老师，对不起……"

田海鹏有些蒙："对不起什么？"

木格哽咽地说道："大家误会你，都是因为我……念玫那天说的只是玩笑话，我却故意断章取义说给同学们听，所以同学们就联想到你跟念玫……"

听到"当事人"的自述，田海鹏难以置信地睁大了眼睛。

田海鹏问木格："……为什么要这样做？"

木格无力辩解："我……"

田海鹏质问木格："为什么要这样对待念玫，她承受的还不够多吗？"

木格说道："念玫太优秀了，我只是……我没想到会变成这样……田老师，我真的很难受，我该怎么办？"

木格边说边哭了起来。

田海鹏看她的眼神中却透着彻底的失望："出去吧。"

"田老师……我……"

木格有些惊恐看向田海鹏，这一刻她感觉自己好像丢了很重要的东西，木格急忙上前抓住田海鹏。

田海鹏显然不想再跟木格说话，用力挣开了木格的手，把她推到了门口。

"出去！"

问讯室内，木格抽泣着说道："我爸我妈本来就不关心我，我时常想，田老师要是我爸爸该多好。可是……事情弄成这样，我实在是没脸再见到田老师，还有……念玫是唯一跟我说过心里话的人，我却那样对待她……我觉得自己恶心死了，所以就不想待在这儿了，然后正好一个以前认识的姐姐说给我介绍工作，我就偷了身份证去了航市，然后就被……"

袁飞看向葛菲："通知了吗？"

葛菲点头："她妈妈已经在外面等很久了。"

袁飞转向另一边，大力也表示笔录没有问题。

袁飞说："带她出去吧。"

木格的妈妈韩雪萍远远看到女儿，尖叫一声冲了过来。刚刚几乎哭到脱力的木格，被这声尖叫吓到了。她立刻缩到了墙边，死死抱住头，任凭妈妈紧紧搂住自己。

韩雪萍并没有注意到女儿的异样，自顾自地叫喊着："吓死妈了，木格，没有你，我真没活了……"

随即号啕大哭起来。

然而她的哭声进一步地刺激到了女孩，木格拼命地想要推开她。

"你走开！走开啊！"

直到这个时候，韩雪萍才发现自己女儿的异常状态，手足无措地站了起来。

葛菲走过去说："她在传销组织里……吃了不少苦……"

韩雪萍满脸错愕："什么！传销？！怎么了？"

韩雪萍蹲在地上，拉着木格上下查看她的身体。

"宝贝儿，没人欺负你吧？你跟妈妈说啊！"

对于妈妈焦急的叫喊，木格没有任何的反应，只是在无声地掉着眼泪。

葛菲劝道："你还是先带她回家吧！木格，回去之后吃点好的，好好睡一觉。"

葛菲上前轻柔地抱了抱满是泪水的木格。

木格紧紧地抱了抱葛菲，好像抓住救命稻草一样，恨不得整个人都缩进葛菲的怀中。

葛菲轻轻拍着木格的背，柔声说："好了，都过去了！"

木格渐渐止住了哭泣，而一旁的韩雪萍却变得十分尴尬。

木格妈自知有愧，轻轻拉过木格："宝贝，妈妈保证今后一定多花时间陪你，不再整天打牌了，我向你保证！"

木格轻轻点头，眼神中好像多了几分期待。

韩雪萍和木格母女刚刚离开，齐宏伟就从外面急匆匆地跑了进来："袁队，田海鹏找到了。"

齐宏伟的表情告诉大家，恐怕情况并不简单。

袁飞问："在哪儿？"

齐宏伟说道："他在家中服药自杀，被他父母发现之后送到医院，现在正在抢救。"

几人立刻赶往田海鹏父母的家中。

袁飞他们几人驱车赶到的时候，法医科的同事已经先他们一步到了现场。

袁飞刚走进现场，法医科的同事就把一个证物袋交给了袁飞。

拿过一看，里面装着一张遗书。袁飞掏出手机，给遗书正反面都拍了照片，然后交给齐宏伟："送去做笔迹鉴定。"

警局气氛凝重，田海鹏的自杀让他们措手不及。不仅打乱了调查的进程，还引起了领导层的关注。

一个高中老师在被调查的过程中，在家中自杀未遂。

这种消息如果处理不好会引起很大波澜，这是所有人都不想看到的。

袁飞问葛菲："媒体打招呼了吗？"

葛菲说道："我们已经和学校一起做了统一安排，尽量把影响压到最小的范畴。除了新闻媒体这块，我们也帮着找了我们的青少年受创伤辅导中心，如果有需要会对田海鹏的学生们进行辅导。"

大力则说道："刚刚得到的消息，田海鹏已经脱离危险。"

袁飞拍拍手："好，这些外部因素，有我们这些领导顶着。你们该怎么查案还怎么查，不要有太多思想负担，散会。"

大家起身各忙各的，袁飞神情凝重地走出办公室。

田海鹏的遗书写了很长，其中提到了对父母的感谢和愧疚。写到了自己曾经对于生活的热爱，也清楚地写明了自杀是因为无法承受最近种种对他造成的压力，那种无法用药物治愈的痛苦他再也承受不下去了，所以选择怯懦的逃避，选择用这种不光彩的方式结束生命。

除了这些之外，最让袁飞关注的是提到的玄念玫的部分，字里行间田海鹏毫不掩饰自己对于玄念玫的情感，甚至将之称为生命中为数不多的美好。

玄家的客厅里，玄敏和秀媛各坐一隅，焦虑地盯着念玫卧室的方向。而玄梁和袁飞在门口抽着烟。

不一会，念玫的房门打开了，玄珠走了出来，秀媛和玄敏忙站起身来。

见玄珠出来了，几个人马上都聚拢过来，急切地看着她。

玄珠说："她说田老师真的没有对她做过任何出格的动作，唯一一次是给她拍照的时候，需要调整一下她的头发，田老师也是事先征得她的同意的。她还说，他们两个说话的时候，田老师都几乎不会直视她。"

几个人听着，玄敏露出狐疑的神情，看了看玄梁，显然最担心的还是这个脾气暴躁的兄长会有什么出格的举动。

玄珠又开口说道："我相信念玫，她是一个心里有数的孩子，我认为你们也应该相信她的话，这件事上她没有撒谎的必要。"

听了玄珠的话，玄梁如释重负地吐了口气。

玄敏不由自主地抓住了秀媛的手，两人的心里也都石头落地。

玄珠独自走到院子里抽烟。袁飞见状，跟了过来。

袁飞也给自己点上一根："我们找到纪光了。"

玄珠动作微僵："……找他干什么？"

袁飞说："为了八角亭的案子。"

玄珠说："那年他跟我一样大，怎么会是他呢。"

袁飞也很坦率："只是希望他能提供一些线索。"

玄珠问："他怎么说？"

袁飞也没有隐瞒："他说时间太长了，什么都不记得了。"

玄珠没有再接话。

此时恰好袁飞的电话响，他接起电话："喂，哦，好，我马上过来。"

收起电话，袁飞对玄珠说："纪光回绍武了，我先回局里，我们回头再聊。"

没等玄珠回答，袁飞就匆匆出门了。

此时只剩下玄珠一个人站在院子里，神情中似乎是多了些许的不安。

第46章　纪光的回忆

一家人在沉默中吃过晚饭，秀媛收拾好餐桌上的碗筷朝厨房走去。

玄敏冲玄梁使了一个眼色。

玄梁瞥了一眼妹妹却没有动作，玄敏又在桌子下面踹了玄梁一脚，他这才跟着秀媛走入了厨房。

秀媛打开水龙头清洗着碗筷，玄梁站在身后张了张嘴，半天没有说出一句话。

尴尬地沉默持续了一会儿，玄梁干脆走到水槽前，二话不说拿过秀媛手中的碗就洗。

秀媛把玄梁推搡到一边，他执拗地再次拿过碗一声不吭地洗着。

眼见推不动也撵不走，秀媛只能空着手站在旁边。尴尬地沉默继续，只是两人调换了一下位置。

眼看碗都快刷完，玄梁讷讷地开口："……那天，我不是那个意思。"

秀媛伸手关上水龙头："不是那个意思，你是什么意思？"

沉默又开始继续。

眼看所有的碗筷都已经洗完，玄梁终于再次开口："我把蚊帐撑好了……你去歇会儿，累了一天了。"

秀媛盯着玄梁，半晌，嘴角微微扬了扬。

一走进刑警队大楼，袁飞就看到了等在走廊里的纪光。

大力看着纪光，忍不住小声问袁飞："他就是纪光，看着也很……"

袁飞看了大力一眼，立刻就明白了他的意思，他们都有过相似的看法。

此时纪光也看到了袁飞，于是走向了他们这边。

重案队办公室内，纪光坐在葛菲和袁飞对面。

沉默了一小会儿纪光才开口："我没有追求过玄珍，我喜欢的是玄珠！"

袁飞他们都表现得很镇定，但心里多少都会有些意外，就在他们不远处的白板上就有玄珍的照片。

纪光继续说道："我的性格从小就不太合群，总觉得跟周围的同学格格不入，直到遇到玄珠我才知道，这个世界上会有灵魂如此相似的两个人……玄珠总是会独自一人坐在校园的一角，手里捧着一本小说。我就会远远趴在高处的栏杆上，悄悄地看着玄珠的侧影。只有宁静的灵魂，能够把自己安住到另外一个时空，也因为灵魂深处的不安才会让自己逃避到另一个世界……从玄珠的身上，我好像看到了另外一个自己。但是，总有人会故意去打破这份平静。"

袁飞试探着说出一个名字："玄珍？"

纪光点头："没错，就是她。她和她的那些朋友，总会故意捉弄玄珠甚至伤害她，而在做了那些事之后，还会开心地笑着闹着，让所有人都知道是她们做的。

而那些人非但不会谴责玄珍的行为，反而会去赞美她，这很荒谬不是吗？"

纪光转头看向白板上玄珠少女时期的照片："每当这种时候，玄珠总会弯腰捡起地上被打掉的小说拍掉尘土继续阅读。美有很多方式的呈现，玄珍从各方面来看都是上帝的宠儿，也是几乎周围所有人的宠儿，但我更欣赏静谧之美……"

随着下课铃声的响起，学生们从教室内潮水般地涌出。

纪光最后一个走出教室，穿越回廊，女生们纷纷避让在一侧，目视着纪光走过继而传来叽叽喳喳的私语声。

纪光并不在意这些声音，在他看来所有的日常里面每个人更愿意看到自己想看到的东西，不管是否只是浮于表面甚至是假象。这些叽叽喳喳的女同学，无非是被他故作洒脱的外表迷惑了，她们中没有人会在意也不会想到他内心深处的苦闷，成长的困厄，看不清方向的迷茫，幸好还有玄珠……

纪光停下脚步，透过后窗的玻璃望向教室内的玄珠。玄珠独自坐在座位上，扭头望着窗外，沉思的侧影像一尊雕像，玄珠似乎感知到什么，转头望向纪光的方向。

纪光收起眼中的炽热，抬腿向前走去，带着惯常的懒散与冷漠。

袁飞手中的烟蒂结了长长的烟灰，就在烟灰掉落之际，大力拿过烟灰缸放在了袁飞的面前。

袁飞清了清嗓子："后来呢？"

纪光带着几分自豪说："我给玄珠送了情书。"

玄珍与玄珠先后走进教室，玄珍停下脚步与搭讪的同学互动着，玄珠越过玄珍坐入座位。书包放入课桌的抽屉，一封信笺从抽屉中滑落。

玄珠弯腰捡起，上面写着玄珠亲启。

玄珠显得惶惑不安，抬头看了一眼还在与同学笑闹的玄珍，她迟疑地打开信笺，白色的信纸上写着一行字：

　　放学后，我在湖边等你，但愿你能来！

纪光

玄珠慌乱地放下信纸，看了看四周，半晌，再次打开信纸，捏着纸沿的手指微微抖动着。

突然玄珍跳了过来："看什么呢？"

玄珠迅速将信纸塞进抽屉，一言不发。

玄珍奇怪地看了玄珠一眼，放下书包，转过身与后排的同学闲聊着。

"昨晚看《仙侣奇缘》了吗？"

"看了，真快把我气死了…"

玄珠闭上眼睛，聒噪的说话声渐渐远去，整个世界只能听见玄珠沉重而急切的心跳声。

眼看约定的时间就要到了，年轻的纪光紧张地在湖边徘徊，他也第一次体会到了等待的滋味。

金色的夕阳投射在河面，景色美不胜收，少女玄珠清瘦而怯弱的身形，在离纪光数米地方出现。

纪光转过身惊喜地看着玄珠："还以为你不会来了。"

玄珠避开纪光的眼神，转身看向远处。

初春的树枝刚刚绽放出蓓蕾，随着晚风的吹拂，发出沙沙的声响。纪光走过来，在距离玄珠一米的地方停下脚步。

纪光问她："怎么不说话？"

玄珠反问："你情愿等吗？"

纪光回答："我已经在等了。"

玄珠看着远方："……还要等很久。"

纪光没有回答捡起小石块斜刺着砸向水面，石块快速跳脱着，静谧的湖面荡起数个涟漪。

纪光鼓足勇气说："等到十八岁，你愿意做我女朋友吗？"

玄珠脸色瞬间绯红，然后捡起石块学着纪光的样子砸向水面，石块"扑通"一声沉入湖内。

两人望向彼此，相视一笑，再快速将目光移开。

接待室里纪光也要了一根烟，但看得出他并不是老烟民。

"从那以后我们很少见面，但是心里却从来没有这样踏实和满足过，我只想好好学习追上她的成绩，将来能够和玄珠考到同一所大学……"

说到这里，纪光自嘲地笑了一下："我们在学校里都会装作不认识对方的样子，很幼稚是吗？我也知道那种想法有些天真，但那段时间我真的感觉到很幸福。"

玄珠与几名女生趴在走廊的护栏上聊着天。纪光骑着轻便赛车的身影出现在众人的视野之中。女孩的聊天声戛然而止。所有人都望着纪光悠然自得地穿过校园狭长的林荫小道，然后一只脚支撑着地面从容不迫地下车。女生们转过身等待着，唯有玄珠一脸不屑地转过头望着操场。

片刻，纪光出现在楼道内，女生们静默地注视着走来的纪光，纪光目不斜视，对于女生们的注视视若无睹。

此时玄珠刚好从教室内走出，与纪光迎面相望。纪光本是面无表情的脸上不由自主地露出一抹笑容，虽然只有一瞬间却还是被那些女孩看到了。

玄珠慌乱地垂下头，两人在众人的注视中擦肩而过，他们背后传来议论声。

"我刚才没看错吧，纪光冲玄珠笑了？玄珍，什么情况啊……"

卧室里，玄珠披着床单对着穿衣镜无声地做着动作。

房门突然被推开，玄珍走了进来，玄珠慌忙把床单从身上扯了下来。

玄珍上来就问玄珠："你在干吗呢？"

玄珠没有说话，默默地叠着床单。

玄珍没有放过她的意思："你最近放学为什么不和我一起走？"

玄珠小声回道："不是有同学陪你吗？"

玄珍大声地问："我是问你最近在干吗？"

玄珠走到书桌旁："这是我自己的事情。"

玄珍突然冷笑："你真以为纪光会喜欢你吗？"

玄珠顿了顿，没有接话。

玄珍不屑地摇头："你在犯傻，还不明白吗？"

门外传来玄敏的喊声："玄珍，玄珠，吃饭了。"

玄珠转身朝门外走去，玄珍气恼地追出卧室。

玄珍对着玄珠背影喊："你也不照照镜子，他怎么可能会看上你？"

一家人围着餐桌吃饭。

玄珍噘着嘴，一副气鼓鼓的表情。

母亲夹了一块里脊肉放到玄珍的碗里，关切地看着玄珍："怎么了，一脸的不高兴？"

玄珍狠狠地瞥了玄珠一眼，拿起筷子吃饭。

玄梁问她们姐妹："中考成绩下来了吗？"

玄珠"嗯"了一声。

玄梁问："你们两个考得怎么样？"

玄珍突然将筷子往桌面上一拍："以为你分数高就了不起了呀！"

玄梁意外地看着玄珍："今天你是怎么了，玄珠怎么惹你了？"

玄珍很不屑甩了玄珠一个白眼："她有本事碍得着惹我？也不看看她有没有这个资格！"

玄梁佯装生气："啧，怎么说话呢？"

玄敏问："玄珠，到底怎么了，把妹妹气成那样？"

玄珠垂着眼帘，一声不响地吃着饭。

母亲出来打圆场："好了好了，都吃饭吧。"说着又给玄珍夹了一块肉。

办公室内大力做着笔记，袁飞继续询问："那时候玄珠和玄珍开始学昆曲了吗？"

纪光说道："其实是我，那段时间我在读《牡丹亭》，我们绍武有个小昆剧团我常常去看他们排练，觉得特别好看。有一次我带着玄珠一起去听，没想到她一下子就爱上了……我们经常会相约偷偷去昆剧团的窗根底下偷听他们排练，让我没想到的是玄珠那么勇敢，竟然直接进去说要学戏……她说，她可以为了我学，等学会了唱给我听。"

"我永远都会记得那一天，那天昆剧团正在排练的是《牡丹亭·惊梦》的'山桃红'片段。我听得正入迷时，就看到玄珠突然推门走进了排练厅，她径直走到了舞台前对那两位团长说她要学昆剧。那一刻，玄珠的美丽和骄傲还有自信，我这辈子都不会忘记。"

第47章　恨　她

玄珠站在排练厅的中央，异常投入地练习着唱念做打的基本功。周亚梅与丁桄烈并排站在一侧注视着玄珠，脸上均挂着赞许的神情。大门被推开，回声在空荡的排练厅显得格外刺耳，周亚梅和丁桄烈回头望去。

背着书包的玄珍出现在门口稍做环视，径直朝两人走来，从行走的步伐中可以看出玄珍的自信。

正在练习的玄珠看到玄珍不觉停下动作，目视着玄珍站定在周亚梅和丁桄烈的面前说着什么，虽然她背朝着玄珠，但从丁桄烈的面部反应还是可以看到那种无法自控的惊喜。

玄珠缓缓朝着三人走了过去，远远听到玄珍的说话声。

玄珍正在对两人说："从小别人都在问，为什么你姐姐长成那样，你们真的是双胞胎吗？这话我的耳朵都听出茧子来了……"

丁桄烈略显激动地说："……以你的条件学昆剧，一点问题都没有。"

玄珠站在不远处，看着丁桄烈热切的目光注视着玄珍，又望了望正注视着丁桄烈的周亚梅。周亚梅似乎感受到玄珠的注视，继而走到玄珠的面前揽住了玄珠。

周亚梅安慰道："你们姐妹一起学，挺好的。"

此时的玄珠并没有发现，周亚梅这句话不仅是在安慰她，可能还包括她自己。

两人相互依靠着，一同望着交谈甚欢的丁桄烈与玄珍。

纪光独自骑行在巷子里，他神情轻松，身姿潇洒。到了分岔口，他轻车熟路地拐了过去。

刚一拐过来，纪光一下刹住了自行车。对面站着玄珍，直勾勾地盯着他。纪光在玄珍火辣辣挑衅的眼光中低下头来。

排练厅里，玄珠在努力地练习着，转身回头时看见纪光和玄珍各骑着一辆自行车出现在窗前，玄珍下了车径直走进排练厅。

纪光掉转车把，低头骑走。

玄珍推门走进排练厅来到玄珠面前，骄傲地看着她露出胜利者的微笑。

玄珠冲进卧室打开衣柜，躲入其中，蜷缩着瑟瑟发抖的身体，在黑暗中重重地喘息夹杂着抑制不住的哽咽。

良久，柜门突然打开，玄珍出现在玄珠的面前。

玄珍一副胜利者的姿态，居高临下地对玄珠说："我早就告诉过你你是在犯傻，纪光怎么可能会喜欢你呢？他接近你，无非是为了走近我，其实我对他一点兴趣都没有，我只是想证明我说的是对的。当然，如果你不介意我可以甩了她，让他继续跟你交往。"

玄珠死死地盯着玄珍："你为什么不去死？！"

玄珍不屑地冷笑："我不介意失败者的诅咒，说真的，如果我是你，我就永远躲在柜子里不出来。"

说罢，玄珍哼着曲调朝门外走去。

"玄珍，我诅咒你不得好死……"

袁飞起身离开办公室，在走廊里拿起电话。

电话接通，袁飞说："玄珠，我是袁飞……我想让你见个人……纪光。"

电话那边沉默了片刻："知道了。"

波光粼粼的湖面，映照着立在湖边的玄珠的脸。

不知过了多久，纪光从她背后走了过来，静静地站在她身旁。

玄珠转头看着纪光，纪光看着玄珠。

两人就这么看着，恍若隔世。

纪光说："好久不见。"

玄珠看着纪光说："要不是他们说是你，见面也不可能认出来了。"

纪光摸了摸自己的脸："是变化挺大的，你还是那么漂亮。"

玄珠笑了笑，把目光移到远处。

纪光说："他们来找我，说你回来了。我想了很久，想着没准可以把很多事情澄清，就来了。"

玄珠淡淡地说："没有什么需要澄清的。"

纪光说："但有些事还是要说出来，真相需要让人了解。"

玄珠说："你没有做错什么，我们都没有做错什么，不是吗？"

纪光点头："这也是我相信的。"

玄珠脸色微变："相信什么？"

纪光说："不是你做的，对吗？"

玄珠吃惊地看着纪光，表情逐渐变得冰冷。

湖畔远处，袁飞和大力看着这一对久别重逢的失意人，并不知道他们的谈话其实已经结束了。

大力指了指远处的八角亭："袁队，我一直想问个问题，说是八角亭，为什么只有六个角呢？"

袁飞说："这个亭子老年间是八个角，但是连年打仗，建了毁，毁了又建，后来不知道什么时候干脆就建成了六个角……挺好，化繁为简，角多了就乱了，就像案子线索多了反而成了一堆乱麻。"

正说着，玄珠朝这边走来，径直站在袁飞和大力的面前："聊聊。"

袁飞点头："好。"

玄珠指着八角亭："去那里吧。"

八角亭内，袁飞和大力坐在玄珠的对面，玄珠夹着一支烟，青烟缭绕在指尖。

玄珠说道："我和玄珍同时来到这个世界，就因为我们长相不同，从第一天开始，就感受到了天平的倾斜。玄珍占据了每个人的注意力，家里人也好学校老师也好，对她的疼爱在我看来好像是用不完，没有限度的。无论她做任何事……很多时候在我看来，那些不对的不合理的总是被无条件接纳，在她看来这是至好的事情，但是结果并没有那么美好。"

玄珠深深地呼了口气把烟踩灭，又从烟盒里抽出一支。

"大家对她的宠溺让她变得飞扬跋扈，自私自利，而这在大家眼里不过是小女孩的任性，或者说天真烂漫都是无伤大雅的……玄珍的世界是唯我的。这些年，我总是会想起她，想到很多她对我造成的伤害，现在我懂了，她真的不是有意识的。玄珍在那个环境里，天然地认为这个世界是属于她的，只要她想要就必须得到，如果违背了她的意愿，她宁可去摧毁。体谅、宽容、让渡，这些情感并不存在于她的世界，就像她从不在意别人的感受，因为她的世界里没有他人……这不是她的错，但是她的悲哀……"

袁飞给玄珠点上烟："谢谢你对我们敞开自己……你的这些感受从来没有跟家里人说过吗？"

玄珠摇了摇头："有人会听吗？"

袁飞问："你说的悲哀指的是？"

玄珠说："本来，纪光的事情只是少男少女之间太过于稚嫩的感情萌芽，算不上什么，但是，她不满足于征服我和纪光……"

"还有谁？"

"丁桡烈。"

十九年前，昆剧团排练厅内，玄珠与玄珍随同周亚梅练习着基础的昆剧动作。

丁桡烈走过去给玄珍指正，玄珍向丁桡烈撒娇要赖，丁桡烈面露极尽疼爱的微笑。

周亚梅下意识地把目光转向一旁。

玄珠冷眼观望，把这一切看在眼里。

训练结束，众人走出排练厅。丁桡烈和周亚梅在前面边走边说着什么，玄珠和玄珍跟在两人的身后，玄珍突然跑上前亲密地挎住了丁桡烈的手臂。

丁桡烈先是一愣表情略显尴尬，但是不由自主地夹紧手臂，眼睛注视着玄珍的一脸风情。

周亚梅放慢脚步，玄珠急忙跟过来，有些难过地看着周亚梅。

玄珠轻声："周老师……"

周亚梅笑了笑，笑容却显得苦涩，劝慰道："……没事没事，玄珍就是个孩子……"

玄珠这次听懂了，周亚梅这句话是说给她自己听的。

周亚梅站在回廊的尽头，抽着烟。

丁桡烈走了过来，从身后夺过周亚梅指间的香烟扔在地上，用力踩灭。

丁桡烈愤怒地看着周亚梅："你不想再唱了吗？"

周亚梅久久没有开口。

丁桡烈质问："亚梅，你怎么了，难道你忘了周老的嘱托了吗？你难道想放弃吗？"

周亚梅缓缓转过身看着丁桡烈。

周亚梅一字一句地说："我们曾经发过誓，为艺术相守终生，我们不应该也不能被不相干的人和不相干的事情干扰，我说得对吗？"

丁桡烈望着周亚梅，良久不语。

周亚梅转身要走，被丁桡烈握住手腕："亚梅，是你想得多了…那只是…"

周亚梅猛然甩开丁桡烈的手，歇斯底里地狂喊："那只是什么？！"

丁桡烈还试图解释："那代表不了什么……"

周亚梅怒吼："你想让我杀了她是吗？"

站在角落里的玄珠靠在墙上，怔怔地望着那对争吵中的男女，脑中不停地回荡着那句话。

"你想让我杀了她是吗？"

第48章　她是我妹妹

八角亭里，袁飞呼出一口气。玄珠提供的线索，肯定了之前的怀疑。

玄珠说："我一直觉得那是她的气话。"

袁飞问："为什么？"

玄珠看向远方的水面说："周老师对我做的事情和说的那些话，好像不值一提……在我看来，却是十六岁以来我唯一能感受到的重视和关心……在玄家，所有人的眼睛里只有玄珍，我就像一个多余的人，没人在意我的感受，不管我有多努力……而亚梅姐是唯一一个在我快倒下的时候搂住我肩膀的人。"

袁飞有些不解地问道："即使她杀了你的双胞胎妹妹，你还如此信任她？"

玄珠说："但是你们没有证据，不是吗？十九年前，你们应该也怀疑过她，但她是有不在场证明的。"

袁飞问玄珠："这么重要的线索，为什么当年不说？"

玄珠却笃定地说："我知道不是她。"

袁飞说道："难道你就没有被表象迷惑过吗？"

玄珠微微摇头："是你们所有人都被表象迷惑了，不是吗？你之前问过我恨不恨玄珍，我现在回答你，那个时候的我对她恨之入骨，我天天在诅咒着她去死，即使这样，那天我看见她一个人等在门口，还是想和她一起走，毕竟她是我妹妹。"

十九年前的那个下午，雷声滚滚，同学们出校门回家。

玄珠远远看到玄珍和同学告别，一个人等在门口，百无聊赖地看着天空。

犹豫了一会儿，玄珠还是向玄珍走去，玄珍也看见了她，但没有任何反应。

玄珠主动开口："要下雨了，我们一起走吧。"

玄珍冷冷地别过头去，连一个字都懒得跟玄珠说。

玄珠冷声说："我希望你被雷劈死。"

玄珍不屑地冷笑。

坐在八角亭里，玄珠自嘲地说道："那就是我跟玄珍说的最后一句话。"

袁飞问："所以，你后悔没有坚持陪着她？"

玄珠长叹了一气，显得很茫然。她眼睛看着前方似乎想要回到过去，这个问题她想过但没有答案。

一颗大大的眼泪从玄珠平静的脸颊滑落："可惜啊，生活没有如果，这个问题注定不会有答案。"

夜色中的绍武，有灯火通明，有幽暗深巷。

剧团后的高墙上，大力一个纵深翻进来，借着夜色轻车熟路地摸到防空洞边。

一束强光射向幽深的防空洞内。

大力紧张地盯着前方，鼻息发出沉重的呼吸声。

随着越走越深，洞内渐渐发出呜呜咽咽的声响。大力的额头渗出一层细密的汗珠，不时舔着发干的嘴唇。那位老人家口中的"闹鬼"两个字不停出现在他的脑海中。

大力回头看了看，洞口的月光已经微乎其微。吐了一口气，大力继续向前走，洞内已完全陷入黑暗之中，呜咽声也随之更加清晰响亮。

大力拿着电筒的手不自觉地开始抖动，他拿出手机拍着视频。然而下一刻他就又想到，自己现在的行为，就跟那些伪纪录片恐怖电影中的主角一模一样。孤身到这种阴森恐怖的场所探险。最后人没了，只留下记录了他最后影像的手机。

大力用力甩了甩头，试图把这些恐怖念想都甩出脑海之外。大力不断地提醒自己，他是一名坚定的唯物主义战士。

很快大力来到了上次到过的地方，而且还在地上找到了那只打火机。深吸一口气，大力继续往前。不知走了多远，尽头处，有一扇被遮盖着的破败门框。他用力推门，下一刻月光泻进来。将笼罩在他周围的所有阴暗晦涩一扫而空。

大力闻到了清新的空气，他努力探出身，这时他的前方一片开阔。他已经走出了防空洞。城市的灯光和车流就在他面前。

袁飞匆匆走进会议室，大力和葛菲他们已经在里面了。

大力把手机接到电视上："师父，刚刚我又去了剧团后面的防空洞，你们看……"

大家围过来，看大力拍摄的视频。

视频里大力推开门，面对着城市的灯光和车流，然后镜头对着大力自己："没错，就是有暗道……"

小军捶了一下大力，夸赞道："行啊，又是一条重要线索。"

大力一脸苦相："你真不知道，太吓人了。"

葛菲问："这能说明什么呢？如果说剧团后门确实可以连接防空洞，我们也不能证明什么啊。"

袁飞说道："如果案发现场就在剧团里呢？为了转移尸体大门肯定不行，出了后门那条巷子保不齐就会碰到人。可是如果利用防空洞，只需要出后门越过巷子，这样撞上人的概率就小很多。"

葛菲说道："也就是从大力发现的这个洞口出去……"

大力补充道："我已经计算过了，结合八角亭案的档案和口供，周亚梅和丁桡烈的不在场证据都已经不够充分了。"

袁飞兴奋地拍大力肩膀："大力很不错，但其实，我这个组长今天也是有收获的，还有一个线索，刚好也解开了……"

说着，袁飞从兜里掏出那枚在玄珍墓地发现的胸针。

时间回到今天下午，袁飞跟一个中年男子一起走入珠宝古董行。

中年男子："方老先生，感谢您啊。"

老者自谦地摆摆手。

中年男子介绍道："这就是咱们刑警队队长袁飞，几年前帮我解决了大问题！"

袁飞说："您一直没回来，电话也联系不上，实在没办法…"

方先生说："你说的那枚胸针呢，我看看？"

袁飞忙把装在密封袋里的那枚胸针拿了出来，放在了绒布上："辛苦您了。"

方先生接过胸针，打开柜台上的聚光灯看了片刻，随即露出笑容。

方先生说："这枚胸针，那我可是清楚得很，这是周老先生的遗物，是我们省里早年间最有名的老师傅打造的，周家祖上传下来，有年头了。"

袁飞心里一动："您说的周老先生是？"

方先生说："周祁容，想当年，是绍武首屈一指的昆剧名旦。"

袁飞问："那周亚梅…"

方先生点头："对，就是她的父亲。"

袁飞已经抑制不住自己开心的表情："原来如此……您真是帮了我们一个大忙啊！"

方先生也笑道："果真如此，那是我的荣幸。"

袁飞双手握住方老先生的手，感谢之情溢于言表。

中年男子露出欣慰的表情。

办公室内，小军兴奋地说："这不就证据确凿了吗？"

葛菲立刻泼了他冷水："哪儿确凿了，现在的线索只能进一步加强周亚梅嫌疑人的身份……"

袁飞也同意葛菲的看法："是……这枚胸针不是在案发现场发现的，起不到核心证物的作用。"

大力也附和："要是我们问她，她一句话就可以把我们打发掉，玄珍多年前跟她学过戏，现在见到了念玫，勾起了她的回忆，所以就去玄珍的墓前祭奠。然后不小心把这个胸针掉落在那里，或许还会顺便感谢我们帮她找回来。"

葛菲说道："我们还需要真正的第一手证据啊……"

小军提出一个建议："要不直接提周亚梅得了，不怕她不招！"

周亚梅缓缓地走进院子里，心事重重的样子。她打开房门，放下包，换鞋。好像忘了自己要做什么。似乎又想起来了，她走向厨房烧了一壶水，站在灶台边，两眼直勾勾地盯着蓝色火苗，恍惚间，自己好像又一次来到了那个漆黑的洞口。

周亚梅走着，四下张望。她走到废墟口，沿着洞口钻了进去。里面一片漆黑，周亚梅摸索着走。隐约，远处似乎有一道亮光。周亚梅紧张地呼吸，她朝亮光的地方走去。

她一直走，距离亮光越来越近。周亚梅越走越慢，她停在一扇门前，门漏了一道缝，昏黄的光从里面透出来。周亚梅终于来到了那扇门前，她从缝隙往里面看去。下一刻，脸上露出震惊的表情，她几乎要喊出声来，却一把捂住自己的嘴。

水壶发出刺耳的鸣叫，周亚梅半天才回过神，伸手去拎水壶，手一滑，开水溢出倾泻在周亚梅的手上，周亚梅丢掉水壶，尖叫一声蹲在了地上。

听到声音的丁桡烈快步走了进来，看到周亚梅的手背被烫得通红，部分已泛起水疱。

丁桡烈赶紧扶起周亚梅，把她的手放在水龙头下面用冷水冲。

"别动，一直冲着，这个时候需要赶紧给烫伤的地方降温。"

然后他打开冰箱，拿出袋装的冰镇牛奶敷在周亚梅的手背上，双手紧紧地握住周亚梅的手。

丁桡烈心疼地埋怨："想什么呢？疼吧，忍忍，忍一会就好了。"

周亚梅像个木偶，任由丁桡烈帮她处理好一切。她呆呆地看这个男人，心中竟然有那么一丝希望这一刻再慢一点，再久一点。

卧室里一片昏暗，客厅里传来石英钟报时的声响。

周亚梅睁开眼睛，坐起身，沉思片刻，趿着拖鞋走出来，她走上楼，推开门，丁桡烈坐在桌边改剧目。

周亚梅受伤的手抱着厚厚的纱布，两眼空洞灰暗。

丁桡烈听到动静，回头看向她："亚梅……怎么了？"

周亚梅讷讷地说："我睡不着。"

丁桡烈说道："担心演出的事吧？别多想了，你受伤了，不是还有雯雯呢吗？"

周亚梅空洞如死灰的眼神："我想出去走走。"

丁桡烈问："要我陪你吗？"

周亚梅缓缓摇头："不用，就在院子里。"

丁桡烈还是离开了桌子，走到周亚梅身旁。跟她一起来到了楼下的院子中。

周亚梅在院子里慢慢地走着，她似乎在用眼神抚摸着生活了很多年的地方，周亚梅轻声吟唱起来，唱着唱着丁桡烈也跟着唱了起来。

周亚梅看着他，他看着周亚梅。十几年几乎形影不离的生活，让俩人配合得无比默契。

恍惚间，周亚梅好像回到了遥远的过去。一曲唱毕，周亚梅已是泪流满面。

第49章　周亚梅

清晨屋顶的小天台上，一个穿着女旦戏服的背影对着还未苏醒的城市唱着。

原来姹紫嫣红开遍，似这般都付与断井颓垣，良辰美景奈何天……

长清短清，哪管人离恨；云心水心，有甚闲愁闷。一度春来，一番花褪，怎生上我眉痕……

昆剧团排练厅，雯雯正在排练，后面有人已经在搬一些道具，布景。周亚梅手缠纱布，望着正在排练的雯雯。

雯雯长袖轻轻地甩，她向前走了几个碎步，然后缓缓转过身，正是《牡丹亭·寻梦》的身段。

侧台，玄珠走了过来看向这边，周亚梅看见她招手示意她过去。玄珠走了过来，站在周亚梅边上。

周亚梅对玄珠说："正在最后冲刺呢，你看这乱的。"

玄珠问："马上就要演出了？"

周亚梅点头："是啊，能不能进京，就看这次了。"

玄珠看着周亚梅手上绷带问："你手怎么了，你的脸色也不好？"

周亚梅笑了笑："烫了一下，没事。就是累的，哎，后天演出你来啊，我给你留票。"

玄珠有些意外："是吗？啊，本来计划明天走了。"

周亚梅更加意外："这么快啊，那么多年没回来还不多待两天。"

玄珠笑笑，这时雯雯停下一段，向她们走来。

周亚梅给玄珠介绍："这是夏雯，我们现在的台柱子，这场演出可全靠她了。"

夏雯赶忙谦虚道："哪里，你和丁团长才是主心骨。"

周亚梅看向玄珠："这是玄珠，我们是老朋友了。"

这时有工人问要不要搬某样东西。

周亚梅连忙示意："搬，搬！都搬到那边去。"

玄珠说："你们忙吧，我就是想这儿了，临走过来看看…"

周亚梅回过头："好，我这儿乱的，要去装台呢。"

玄珠说道："那我随便转转吧，别耽误您正经事情。"

从排练厅走出来，玄珠看着几乎没怎么变的院子，想起当年她和纪光就是在这偷偷听戏。自己也就是在这里鼓起勇气，走进去大声宣布自己想要学戏。

当年玄珠一直都以为那是为了自己喜欢的人而勇敢，但昨天再见到纪光之后，玄珠突然明白，原来，当年是她自己真的想去学戏。

玄珠慢慢走过拐角，那边的墙角里面有个车棚，里面停满了自行车。

绕过这里就是剧院表演的舞台，那些工人师傅正在把正式表演要用的东西，从这里一件件搬出去。

玄珠跟着他们走进了后台，这里挂满了成套的行头，恍惚间她好像又回到了十几年前，丁桄烈正在给玄珍穿戴行头整理着她的头发。

丁桄烈绕到玄珍的后面手把手帮助她做动作，玄珍看到了衣服后面的玄珠得意地笑着。

"你们都曾渴望穿上这身行头。"

玄珠一惊，猛地转过身，看见丁桄烈站在她后面，微笑着看着她。

丁桄烈看着玄珠说："亚梅最遗憾的就是没能把你们培养成角儿……"

玄珠说道："丁团长，我看门开着就进来看看。"

丁桡烈摆了摆手："怎么样，对这里还有印象吗？"

玄珠说："一点儿都没变。"

丁桡烈自嘲地笑了笑："我们一直在努力，可昆曲毕竟曲高和寡，我们又不想去做为了迎合而迎合的事。这么多年了，惭愧啊。上次你走得急，今天留下来吃个饭吧。"

玄珠拒绝了他的提议："不了，看大家都在忙，我就随便转转。回绍武，最想的还是这里。"

丁桡烈愣了下："啊，是吗？谢谢你，玄珍，我还以为你会记恨我们呢"

玄珠微微皱眉："我是玄珠…"

丁桡烈恍惚道："啊，我是说……玄珍还好吧？"

玄珠心一惊，立刻想起了上一次丁桡烈的异样，突然她感到一股寒意在背脊上蔓延。

丁桡烈并没有注意到玄珠的异样，自顾自地说着："多好的闺门旦胚子啊，说不来就不来了，上次我去你家里还想跟她谈谈呢……"

玄珠试探着说："你说的是念玫吧？"

丁桡烈一脸疑惑："啊，是吗，改名字了？"

玄珠顿感头皮发麻。

这时周亚梅也走进后台，看见他们先是一愣："我猜就是在这儿，我这还到处找呢。桡烈，请玄珠到家里喝口水吧！"

玄珠赶忙拒绝："不了，不了，我就是怀怀旧，不耽误你们。"

玄珠边说边匆匆离开，他们都没有发现，玄珠此时已经脸白如纸。

周亚梅问："桡烈，你们聊什么了？"

丁桡烈唱了句："问芳卿为谁断送春归去？"

周亚梅脸色瞬时阴沉下来。

从后台出来，玄珠强忍着没有立刻跑起来，她紧张地穿过院子里忙碌的人流和车流，她甚至都不敢再回头看哪怕一眼。

昆剧团外，一辆警车停在门口，葛菲和齐宏伟下车走进院子。

正要走出大门的玄珠正好看见这一幕，便下意识地停下脚步。

葛菲二人询问几人之后，径直走向了后台的方向。

没过多久，周亚梅就跟着葛菲二人从里面走了出来，直接上了警车。

丁桡烈也从后台走了出来。跟玄珠一样搞不清楚状况的其他人，全都愣在了原地。

重案队，问询室内，手缠绷带的周亚梅坐在几人对面。

葛菲首先开口："周亚梅，今天请你来，是想要了解一些事情，请你配合。"

周亚梅显得很冷静："请你们抓紧时间，我们剧团马上就要演出了，我还有很多工作要做。"

袁飞问："4月17日晚上你在干什么？"

周亚梅反问："你们不是已经问过了吗？"

袁飞说道："现在需要你再详细说一下八点以后的活动。"

周亚梅深吸一口气，说道："因为要临近演出了，我们都在加紧排练。4月17日我记得那天排的是《牡丹亭·惊梦》的同场曲。我们一直排到深夜十一点左右，这不是有许多的证人吗？好像你们也都问过了，难道没有核实吗？"

葛菲突然开口："你为什么要跟踪念玫？"

周亚梅愣了一下。

葛菲把电脑转向她，出现了监控画面："这个人是你吗？"

看到了有自己的画面，周亚梅也只能承认："那天她出现在我们排练厅外面，虽然朱胜辉和她们起了冲突，但我和老丁都觉得她是一个很好的苗子，领导也很关心培养新人的问题，所以……"

葛菲抓住漏洞追问："那你完全可以直接找到她家里去啊。"

周亚梅说道："那时还不能确定她是谁家的孩子。"

葛菲反问："玄梁不是就在你们排练厅和朱胜辉起的冲突吗？然后带走了念玫。"

周亚梅迟疑了片刻才说："……是，后来我们去了她家。"

袁飞质问道："到底为什么跟踪她？"

周亚梅辩称："我怕直接去太唐突，想多观察一下她。"

袁飞步步紧逼："难道不是因为她和玄珍长得很像？"

周亚梅这次思考的时间比之前都要长："呃……太久了，都快忘了……都是好苗子。"

袁飞突然换了一个提问的方向："为什么这个时候去玄珍的墓地？"

周亚梅满脸疑惑："墓地，没有呀？"

袁飞拿出那枚胸针展示给她看："这个是你的吧？"

周亚梅的脸瞬间就僵住了，半晌才勉强组织起语言："其实这些年，每到忌日，我有时是会去一下的。毕竟师生一场，她又是在那么花季的年华就离开人世了。"

葛菲犀利地指出关键："你这次去的时间不是她的忌日。"

周亚梅说道："对不起，事情过去太久了，我也不年轻了，记忆力越来越差了！怎么，你们不是在调查朱胜辉的事吗？跟这个有什么关系？"

袁飞说道："我们办案不需要向你解释。"

周亚梅沉默了片刻，她突然抬头反问："关于 4 月 17 日那天晚上的事情，我应该都已经说清楚了吧，需要我把全团的演员都叫过来做证吗？"

大家尴尬地沉默着，他们的确有些没想到，周亚梅竟然这么快就找到了这次询问中最薄弱的一环。

周亚梅紧接着说道："作为守法公民，我配合警方的调查。现在我已经清楚明了地把你们想要知道的情况说明了并且提供了人证，那接下来如果你们没有什么其他要问的事了，是不是可以让我回到自己的工作岗位上去？"

半晌，袁飞说道："谢谢你的配合，今天就先到这里。"

周亚梅站起身来，径直走向门口。

第50章 丁桡烈

周亚梅离开之后，几人又回到会议室内研究案情。

葛菲说道："通过纪光和玄珠的描述，当年玄珍和玄珠的情况基本上已经很清晰了，处处都要占先的玄珍为了和玄珠争夺纪光，也来学戏，而丁桡烈却被玄珍吸引直至不可自拔，周亚梅看在眼里，强烈的嫉妒心使她失去了理智。"

小军点头："我觉得就是她。"

袁飞却问他："你说的哪个案子是她？"

齐宏伟也附和："对啊，哪个案子呀，朱胜辉案她不在场的证明是很充分的。已经落实过，有几十个人证。"

葛菲说道："八角亭案已经过去十九年了，想寻找确凿的证据几乎是不可能了，如果袁队的判断没错的话，'4·17案'是同一个人所为，我们主要还是要在这里找突破。"

袁飞点头："葛菲说得没错，昆剧团就是接下来调查的核心。"

傍晚，丁桡烈在阳台上焦急地踱步，看到周亚梅走了上来，丁桡烈赶紧迎上去，关切地问："亚梅，回来了，他们都问你什么了？"

周亚梅强装轻松地说道："没什么，你不用担心，明天就要公演了，我们这个剧团不知道将来会怎样。我们尽了人事，相信爸爸他的在天有灵也能看到……其余的……就看天命吧。"

丁桡烈抓着周亚梅的手说："我们一定能完成周老的遗愿。"

周亚梅望着丁桡烈："还记得那天吗？"

丁桡烈疑惑："哪一天？"

周亚梅轻声说："见到玄念玫的那一天。"

剧团排练厅外，木格和念玫趴在窗外往里看，隐约有昆曲声音传来。正在指导团员排练的周亚梅无意间看过来，隔着窗子，念玫美丽的脸庞如昔日再现。

周亚梅愣了，恍惚中，念玫的脸变成了玄珍。一个激灵，她转头看向丁桡烈，却见丁桡烈已经怔怔地看着窗外的念玫了。

屋外吵闹声响起，朱胜辉大亮等追了过来，朱胜辉与念玫一番纠缠，关键时刻玄梁突然出现……周亚梅不由自主地走到窗前，这意外发生的插曲让她有点反应不过来。

她看到玄梁已经与朱胜辉扭打在一起，直到门房大爷冲过去拉开二人。

玄梁勉强压住怒火，连忙把念玫带走。

朱胜辉等也骂骂咧咧地离开，剧团的喧嚣平息下来。

丁桡烈回身看向周亚梅，而周亚梅出神地愣着，并没有看到他脸上那一丝不正常的兴奋。

诚益中学门口，玄念玫背着书包和木格从校园走出来，两人手拉着手走出校门拐向回家的方向，从背影都能看出她们心情不错。

远远地，却见一个女人跟着她们。

廊桥边，两个女孩挥手告别，玄念玫一个人走过河廊，朝另一个方向走去。

身后的人急急地想跟上她。

玄念玫似乎感觉到什么，她猛然停下脚步回头张望，却一无所获。玄念玫继续往前走着，来到八角亭附近，她刻意往后看了看，继而快步走去。

感到害怕的玄念玫慌慌地跑过八角亭，身后跟着的人也跑了起来，她一路跟着玄念玫回到了家。

几天之后，丁桡烈出现在玄梁家的门外，刚想上前敲门，周亚梅突然出现在身后一把拉住丁桡烈的手腕。

"桡烈……你要干什么？"

丁桡烈回身看向周亚梅，理所当然地说："我想和玄珍商量商量，看她愿不愿意再回到团里。"

周亚梅的嘴角抖了抖，强自镇定地说道："……我来跟她说，你什么都不要讲，如果你答应我，我就让你进去。"

丁桡烈露出释怀的笑容，认真地点了点头。

从玄家回来之后，丁桡烈独自坐在办公室里发着呆。

周亚梅走到丁桡烈对面，盯着丁桡烈，一字一句地说："那不是玄珍，是玄念玫，玄梁的女儿。"

丁桡烈没有任何回应，眼神依然呆滞。

周亚梅倒水、服药，她有些虚弱但强撑起自己的嗓门，低沉而有力地说着："玄珍死了十九年了，你听见了没有？！"

气急的周亚梅把杯子里的水一下泼到丁桡烈脸上。

丁桡烈一个激灵，总算清醒过来："啊，哦，是啊。当然。"

周亚梅走到房间另一端，从毛巾架上拿了块毛巾，走过来擦拭丁桡烈的脸，丁桡烈默默地靠进她的怀里。

一种近乎绝望的神情逐渐爬上周亚梅的脸，她讷讷自语般地对丁桡烈说："我跟你说过，那个女孩不是玄珍，你要记住，那个女孩不是玄珍！"

周亚梅走到家里的某个角落，把藏了多年的胸针找了出来，呆呆地长时间地看着胸针，然后毅然地出了门。

墓园内，穿着雨衣的周亚梅手捧着一束鲜花，行走在墓碑间边走边找。在一座墓碑前，她蹲了下来。没有照片的墓碑，文字很简单。

她把手里的花放下，低下头口中喃喃着念念有词。雨越下越大，雨雾深处，玄梁的身影走来。周亚梅站起身，抹了一把脸上的雨水，匆忙离开。一枚胸针掉落在草丛间。

周亚梅回到家，浑身湿透还沾了很多的泥，鞋上脚上都是。她惊讶地发现丁桡烈缩在墙角，浑身颤抖。

见周亚梅回来，丁桡烈带着哭腔问："亚梅，你去哪儿了？我找不到你。"

周亚梅赶紧去拿了药，给他服下。然后抱着他安慰着，不一会儿丁桡烈总算是安静下来。

但周亚梅的脸上却看不到任何一点轻松，正相反，那种绝望的气息更加浓重了几分。

玄珠坐在袁飞对面："姐夫，我发现丁团长分不清玄珍和念玫……"

袁飞点了点头："我们跟他问询过程中也发现他的异常了。"

玄珠问："丁团长到底怎么了？"

袁飞也没有隐瞒："昨天调了他的病历，除了抑郁症，他还患有间歇性精神分裂症，一旦被刺激就会出现认知障碍。"

玄珠立刻想到了念玫："那念玫她，会不会有危险！"

袁飞说道："昨天就已经做了很周全的保护措施，这你别担心，念玫她也是我的侄女。"

玄珠松口气，随即问出了那个最核心的问题："那……丁团长他是凶手吗？"

袁飞沉默了片刻："还没有充足的证据能证明，但……我相信会找到证据的。"

第51章　证　据

袁飞和小军再次来到昆剧团。他们来到门房，出示了证件。看门大爷说道："啊，不巧，今天人都不在，都去大剧院彩排去了。"

袁飞说道："是不巧。那我们顺便在这儿看看。"

看门大爷没有理由反对，点头说好。

袁飞问他："这边有后门吗？"

看门大爷点头："有啊。"

说着回身走进屋，不多时大爷拿了钥匙串走了出来："我带你们去看看。"

袁飞他们跟着大爷走在后面，四下观察着院子。

他们来到剧团的一个后门处，大爷用其中一把钥匙打开了门。

推开门，正对着一条巷子，对面就是通往废墟防空洞的铁门。

袁飞问大爷："这个后门钥匙，除了你有，丁团长他们有吗？"

看门大爷点头："有，他们有备用钥匙，不过那都是以防万一的。平常没人走这里，他们出入都是走正门。"

袁飞指向对面问："那对面呢？"

看门大爷摇头："对面就不知道了，那块地方原来是归文化厅的，后来和市人防部闹了产权纠纷，官司打不下来，就一直荒着。二十多年了……"

一行人转身顺着回廊往回走，大爷把后门锁上。

等大爷跟上，袁飞问他："丁团长他们也住在这里吗？"

看门大爷回答："是，他们住在后面的宿舍。"

袁飞又问："您到剧团多久了？"

看门大爷露出回忆的神色："我可早了，当年周祁容创立了绍武昆剧团我就跟着他，老团长过世后，他女儿女婿就接了过来，周老师是我从小看着长大的。"

袁飞说道："那真的很久了。"

看门大爷说道："我这辈子啊就全交代在这儿了，每天听他们唱戏，习惯了，也爱听。咱们这种小地方，昆曲想要发展太不容易，能守着这么一块地方就不错了，周老师他们啊，压力大哟。"

袁飞他们点头认同："那4月17号晚上，还记得他们在做什么吗？"

看门大爷回忆了一下说道："4月17号？啊，记不起来了，没有特殊情况啊，每天都一样的，就是在剧团写戏、排戏、练功这些事儿。最近丁团长和周老师倒是经常出去，都是为了剧团的赞助。多少年了，鑫源集团的朱总一直赞助这儿，谁想到，今年他儿子出事了……那之后钱就断了，所以说这次演出对他们太重要了。"

袁飞问："怎么说呢？"

看门大爷说道："哦，这回要参加的是全省会演，丁团长他们希望通过这次会演拿到进京参加戏剧节的名额，有了这个名额要是再能争个奖，从省里到市里的关注度就会大大提高，再想申请个扶持资金啥的，就不那么难了！再说了，当年周老先生把这个团托付给女儿女婿，这夫妻俩总想给他多一个交代不是。"

袁飞说道："哦……那还真是挺重要的。对了，你还记得十九年前在这里学过戏的一个小女孩吗？"

看门大爷摇头："学戏的女孩子可太多了……"

袁飞的电话突然响起，接通之后传来大力的声音："师父，有重要发现。"

两人连忙谢过大爷，匆匆离去。

大剧院的舞台上，演员们全情投入地彩排。今天的曲目就是经典的昆剧选段《牡丹亭·游园》。丁桡烈与周亚梅坐在台下，望着舞台上几人精湛的表演。周亚梅看了一眼丁桡烈，丁桡烈似有感知，伸手握住了周亚梅焦灼的手。

周亚梅低头凝视着丁桡烈紧握住自己的手指，少顷，抬头看着丁桡烈的侧脸。真心希望这一刻能再长一点，再久一点。

重案队，会议室。

大屏幕上出现一张黑白照片，照片上并排站着四个不同年龄段的孩子，三个女孩，一个男孩，男孩明显是年龄最小的一个。

照片放大，定格在白净漂亮的小男孩身上。

大力出现在投影仪刺目的光线中："根据袁队指示，我和齐哥走访了丁桡烈的老家，距离绍武市三百多公里。丁家有四个孩子，头三个全是女孩儿，他们夫妻心心念地想要个儿子，后来就有了丁桡烈……"

"根据丁桡烈生母的描述，丁桡烈生下来时特别漂亮，全身上下干干净净的，不像头三个猴子似的。家里终于盼来了男孩，自然当成宝一样的，但在七八岁之后，他们就发现丁桡烈逐渐有了奇怪的行为举动。"

"有一次，八岁的丁桡烈穿着三姐的衣服，像女孩子似的踮着脚尖还翘着小手指，拿腔作势地坐在饭桌前。他的这种举动让全家震惊，他父亲极为恼火，揪住丁桡烈狠狠地打了一顿。"

"我们继续走访了丁桡烈的二姐和三姐，都证实了丁桡烈小时候的确有明显的异装癖症状。据说为了治疗这种病，丁桡烈父母还是请了大神来给他做法。据说是把他五花大绑之后扔进河水里驱邪，当时据说是有一点效果的，丁桡烈不再扮女人和穿女人的衣服，但性格变得更加古怪了。两年之后突然从家中逃走，再也没有回去过。"

袁飞问："离家的时候丁桡烈多大？"

大力说道："根据丁桡烈三姐的说法，应该十一二岁的年纪。"

会议室鸦雀无声，所有人陷入沉思。

小军突然举手："那个异装癖是什么？"

大力将笔记本电脑打开，开始照着准备好的资料讲解："异装癖又称异性装扮癖，不同于同性恋或者性别认知障碍，是恋物症的一种特殊形式，表现为对异性衣着特别喜爱，反复出现穿戴异性服饰的强烈欲望并付诸行动，由此引起性兴奋、达到性满足。患者均为异性恋，以男性居多。异装癖患者一般在 5 ~ 14 岁之间开始萌发对异性装束的兴趣，到了青春期就产生与异性装束有关的幻想。开始时一般不会在公众场所显现，常在自己房中穿异装，在镜中自我欣赏，以后逐渐出现在公众场合。一般来说异装癖并不会危害社会和他人，但从丁桡烈在原生家庭所遭遇的状况来看，很有可能是家庭暴力造成了他心理上的严重扭曲。"

葛菲一拍手，恍然大悟："原来如此，所以目击证人和监控视频里看到的都是女人……"

袁飞说道："嗯……现在还没有直接证据证明丁桡烈小时候有异装癖就是这两起凶杀案的凶手。现在最重要的是找到他的行头，证实与作案人的穿戴一致。"

大家又再次陷入沉默。

大力这时突然开口："解铃还须系铃人。"

小军不愧为最佳捧哏："什么意思？"

大力说道："我们学犯罪心理学说，解决问题的关键是找到问题的根源。"

袁飞立刻就明白了他的意思："你的意思是，念玫？"

一众人的目光都集中到了袁飞身上。这个难题，也只有他去解了。

第52章　戏大过天

雯雯和演员们卸完妆回家，和走来的周亚梅打着招呼："周老师我们走了啊！"

周亚梅心事重重但脸上还努力装作很轻松的样子："好，大家辛苦了。"

见周亚梅并不兴奋，雯雯有些疑惑的样子："周老师……是不是我们刚才的表现没有太好，您……"

周亚梅勉强挤出一个笑容："你们刚刚表现得都非常好，我只是最近太累了，回去好好睡一觉就好了。"

雯雯笑着说道："那您好好休息，周老师再见。"

周亚梅也笑着说："再见。"

周亚梅看着雯雯他们离开之后，脸上的笑容立刻消失。她走到办公室门前推开门，丁桡烈正在接电话，声音听起来很兴奋。

"好好，好的，太好了，谢谢谢谢！"

丁桡烈挂了电话，急不可待地告诉周亚梅："周秘书的电话，你猜怎么样？市委宣传部张部长要来看我们的演出，这可太好了！"

周亚梅其实并没有在听他说什么："桡烈……"

丁桡烈疑惑道："怎么了？"

周亚梅说："王大爷说，今天警察又来了。"

丁桡烈愣了一下："他们不是来过了吗？怎么又来，还是朱胜辉的事吗？"

周亚梅轻轻抓住丁桡烈的手："他们是为玄珍的事来的。"

正在这时，外面传来撞击的声音，有人尖叫，然后传来嘈杂的声音。

周亚梅和丁桡烈赶紧冲出办公室，一个人迎面跑来大喊："不好了，雯雯姐被撞了。"

两人呆愣愣而麻木地走出去,外面人越聚越多,他们来到大门口时,不远处的街道已经围了不少人。

周亚梅和丁桡烈穿过人群挤进去。

雯雯的电动车倒在一辆小货车边上,雯雯的整个左腿卡在了电动车和货车之间。

"快,叫救护车。"

周围一团乱,周亚梅和丁桡烈恍惚地看着这一切。如同两尊雕像呆立在当场。

丁桡烈站在窗前,望着被夕阳笼罩着的昆剧团。周亚梅走到丁桡烈身边,与他并肩而立,目光望向同一方向。良久,周亚梅扭过头看向丁桡烈:"桡烈,这场演出我们可以……"

丁桡烈没有让周亚梅把那两个字说出来,他摇了摇头,轻轻揽住周亚梅。

周亚梅靠在他的胸口,轻声问:"你确定吗?"

丁桡烈轻声对周亚梅说:"亚梅,如果这是天意,我们怎么能去违背呢?这或许也是我们能够完成周团长遗愿的唯一一次机会。"

周亚梅扬了扬嘴角,似笑非笑,重新看向昆剧团时,眼泪却夺眶而出。

第二天,绍武大剧院正门前人头攒动。

一位记者站在最好的位置上,对着镜头进行播报:"绍武市艺术节将在绍武昆剧团经典传承版昆曲《牡丹亭》的公演中正式拉开帷幕,文化部、省、市各级领导将莅临现场观看指导……"

绍武大剧院后台的一间独立化妆间内,丁桡烈在镜前仔细地给自己化妆。

周亚梅把药和水递到丁桡烈的手上:"先把药吃了。"

丁桡烈听话地吃完药后对她说:"你快去招呼领导吧,他们快到了。"

周亚梅却说:"不急,还有点时间,我再陪你待一会儿。"

丁桡烈点头:"好。"

周亚梅帮丁桡烈穿上戏服,又帮他戴上头饰。

丁桡烈穿戴齐整后,与周亚梅四目相对,久久不愿分开。

丁桡烈说:"亚梅,今天我要你在观众席上看我的演出,好吗?"

周亚梅笑着点头，慢慢转身走出化妆间。

丁桄烈转身看着镜中的自己，脸上绽放出发自内心的笑容。

大剧院内陆陆续续坐入观众，电视台的摄像机架好了拍摄的角度。

表演整点开始，由十几位妙龄女子扮演的花神（《牡丹亭·惊梦》）在舞台上载歌载舞，她们手中的花朵上下翻飞，一番衣袂翩跹中，丁桄烈扮演的杜丽娘与柳梦梅徐徐登场，千娇百媚的身姿令全场爆发出雷鸣般的掌声与喝彩声。

坐在观众席的玄珠身后，开始传来议论声。是一些熟悉昆剧的老票友，发现今天的杜丽娘并不是戏折子上写的夏雯，而是久未在舞台上露面的丁桄烈。

"这是丁团长吧？"

"还真是丁团长，这今天可是真来对了！"

"太难得了，丁团长亲自登台……多少年没看过他的演出了……"

"老哥几个别议论了，好好看吧。这样的戏，可是看一场少一场了。"

台上，丁桄烈一颦一笑尽显绰约风姿。台下，玄珠被击中般呆怔着。

周亚梅陪着领导坐在观众席上，她转头看了一眼不远处的玄珠。玄珠看过来，两人久久地对视着，随即彼此一笑，周亚梅笑得惨淡。

掌声响起，观众起立鼓掌，演员们谢幕，丁桄烈站在中间享受着这一刻。鞠躬的丁桄烈眼含泪水，他看着周亚梅。周亚梅用力鼓着掌，泪湿眼眶。

入夜，玄家客厅气氛紧张。

玄梁一拍桌子，冲袁飞喊道："这就是你们想出来的办法，你们警察是干什么吃的？"

袁飞认真地说道："我知道风险不小，但是这么多年了，要想拿到充分的证据太不容易，而凶手可能就在眼前，我想放手一搏，要是换作是你，我相信你也会这么做。"

玄梁不吃他这一套："哼，换作是我，我早就……"

袁飞耐心地劝道："我理解你的心情，我又何尝不是这样？但是这一次，我们一定要做到万无一失。"

玄梁依然不同意这个方案："你们只要去把他抓起来，一问不就行了，凭什么让一个小女孩去为你们冒险，你们同意吗？"

玄梁顺着看所有人，秀媛、玄珠，看到玄敏的时候，玄敏讷讷地说道："那……也得看她愿不愿意吧。"

袁飞赶紧抓住这个话头："当然。"

玄梁瞪了玄敏一眼，说道："我去把她叫出来。"

玄珠拦住玄梁："哥，还是我去吧。"

玄珠起身走进念玫的屋子。

他们等了好一会儿，门终于开了。玄珠站在念玫身后，双手扶着念玫的肩。

念玫面向所有人说："我同意。"

玄梁霍的一下站起来，刚想表示反对，却看到了女儿坚定的眼神："我有一个条件……我必须也在场。"

袁飞点头："可以，但要听我们的安排。"

下着雨的黄昏，玄珠在茶室的座位上看着外面发呆，不一会儿，周亚梅打着伞走来。

周亚梅进了茶室，把伞靠在门口的伞桶里，一抬头就看见这边的玄珠，笑着打了个招呼，缓缓向她这边走来。

周亚梅刚刚坐下就问玄珠："什么事那么着急？"

玄珠端起公道杯给她倒茶："没什么急事，就是因为明天要回深圳了，临走前一定要再见您一面，正好也为你们演出成功庆祝一下。"

周亚梅看向玄珠，问："你认为成功吗？"

玄珠点头："当然，看到观众的反应我就更激动了，终于看到丁团长的演出了。我巴掌都拍红了。"

周亚梅微微摇头："我想听实话。"

玄珠手指微微一僵，说道："实话就是我很感动，好像看到了十九年前的自己。"

周亚梅笑着说道："是啊，可能也是天意吧，偏偏这个时候雯雯出个车祸，我这手……"

玄珠说道："是啊，天意难违。咱们今天点瓶酒，好好庆祝。要是丁团长在一起就更好了！"

周亚梅说："本来是要来的，刚好排练厅有点事。"

玄珠抬手叫来了服务员。

周亚梅说："酒我可不能喝。"

玄珠劝道："喝点吧，高兴！"

玄珠说完握了握周亚梅放在桌上的手。

周亚梅的脸色沉了一沉："玄珠，你这次一走，可能我们就再也见不到了。"

玄珠说："来日方长，怎么会没有机会再见呢。"

周亚梅苦笑："可能，我没有多少来日了。"

玄珠脸色一变："亚梅姐你怎么了？"

周亚梅很平淡地说："肺癌，晚期，扩散。"

玄珠震惊地看着她："真的，太，突然了……会不会，你，怎么会……"

周亚梅释然地笑着：其实已经很久了，我和桄烈心里早就做好了准备，最担心的是熬不到今天的演出，现在好了，只要剧团能生存，我就没什么遗憾的了。

沉默了片刻之后，玄珠突然抬头看向周亚梅："那就更应该喝点酒。咱们两个还从来都没一起喝过酒呢。"

第53章　念玫的表演

昆剧团内，丁桄烈行走在长长的回廊里，突然发现脚下的地板上有水渍脚印，顺着脚印看去，竟然一直延伸到排练厅的门外。

丁桄烈沿着脚印走着，竟然来到了排练厅入口。刚刚走到门口，丁桄烈就听到里面有动静。

丁桡烈推开沉重的木门，远远看到一个全身湿透的少女，背对着自己站在排练厅的中央。

将雨伞放在门边，丁桡烈若有所思地朝着少女的身影走去。

"请问……"

听到声音的玄念玫回过身，那张与玄珍几乎相同的脸，笑盈盈地望着丁桡烈。

丁桡烈被电击般钉在原地。

玄念玫问他："丁老师，我怕迟到一路跑来的，是不是个好学生？"

玄念玫掀起衣角拧了拧水，水滴"啪嗒"掉落在地上。

丁桡烈望着念玫，目光渐渐变得迷离："玄珍……真的是你吗？"

玄念玫抬起头，莞尔一笑。

丁桡烈的身体微微战栗着，继而一步一步朝着玄念玫走去。玄念玫定定地站着，脸上保持着甜美的笑意。

昆剧团更衣室内，一众人紧张地盯着监视器里的图像，丁桡烈在离念玫一米开外时停下了脚步。

玄梁几乎要冲出去，被袁飞和小军死死地按着。丁桡烈用炽烈的目光望着念玫："我就知道，早晚有一天，你会回来找我的。"

玄念玫脸上的笑容慢慢隐去，眼中充满伤心的意味。

她看着丁桡烈凄婉地说："可是，丁团长……你为什么要伤害我呢？"

丁桡烈急忙否认："我……没有。"

玄念玫突然冷冷地质问他："难道你忘了你做的事情吗？"

一幅幅画面突然出现在丁桡烈的脑中，那些画面中都有一个玄珍。

丁桡烈用力摇了摇头，一只手捂住了眼睛，但这无法阻止这些画面不断地出现。在画面中，她恐惧地等待着，却等来了穿着一身女装的丁桡烈。

玄珍惊骇异常，转身想跑，但丁桡烈上去把玄珍抓住。玄珍大声呼喊救命。

丁桡烈却说："你喊吧，没有人能听见的。"

玄珍拼命挣扎，丁桡烈凶相毕露。他把玄珍按在地上，掏出绳子把玄珍的手捆了起来。玄珍哭喊着求饶，但没有一丝效果。

丁桄烈对她说："听话乖，我不会伤害你的。"

排练厅中，丁桄烈对玄念玫说："玄珍，我没有，是他们要伤害你……"

玄念玫按照耳机传来的指令说道："朱胜辉是你杀的……"

丁桄烈一愣，随即说道："我是为了保护你，我不能再失去你了。"

念玫问道："保护我，那你为什么还要杀死我？"

丁桄烈大声地否认："我没，我，我，玄珍……"

丁桄烈渴望地朝念玫走去，玄念玫恐慌地后退着。

"我就知道你没有死，你一直活着对吗？我一直在等你……"

玄念玫被逼到了墙角，她开始有些惊慌，就在丁桄烈快要抓到她的时候，玄梁突然冲到了她的身边。

玄梁一拳打倒了丁桄烈，他还要打，却被冲进来的袁飞和小军拉住。葛菲也冲过来第一时间抱住念玫，念玫虽然被吓得浑身颤抖，但眼神中依然没有慌乱。

被按在地上的丁桄烈空洞地瞪着眼睛，似乎被这突然的变故惊傻了。

警局讯问室，戴着手铐的丁桄烈茫然地坐在那里。他的对面是袁飞和葛菲。

丁桄烈喃喃自语："十九年了，我不知道自己是不是生活在梦里，直到那天玄珍再次出现……"

葛菲纠正道："是念玫……"

丁桄烈苦笑："无所谓了，就像一场可怕的噩梦突然醒了，我是对的，她没死，我只是做了一个很长的梦。当我再次看到玄珍的时候，一切好像又重新开始了，这失而复得的肉身，比十九年前更加隽永灵动，她的眸子里不再有昔日的张狂与傲慢，取而代之的是天使般的纯洁，因为灵魂丰沛而散发出的耀眼光芒，我想，我愿意为这具完美无瑕的生灵付出我的一切……我每天都会去看她，看她上学、放学、逛街，我下定决心去请她回来学戏，挽回当年的损失。"

袁飞问："于是你就开始跟踪她？"

丁桄烈点头："是的。我不会再让她从我的世界里消失，她会成为最好的角儿。"

袁飞说道："说朱胜辉的事。"

丁桄烈毫不掩饰自己对那个人的厌恶："朱胜辉就是个无赖，他对玄珍的一举一动都像扎进我心里的刀。有两次我想上去告诉玄珍，但都没有成功。那天在迪厅他又试图伤害玄珍，我就直接去找了他。"

朱胜辉不稳地走着，看到来人停下，他面前正是穿着女装的丁桄烈。

心情欠佳的朱胜辉吼道："你谁啊？滚开，别挡着老子！"

丁桄烈走上前："我告诉你，不许再骚扰玄珍！"

朱胜辉极不耐烦地吼道："什么珍，你有病吧！"

虽然有七八分醉意，但朱胜辉还是忽然意识到说话的是个男人。

朱胜辉努力睁开醉意蒙眬的眼睛上下打量着穿着女装的丁桄烈："我爱骚扰谁就骚扰谁，你给我滚一边去！"

朱胜辉猛地推开丁桄烈，走过丁桄烈身边时，低声咒骂："你个不男不女的变态！"

这个词，瞬间勾起了丁桄烈所有隐藏在内心最深处的负面情绪，所有的理智都瞬间被无尽的愤怒吞没，他转身一把揪住朱胜辉。两人扭打起来，丁桄烈衣服上一颗扣子被揪掉，朱胜辉被推倒撞在阶上，血不多却足以惊醒丁桄烈。

丁桄烈想要离开，可走了两步停下了，他好像又听到朱胜辉还哼唧着那句"不男不女"，愤怒再次战胜了理智。

待丁桄烈再次清醒，朱胜辉已经死了。丁桄烈把已经被砸死的朱胜辉拖到河道边，拖进一只篷船。他解开拴着篷船的绳子，用力推出船。

摇到大河道，他把尸体掀进水里，自己上岸任船自己漂走了。

讯问室内，袁飞把电脑里篷船的视频图片给他看。

丁桄烈闭上眼："你们都知道了。"

袁飞说道："我们知道的比你想象的要多。说吧，十九年前为什么杀了玄珍。"

丁桄烈突然开始剧烈地挣扎："我没有杀她！她还活着！我只是，我只是……"

小军和大力立刻扑过去按住丁桄烈。

袁飞喝问："只是什么？"

丁桄烈望向半空的目光逐渐变得涣散，他喃喃自语："只是，只是……"

十九年前剧团排练室门口，丁桄烈上前一步拉住玄珍的胳膊，目光里布满了绝望的意味。

丁桄烈几近哀求地说道："玄珍，我可以让你成为最优秀的昆剧演员……"

玄珍毫不在意："别开玩笑了，这老掉牙的东西你以为我真有兴趣吗？"

丁桄烈完全无法理解，他质问玄珍："……既然这样当初为什么要来学昆剧？"

玄珍不屑地回答："这不是就个游戏嘛，我已经玩腻了。"

说罢玄珍再次转身，而丁桄烈更加用力地握住了玄珍的手臂。

"别走，玄珍……"

玄珍回过身，毫不掩饰自己对他的鄙夷："丁老师，你每次靠近我的时候，你的味道，还有你的呼吸都让我觉得恶心死了，我一直在忍耐你，你真以为我不知道你是变态吗？"

玄珍说罢，用力甩开丁桄烈的手掌，大步向门外走去。

丁桄烈呆立着，随着房门"嘭"的一声关闭，丁桄烈瞬间陷入青灰色的幽暗之中。

讯问室内，丁桄烈自顾自地说着："无论她怎么羞辱我，只要她肯跟我继续学戏，她就绝对能为绍武最好的角儿。我就经常跟踪她，直到有一天，我看见她一个人在学校门口，那时候天要下雨了，她一个人离开，我就鼓起勇气上去。"

讯问室里的所有人，都不由自主地紧张起来。他们都听出，丁桄烈现在说的就是玄珍失踪的那天。

玄珍快步走着，雨落了下来。丁桄烈的小货车缓缓开到她的身旁。

丁桄烈摇下车窗："玄珍。"

玄珍十分意外："丁老师？"

丁桄烈热情地招呼她上车："来，上来，我送你……"

玄珍迟疑了一下，还是拒绝："不用，我自己可以的。"

丁桄烈又说道："快点吧，一会儿都淋湿了。"

玄珍本想再次拒绝，但看了一眼自己的新鞋，她最终还是点点头上了车。

讯问室里丁桡烈略显激动地陈述："这是一个千载难逢的好机会，再次和她那么近地在一起。我就邀请她去我的地方，说要给她一个惊喜的礼物，她说你怎么知道我生日？那个惊喜的笑容我永远忘不了。"

袁飞问他："你说的地方是防空洞？"

丁桡烈笑着点头："那是我的秘密天堂。"

袁飞和葛菲互看了一眼。

第54章　秘密天堂

丁桡烈继续说道："可是，当我把小货车开到僻静的地方时，她却害怕了，想要逃走，我就……打晕了她。"

丁桡烈驮着被打昏的玄珍进了防空洞，继而将玄珍绑在椅子上。然后丁桡烈坐在镜子前，细细地化着妆容，再穿上女装。

待玄珍发出低低的呻吟时，丁桡烈转过身来款款朝玄珍走去。

玄珍睁开眼睛，看到女人装扮的丁桡烈时，顿时露出惊愕与恐惧，她极力蜷缩着身体，止不住地颤抖着。

防空洞的房间内，丁桡烈在喂着被绑着的玄珍，玄珍吃一口，朝着丁桡烈笑一下，丁桡烈也冲玄珍笑一下。

玄珍在努力地笑，丁桡烈则是真正开心地笑。然后丁桡烈把那枚胸针戴在了玄珍的胸前，丁桡烈退后一步欣赏着，玄珍勉强挤出笑容。

丁桡烈满意地说道："你第一次走进昆剧团，我就好像看到我自己……不，不是这样的，玄珍，我们本来就是一体的，你是我的肉身和灵魂的另一半，我们失散太久了。"

玄珍惊恐地说道："我……不明白你在说什么！"

丁桄烈缓缓跪在玄珍的面前，珍视地抚摸着玄珍的头发，额头直至五官。

玄珍全身战栗着，想要躲闪。

丁桄烈轻声说道："别怕，我怎么会伤害你呢，伤害你就是伤害我自己。小时候，别人都骂我二胰子，他们不明白，我有两个灵魂，没有你我的生命就是残缺的，玄珍，有了你，我就圆满了……"

玄珍突然对他说："丁老师，我胳膊疼，我全身都疼，您能不能帮我松开绳子？"

丁桄烈沉默着。

玄珍再次央求："丁老师……我保证乖乖的，我哪儿都不去，我就在这儿陪着你……求你了丁老师，我全身快疼死了。"

玄珍边说边抽泣了起来。

丁桄烈心软了："好好好，玄珍你别哭，我给你松开。"

丁桄烈为玄珍解开了绳子。玄珍扯掉绳子，站起来，活动着身体。丁桄烈痴痴地注视着玄珍。

玄珍抽了抽鼻子，瞥了一眼丁桄烈，然后故意左右打量着四周。

玄珍一脸天真地问："丁老师，这是什么地方？"

丁桄烈一脸骄傲地说："这是我的秘密天堂。"

玄珍走过去，注视着挂在一侧的各种各样的女人的服装，指着一件连衣裙："丁老师，您穿上这件裙子让我看看好吗？我觉得穿在您的身上一定很美，比我还美。"

丁桄烈的眼中顿时闪出光泽："你真的这样认为吗？"

玄珍认真地点了点头。

丁桄烈连忙背过身脱去原先的衣服，然后戴上假发，正当将连衣裙套在身上时，玄珍突然转身拉开房门，不管不顾地顺着漆黑的通道向前奔去。

已换好女装的丁桄烈转过身，眼中瞬间透出惊恐与愤怒，然后快步追了出去。

玄珍顺着空无一人的河道一路奔跑，回头观望时，只见丁桄烈追赶的身影已渐行渐近。玄珍大声嘶喊着"救命",却被隆隆的雷声与雨声掩盖。玄珍拐进树林一路飞奔,随即躲在一棵大树后面瑟瑟发抖。

片刻,丁桡烈气喘吁吁的身影临近。玄珍捂住嘴,不让自己发出喘息声。

丁桡烈喊道:"玄珍,你快出来,只要你跟我回去,我保证不会伤害你。"

玄珍蜷缩着身体抖个不停。丁桡烈环视四周,突然喊道:"玄珍,我看见你了!"

玄珍听罢拔腿就跑,丁桡烈听到响动,转过身飞奔几步,一把抓住了玄珍。

玄珍不顾一切地挣扎着。这时,一个渔人从远处走来,隐约听到从小树林里传出的喊叫声,渔人往里走了几步,借着一道闪电,渔人看见两名女子在树林中央拉扯着,然后陷入黑暗。渔人刚要走近探寻,再次亮起闪光,高个女人已紧紧抱住了女孩,女孩失声哭泣着。渔人以为自己明白了什么,摇了摇头走开了。

丁桡烈挟持着玄珍重新回到防空洞内,将玄珍重新捆到椅子上。

玄珍求饶道:"丁老师,我错了,我再也不敢了,求你……"

不等玄珍说罢,丁桡烈拿起胶带缠在了玄珍的嘴上,神经质地缠了一圈又一圈,缠住玄珍的鼻子时似乎也并不知晓。

玄珍呜呜地嘶喊着,丁桡烈不为所动,起身换上男式的衣服,拉灭灯,关闭防空洞的房门,头也不回地朝着远处走去。

讯问室,袁飞将当年在八角亭里拍摄的现场照片放在丁桡烈面前。

袁飞问他:"玄珍到底怎么死的?"

丁桡烈注视半晌,不愿相信地用力摇着头:"我没有杀玄珍,我真的没有杀玄珍!"

袁飞怒喝:"玄珍被你绑架到防空洞,最后死在了八角亭的湖边,丁桡烈,到了这个时候,装疯卖傻是没有用的!"

丁桡烈用力撕扯着自己的头发,突然两眼发怔。

丁桡烈走入防空洞,推开密室的房门,便呆立当场,眼前竟然空无一物。

丁桡烈发疯般四处寻找:"玄珍,你在哪儿,你这样会毁了我的秘密天堂,你不能这么调皮……"

"我真的生气了……玄珍，你快出来，你出来我就不生气了……"

"玄珍！"

"玄珍！"

袁飞不可置信地看着丁桅烈："你的意思是，玄珍凭空消失了？"

丁桅烈一脸茫然："我不知道……我真的不知道。"

下一刻，丁桅烈全身颤抖，失声抽泣着。袁飞与葛菲对视一眼，都看出了对方眼中的疑惑。

雨已停，地面上湿漉漉的，反射着华灯初上的五彩斑斓。周亚梅和玄珠缓步走着。快到剧团时，周亚梅停下脚步，看着玄珠："玄珠，进去坐会儿吧，桅烈会很高兴的。"

玄珠回望着周亚梅难以掩饰的酸楚和期待，半晌，点了点头。

周亚梅开门，让玄珠进屋。

"桅烈，桅烈，玄珠来了。"

没有得到回应，周亚梅开始每个房间逐一开灯寻找。玄珠看着四处找人的周亚梅，心里生出了一丝酸楚。终于，玄珠忍不住开口："亚梅姐，不用找了……"

周亚梅整个人都僵在了那里。玄珠失口："丁团长……已经被警察带走了。"

周亚梅后退一步靠在桌沿，随即爆出强烈的咳嗽。

玄珠急忙上前扶了周亚梅："亚梅姐，我送你去医院……"

周亚梅摇了摇头，示意玄珠厨房的方向："水……"

玄珠赶紧走入厨房，慌乱地找出水杯、倒水，重新回到客厅，一边轻拍着周亚梅的后背，一边将水喂入她口中。周亚梅继续咳嗽着，直到喷出一口血丝，周亚梅方缓过神来。

玄珠呆呆地望着地上的血迹，然后搀扶着气若游丝的周亚梅走到卧室，服侍她躺在床上，然后打来热水，为周亚梅擦拭。

周亚梅的气息渐渐平稳，然后沉沉地睡去。玄珠坐在床边，久久地端详着一脸祥和的周亚梅。

警局办公室，袁飞他们连夜汇总两个案件的情况。

袁飞看着最后的结果对大家说道："朱胜辉案应该实锤了，监控视频、血迹加上他的口供，可以结案了。但是八角亭一案还存在疑点，目前嫌疑人在精神上存在明显的错乱和恍惚。"

小军说道："可是他也清楚交代了事实，即玄珍确实是被他诱骗到防空洞，他也对玄珍实施了暴力行为。而且，八角亭也的确是玄珍最后出现的地方。"

葛菲问大力："八角亭案玄珍的尸体是什么时候发现的？"

大力非常熟悉案卷，立刻回答道："玄珍家人报玄珍失踪是十九年前4月20号的晚上八点十分，因为从放学到那时玄珍一直没有回家，这在平时是不会出现的。尸体是三天以后在八角亭下游的河滩发现，法医鉴定的死亡时间是发现尸体的12到6个小时前，也就是4月22号晚上十一点左右，从玄珍失踪到被害，中间有两天时间。从嫌疑人的精神状况看，他有强烈的认知障碍，激情杀人可以理解，但是，玄珍是死于两天以后，也就是说在劫持或者诱拐时没有发生过激行为，而是在两天以后突然失控，起因是什么呢？"

袁飞思索片刻后说道："丁桡烈的这个状态，只有一个人，最为担心。"

大力立刻补充道："不仅是担心，而且充满嫉妒和仇恨。"

第55章　真　相

周亚梅家卧室，手机发出细微的振动声，不知何时睡着的玄珠坐起身，掏出手机显示袁飞来电。

玄珠看了一眼还在沉睡的周亚梅悄悄起身，她走出卧室来到厨房。

玄珠轻声："喂。"

电话那头袁飞急促地说道："赶快离开周亚梅，快！"

玄珠问："怎么了？"

袁飞说道："不和你多说了，注意保护好自己，我们马上过来。"

玄珠挂了电话，脑子里一团乱麻。她看了看时间，显示着凌晨两点。一转身，玄珠赫然看到周亚梅站在身后。

玄珠本能地退后两步："亚梅姐，你……好些了吗？"

周亚梅扶着墙壁站着，虚弱地说："还好有你在，不然……"

犹豫了片刻，玄珠还是上前扶着周亚梅坐到沙发上，她自己则坐到了周亚梅的对面。

玄珠问周亚梅："亚梅姐，我一直都想问你，当年，关于玄珍的事情，你到底知道多少？"

周亚梅沉默了片刻，反问："……玄珠，你实话告诉我，这十九年里，你怀疑过我吗？"

玄珠点头："……是的，我怀疑过你，却始终不愿意相信是你……亚梅姐，既然话都说到这个份上了，今天，我想亲耳听你说出真相，不管这个真相是不是让我成为玄家的罪人……亚梅姐，你会答应我吗？"

周亚梅错目望向别处，目光迷离且伤感，良久："你，我，我们都知道，玄珍被宠坏了，做事没边界，没有分寸，为所欲为……她的小心机，我全看在眼里，当时哪怕心里不舒服，我还是只把她当成不懂事的孩子，直到发现桅烈越来越不正常……我们争吵不休，这在我们之间从来都没有发生过，桅烈只是说不是我想象的那样，在我看来他是完全失了魂。"

玄珠忍不住问："玄珍她，跟丁团长，有那……"

周亚梅摇了摇头："不，他们之间不是那种普通的男女关系。丁桅烈如此痴迷玄珍，完全是因为玄珍有成为一个角儿的天赋,而且将是一个比我更好的角儿。"

玄珠还是第一次听说这些，满脸震惊。

周亚梅说道："当年，我父亲把十四岁的丁桅烈从街上捡了回来，那时候他已经流浪一年多了。我父亲说，丁桅烈他就是天生的角儿，他的天赋过人。拥有男人的肺活量，同时还有着女人的嗓音和身段。只学了两年就超过了所有人。后来我们相爱，结婚，虽然我们没有孩子，但我们拥有钟爱的艺术，剧团就是我们的孩子，父亲去世前唯一愿望就是让桃烈好好照顾剧团，把剧团发展壮大走出绍武。"

周亚梅凄苦笑着："但是玄珍毁了这一切，桃烈每天失魂落魄，昆剧是我们的命，就因为玄珍，他的心不在这上面了，好在后来玄珍离开了剧团，我本来以为一切都会好起来，没想到……"

十九年前，周亚梅两眼呆直地坐在客厅内。

时钟敲响凌晨一点时，丁桃烈穿着男性的装束推门走了进来，看到周亚梅一愣："亚梅，怎么还没睡？"

周亚梅说："刚才做了一个噩梦，就醒了……"

丁桃烈坐到周亚梅身旁关心地问："什么噩梦？"

周亚梅却摇了摇头："……已经忘了。"

周亚梅缓缓扭过头，看着丁桃烈："桃烈，你去哪儿了？"

丁桃烈丝毫没有犹豫地回答："我在剧团啊，剧本遇到了一些问题，真是伤脑筋。我先去洗个澡。"

丁桃烈边说边朝卫生间走去。周亚梅注视丁桃烈的背影，然后起身从橱柜上方拿出安定药片，倒出，碾碎后放入水杯，再倒入温水，然后端着水杯走了出去。

卧室内，床头柜上放着一个空水杯，丁桃烈躺在床上沉睡。周亚梅缓缓坐起身，下床，朝着门外走去。

剧团院内，周亚梅带着车钥匙找到了丁桃烈的小货车，在后座的下面找到了玄珍的书包。

穿着雨衣的周亚梅走入防空洞。推开密室的房门，拉开灯，看到玄珍软塌塌地被绑在椅子上，垂着头。

周亚梅试探着喊了一句："玄珍……"

玄珍没有任何反应。

周亚梅慢慢走上前，蹲下身，轻轻扶起玄珍的下巴，首先看到玄珍的嘴被胶带紧紧地缠绕着，继续上抬，是玄珍涨紫的脸颊，周亚梅手一抖，玄珍的头顿时仰到了身后。

周亚梅吓得惊叫一声跌坐在地上。

周亚梅抑制不住自己声音的颤抖："玄珍……我是来放你出去的……你说句话。"

玄珍还是一动不动。

周亚梅："玄珍……"

玄珍依旧不动。

周亚梅慢慢站起身，颤颤巍巍走到玄珍的面前，手指抖索着试了试玄珍的鼻息，然后猛退几步，身体本能地紧紧靠在墙壁上。

良久，周亚梅用不住颤抖的手，摘下了玄珍身上的胸针。她闭上眼睛，眼泪大颗大颗地往下掉，最终瘫软在地失声大哭。

周亚梅瘫坐在沙发中，面无血色地重复着十几年来的噩梦："我无法想象玄珍在临死前是否呼救过，她都经历了什么，我相信她一定非常恐惧。但我不可能去询问一个陷入疯魔的病人。那个夜晚，对我来说是千万次的噩梦，是十九年来一遍遍在我脑子里上演的画面……玄珠，你能明白那种被诅咒的感觉吗？"

玄珠无法回答她的问题，此时玄珠已经泣不成声。

周亚梅没有停下，她今天要把十九年前的一切都说出来。她被这个秘密压了太久太久，她就快要无法呼吸了。

"那天晚上我趁着下雨，把玄珍的尸体搬出了防空洞，拖到河道边推了下去。所以，桡烈确实不知道是他害死了玄珍……等我再回到防空洞的时候……"

穿着雨衣的周亚梅，拖着疲惫的身体顺着漆黑的通道缓缓前行，远处传来丁桡烈的喊声。

丁桡烈喊道："我真的生气了……玄珍，你快出来，你出来我就不生气了……真的，只要你出来，我保证不会生气……"

周亚梅深吸一口气，整理了一下自己的情绪："桡烈……"

丁桡烈猛地转过身，愕然地看着周亚梅。

周亚梅问丁桡烈："你在这里干什么？"

丁桡烈一时语塞："我……"

环视着空荡荡的四周，丁桄烈对周亚梅说："什么都不见了，还有玄……"

周亚梅立刻打断了丁桄烈的话："你病了，你忘了你发了场高烧整整睡了两天吗？"

丁桄烈茫然地看着周亚梅，脑中一片混乱。

周亚梅继续说道："你高烧的时候说了很多胡话，把我吓坏了……"

说着周亚梅走上前，摸了摸丁桄烈的额头："嗯，还有一点烫。跟我回去吧，你还没好呢。"

丁桄烈再次环视四周："可是，玄……"

周亚梅扳过丁桄烈的头，笃定地说："那只是一场梦。你现在醒了！"

周亚梅抓住丁桄烈的胳膊："我们走吧。"

丁桄烈下意识地跟随着周亚梅缓缓朝前走去。

一边走，周亚梅一边说："不要相信幻象，那只是一场梦……"

玄珠的眼泪还在不停地流，但她已经能稍微控制住自己的情绪。

周亚梅看着玄珠说道："警察来调查时，因为目击证人指出凶犯是个女人，就没有怀疑到他。而我当时确实在剧团排练，有不在场证据。我们两个人侥幸逃脱，但是没过多久桄烈被确诊为抑郁症需要长期服药，他犯病的时候就会认为玄珍还活着，好在他总能控制自己的言行，觉得自己不对劲的时候就会躲到防空洞里……那个防空洞，终究还是他的秘密天堂，只有在那里，他才能获得平静。后来，也没有人再提起这个案子了，桄烈的状态也慢慢好了起来。没想到，十九年后，念玫却突然出现在昆剧团……"

周亚梅突然笑了起来，玄珠抬起头看向周亚梅。

周亚梅一边笑一边眼中闪动着泪光："玄珠，如果这不是造化弄人……还会是什么呢？自从见到玄念玫桄烈的病情就开始加重，他把玄念玫当成了玄珍，所以才杀了朱胜辉……"

玄珠问："你早就知道是丁桄烈杀了朱胜辉？"

周亚梅点头："4月17号晚上，我看到丁桄烈穿着女装回来，就知道一定是出事了。第二天得知朱胜辉死了，我就知道是他干的。"

玄珠不明白："为什么要包庇丁桡烈，值得吗？"

周亚梅抬起头，回忆起第一次见到十四岁的丁桡烈，那时他就像一个受伤的小动物，那一刻周亚梅就决定要好好保护他，这个想法直到今天依然没有改变。

"值得，在我心里……他一直还是那个满身伤痕的孩子，始终没有长大……"

周亚梅闭上眼睛，任凭泪水滑落："说来说去，这是天意难违……"

周亚梅咳嗽起来，边咳边讲："应得的终将到来，就像我的病……玄珠，我辜负了你对我的信任……这是我应得的……"

周亚梅的咳嗽愈加剧烈，难以为继。

玄珠赶紧倒了杯水送到她手中："亚梅姐，别说了……"

周亚梅倔强地摇了摇头："今天……就让我把话都说尽……我也可以……心安了……"

玄珠望着周亚梅缩成一团的瘦小身影，眼泪夺眶而出。

周亚梅换了一身衣服，在镜前梳理头发。

玄珠想要帮忙却被她拒绝，只能站在旁边默默地看着。

周亚梅转过身，冲玄珠一笑，脸色苍白："走吧。"

玄珠陪周亚梅走出来，袁飞等人已在楼下等候。

葛菲小军将周亚梅带上警车，玄珠一时间内心中五味杂陈。

袁飞看了玄珠一眼："走，我送你回去。"

玄珠摇头拒绝："不用，我想自己走走。"

天亮之后，袁飞组织人对防空洞内进行了仔细的搜索，很快他们就发现了那扇秘门，以及里面藏着的女装和假发。

走出防空洞，袁飞看着满山的野花，长出了一口气。

重案队会议室，袁飞郑重说道："4·17 杀人案于昨天告破，犯罪嫌疑人丁桡烈对犯罪事实供认不讳，这是认罪经过。"

大力将丁桡烈按着手印的认罪材料推到朱文生和邱文静的面前。

袁飞注视着朱文生呆滞的面孔："如果有什么异议……"

朱文生摇了摇头，然后捂住了脸，无声地哽咽着。

"谢谢袁队长……"说完，邱文静也哭了起来。

朱文生哽咽着说道："凶手抓住了，小辉的在天之灵也可以瞑目了。"说完这话，朱文生有点控制不住。

袁飞心生不忍，人非草木孰能无情。不管朱文生的品行如何，但这丧子之痛的确让人唏嘘。

朱文生一把抓过袁飞的手，紧紧地握着："我对你们……我……我真不是东西……谢谢……"

袁飞摇摇头："都过去了，这是我们应该尽的职责，不要再谢了。你们节哀，好好生活，儿子还在天上看着呢。"

葛菲和大力忍不住眼圈红了。

葛菲抹抹眼泪。大力别过头。

齐宏伟和小军也颇有感触。

朱文生点着头，和邱文静挽着手向外走去。

走了两步，邱文静想起什么似的，站住："袁队长，我们……也冤枉了玄梁，替我们跟他道歉吧……"

朱文生也连忙点头。

袁飞说："我会的，两家都是受害者，心结会解开的。"

邱文静和朱文生听后都松了口气，袁飞等人目送他们走出警局。

第56章　尾　声

玄家老太太又在院子里修剪树枝。玄珠推开院门走了进来。

"玄珠回来了。"

"妈，我回来了。"

念玫从屋里跑出来喊道："玄珠姑姑回来了。"

听到声音，大家都从屋里走了出来。没过多久，袁飞也出现在了院门口，手里还拿着一大把野花。

他看了一眼玄梁，玄梁看了一眼袁飞。

还是秀媛先开口："袁飞，你站在门口干吗？快进来啊。"

袁飞走到玄敏面前，把花塞进了她的手里。

玄敏拿着花不解地问他："你这是干什么？"

袁飞笑着反问："你忘了今天是什么日子？"

玄敏立刻恍然大悟："是我哥在我们的婚礼上掀翻桌子的日子。"

大家笑了，玄梁也跟着笑了，笑中带着泪。

玄梁抹了一把脸，对大家说道："都进屋，今天我下厨。"

走在人群最后的玄梁和袁飞，互相拍了拍肩膀。

……

警局办公室，局长一脸严肃地走进办公室，袁飞等人已经在办公室内等候。

袁飞立刻起身敬礼："局长。"

局长还礼之后，便指着袁飞的鼻子训斥道："长能耐了，袁飞，身为一名警察，又是队长，谁给你的胆，还有没有一点刑警的常识和纪律性了，让一个女孩子为你们挡在前面，我都替你脸红。"

袁飞刚想张嘴："可是……"

局长便毫不客气地打断他的话："可是什么？"

葛菲忙打圆场："局长，不怪袁队，是我的主意。"

局长似乎并不买这个账："不管是谁的主意，谁是队长，我就拿谁是问。本来一件大好事，破获了陈年大案，该记一等功。现在就因为你们这违反刑警原则的行为，集体一等功没了。"

大家听到局长这么说，纷纷沮丧。

"……改三等功了。"

有人调皮地吐了吐舌头。

袁飞立刻表示他不要。

局长没好气地说道："不是给你一个人的，给你的是，记过处分一次。另外，刚刚接到报警，西区发现一起命案，你们马上行动，葛菲代理队长，袁飞回家反省式休假，明天我要看到他的检查，散会。"

大家看着袁飞，想上前安慰他。袁飞抬手制止："没听局长说有新案子吗？全体都有，准备出发！"

……

玄梁和玄珠扶着老太太下车，袁飞、玄敏和秀媛、念玫从车里拿出祭奠要用的东西。

他们刚刚下车不久，就又有一辆轿车停在边上。大力出了驾驶室，把后门打开，将林岳善从车上扶了下来。袁飞赶紧跑过来，恭敬喊了声："师父，您怎么来了？"

林岳善笑呵呵地看着袁飞："我又得到了情报，这么大的事，都不请我一下？"

袁飞看了看大力，又看自己的师傅，一拍脑门恍然大悟："莫非，局长说的老战友就是您啊！"

林岳善呵呵一笑："怎么样，大力这个小伙子合格吗？"

袁飞笑着指了指大力："合格，能骗我这么久，大力你小子可以呀！"

一家人围站在玄珍的墓前。

玄敏和秀媛将祭品摆在地上，念玫和玄珠扶着母亲，林岳善和大力站在稍远的边上。

玄梁点燃黄纸，口中低声念叨："玄珍，上路吧，愿你来世顺顺利利……"

从墓园回来之后，玄珠就开始收拾行李。

念玫问她："小姑，你不是辞职了吗？回去做什么？"

玄珠说："……去修正一下做错的事情。"

念玫又问："是什么？"

玄珠说："我伤害了一个对我很好的男人，如果他肯原谅我……我想跟他在一起。"

念玫又问："你要跟他结婚吗？"

玄珠说："这不是我一个人说了算的事情……也许会，也许不会。"

念玫笃定地说："他会原谅你的。"

玄珠笑着问她："为什么？"

念玫说："没有为什么。"

就在此时玄敏走了进来，看到玄珠正在收拾行李也大感意外："玄珠你要走啊？"

玄珠点头："是啊，回去处理点事情。"

玄敏说道："那你年底能回来吗？"

玄珠说："不知道，怎么了？"

玄敏轻轻抚摸自己的小腹："我的预产期在 11 月。"

（全书完）